汉译世界文学名著丛书

缎子鞋

［法］保尔·克洛岱尔 著

余中先 译

Paul Claudel
LE SOULIER DE SATIN
©Editions Gallimard, 1929, renouvelé en 1957
根据法国伽利玛出版社1929年版,1957年更新版译出

汉译世界文学名著丛书
出版说明

　　1902 年，我馆筹组编译所之初，即广邀名家，如梁启超、林纾等，翻译出版外国文学名著，风靡一时；其后策划多种文学翻译系列丛书，如"说部丛书""林译小说丛书""世界文学名著""英汉对照名家小说选"等，接踵刊行，影响甚巨。从此，文学翻译成为我馆不可或缺的出版方向，百余年来，未尝间断。2021 年，正值"汉译世界学术名著丛书"出版 40 周年之际，我馆规划出版"汉译世界文学名著丛书"，赓续传统，立足当下，面向未来，为读者系统提供世界文学佳作。

　　本丛书的出版主旨，大凡有三：一是不论作品所出的民族、区域、国家、语言，不论体裁所属之诗歌、小说、戏剧、散文、传记，只要是历史上确有定评的经典，皆在本丛书收录之列，力求名作无遗，诸体皆备；二是不论译者的背景、资历、出身、年龄，只要其翻译质量合乎我馆要求，皆在本丛书收录之列，力求译笔精当，抉发文心；三是不论需要何种付出，我馆必以一贯之定力与努力，长期经营，积以时日，力求成就一套完整呈现世界文学经典全貌的汉译精品丛书。我们衷心期待各界朋友推荐佳作，携稿来归，批评指教，共襄盛举。

商务印书馆编辑部
2021 年 8 月

译　　序

我不知道应该说是《缎子鞋》成就了保尔·克洛岱尔这位大诗人的世界声誉，还是保尔·克洛岱尔成就了《缎子鞋》这部世界戏剧的杰作。

保尔·克洛岱尔（Paul Claudel，1868—1955）的文学创作生涯长达六十多年；他被视作法国象征主义诗歌和戏剧的后期代表人物，在文学史上以其充满强烈宗教感情、艺术上孜孜不倦永远探索的戏剧和诗歌闻名。

1890年，克洛岱尔正式皈依天主教，同年参加了外交会考并勇夺桂冠，自此开始了外交生涯。他于1895年到1909年前后三次长期居留中国，曾任法国驻福州和天津的领事；后又任法国驻巴西、丹麦、日本、美国、比利时等国大使，任职期间，笔耕不辍。1936年克洛岱尔退休回乡，仍潜心写作，1946年入选法兰西学士院院士。

克洛岱尔一生著作丰厚，他的戏剧作品主要有《金头》（1889，1894）、《城市》（1890，1897）、《交换》（1894）、《第七日的休息》（1896）、《正午的分界》（1905，1948）、《给圣母马利亚报信》（1912，1948）、三部曲《人质》《硬面包》《受辱之父》(1908,1914,1916)、《缎子鞋》(1923,1943)、《哥伦布之书》(1928)等。

克洛岱尔的诗歌集有《流亡诗集》(1905)、《五大颂歌》(1910)、《三重唱歌词》(1914)等。他还译有不少外国诗,并有根据中文诗改写的作品《拟中国小诗》(1935)和《拟中国诗补》(1938)。

戏剧是克洛岱尔艺术才华的主要表现形式,他本人也因其剧作中深刻的思想内涵和生动活泼的艺术形式赢得了崇高的声誉和广大的观众。

《缎子鞋》(*Le Soulier de satin*),1929年出版全文版,1943出版演出版,是克洛岱尔最长也是最著名的剧本。它以世界为舞台,呈现了16世纪末、17世纪初以西班牙为中心的殖民帝国的巨幅画卷。该剧的中心线索是西班牙重臣堂罗德里格与贵妇堂娜普萝艾斯的爱情悲剧:普萝艾斯与罗德里格邂逅相识,坠入爱河。她不顾丈夫的禁令,与罗德里格约定在海滨旅店见面,但罗德里格途中遇险无法前往。普萝艾斯逃脱家庭的樊篱赶往情人家中,却始终不敢与罗德里格见上一面。经过激烈的思想斗争,普萝艾斯在天主的启示下,悟出灵与肉之理,毅然赴非洲要塞摩加多尔担起天主教国家给她的使命。与此同时,罗德里格去美洲总督府赴任途中借道非洲邀她同行。但已献身天主的普萝艾斯回绝了他。从此,两个有情人天各一方,但心心相印。十年后,已成寡妇的普萝艾斯被迫嫁给为西班牙守要塞的异教徒卡米耶。又是十多年后,在美洲大陆历尽磨难的罗德里格已失宠于西班牙国王,他又老又残,被卖作奴隶。

除了堂罗德里格与贵妇堂娜普萝艾斯的爱情悲剧这条中心线索之外，还有贫穷少女缪西卡与那不勒斯总督之间理想爱情的抒情田园诗情节，以及许多穿插的过场。

《缎子鞋》剧情跌宕起伏，时间、地点跨度极大，舞台色彩斑斓，人物众多，是一部史诗般的戏剧巨著。

先看情节：《缎子鞋》的情节不但繁多，而且纷乱，颇有"乱烘烘你方唱罢我登场"之味，但这种不仅考虑到线索的连贯，而且照顾点与面之沟通的情节布局，就像一条支流纷杂、众水融汇的大江。它奔腾不息，有急流，有浅滩，有瀑布，有回折，有峡口，也有宽阔的入海口。这种气势非凡的大框架处理反映出作品的主导思想：世界统一在"万能的天主"下，天主无所不在地统治着人类，拯救着一切生灵。罗德里格与普萝艾斯之间的障碍并非婚姻，而是使命。罗德里格的使命在美洲，在征服世界，扩大疆域；而普萝艾斯在丈夫死后还不得不在卡米耶的怀抱中履行遏制伊斯兰教势力的使命。她死后，女儿七剑还将继续这一事业。男女主人公都是在基督教精神驱使下，自愿禁锢个人欲念，导致天各一方的爱情悲剧。这不仅构成罗德里格在美洲、普萝艾斯在地中海的情节分支，而且引出统霸全球的殖民事业和献身天主的宗教事业的两重主题。两人的"后代"七剑与缪西卡之子——奥地利的胡安——的结合又使两条主要线索——"崇高"的悲剧与"浪漫"的田园诗——统一于剧尾。七剑与胡安分别象征着基督教精神和殖民扩张精神，如此，"统一全球土地"的近代资本主义原始积累过程又与所谓"拯救灵魂"的基督教传教进程形成了一个"最高"的"宇宙整体"精神；而妙又妙在"宇宙整体"又坐落在毫无情节整一的"戏剧整体"中。

再看人物：《缎子鞋》描写了上至王公大臣，下到市民百姓、三教九流的七十多个人物（不计哑角），众多人物的语言风格各异，全剧形成一个雅俗各异然又统一于人物性格的语言框架。如此处理的目的在于体现世界的多样化，并通过多样化的世界和人体现出某种更高级的精神本象的存在：偶遇、命运，也即基督教认定的天命。

再看地点：克洛岱尔本人说过："这出戏的舞台是整个世界。"[①] 从西班牙到美洲大陆，从意大利到非洲要塞，从布拉格的教堂到浩瀚无垠的大西洋，五洲四海都搬上了舞台，作家的想象之翼甚至还伸到了月亮、星星上。这正说明了克洛岱尔心中的世界都在围绕着一个中心转，历史均在向一个方向发展：全球的征服、福音的传播。

最后，从舞台设计、导演设想上，作者更是花费了一番心血。粗粗一瞥，他的戏实在很乱，舞台上一片乱糟糟。但克洛岱尔认为，混乱正是戏剧的原则之一。他作为作者，赶在报幕人上场之前就解释说："秩序是理智者的乐趣；混乱则是想象力的乐趣。"[②] 恰恰是基于一种面对杂乱纷呈的世间万物表象的高度把握，他才在剧中抛弃一切经典戏剧规则，将各种不同的舞台艺术手法自由地糅合在一起：乐队奏起乐曲，演员唱起歌谣，跳起舞蹈，演起哑剧、杂耍，天幕上放起电影。可以说，这一切创举都是"天主"

---

① 见《缎子鞋》，第一幕的舞台提示。
② 见《缎子鞋》，第一幕之前的楔子。

通过艺术家本人表现出来的万物旺盛生命力变化无穷的能动性。

总之，从情节、时间、地点、人物、舞台等角度看，《缎子鞋》都是一个极稳固的艺术整体，犹如一座各部分比例协调匀称的巍峨的哥特式建筑，体现了宗教戏剧艺术的和谐统一之美。

另外，十分值得一提的是：《缎子鞋》受到了中国古代牛郎织女的传说的影响。克洛岱尔自己也承认道："《缎子鞋》的主题是那个两颗情人星的中国传说，他们在银河两边不得相遇，一年只见一次面。"① 众所周知，那便是牛郎织女的传说。

《缎子鞋》写于1919年至1924年，已是克洛岱尔离开中国十年之后在日本当"诗人大使"的时期了。然而，读者只要细心分析，不难看出隐藏在字里行间一丝丝扑面而来的中国文化的气息。《缎子鞋》这部象征主义的后期代表作，在题材挖掘、人物塑造、象征寓意、戏剧处理等方面，均可说是对作者所认识的中国文化的一种"回归"。

首先在题材上，克洛岱尔自己承认，《缎子鞋》的主题就是对牛郎织女的传说的借鉴，只不过克洛岱尔对这一传说的借鉴（或者更精确地说，反其意而用之）完全是为了体现自己的创作理想，让主人公献身于天主的"无比荣耀"的事业。织女离天庭下凡，普萝艾斯舍世俗的荣华富贵而求为天主一死；牛郎织女拗不过天命被迫分离，罗德里格与普萝艾斯自愿分隔天涯海角；七夕的传说颂扬平凡的爱情而鞭挞无情的天神，《缎子鞋》则通过主人公牺牲爱情服从天主来宣扬基督教精神的胜利。

---

① 法语原版，《克洛岱尔戏剧集》，第2卷，第1476页。

从艺术形象上，克洛岱尔在《缎子鞋》中大量地运用星星、水流（江河湖海）、银河、飞梭、线团、鸟翼、织工等生动意象来喻指分离与相连，对牛郎织女题材的借鉴一目了然。

从人物上，罗德里格有一中国仆人，他幽默、诙谐、聪明、能干，博学多才，处惊不乱，倒比主人强上好几倍。综观他的性格体系，既有《堂吉诃德》桑丘·潘沙[①]的滑稽可笑，又有雅克[②]的大度豁达，但更大程度上是中国人的那种温良恭俭让、仁义礼智信。在这个人物身上不难看出作者在中国期间认识的当地仆人、翻译、友人的原型。

从舞台艺术、戏剧导演上，《缎子鞋》明显地搬用了京剧等中国传统戏曲的诸多表演手法。连续七八小时的戏而不用大幕，布景与道具的极简化，"检场人"当着观众面作必要的换景，场内观众嗡嗡嘤嘤，打击乐器喧闹不已，等等。中国仆人这个角色从"行当"上讲就是一个典型的"小花脸"。鉴于克洛岱尔在中国多次观看京剧和地方戏，并写有谈论中国戏的文章，再加上他1920年代曾在日本和美国两次目睹艺术大师梅兰芳的演出，并在文章、日记和讲座中多次提及这位"凌波仙子"，在此期间创作的《缎子鞋》大量模仿京剧艺术的舞台处理也就不足为怪了。当然，在从《缎子鞋》起的一批戏剧作品（如《哥伦布之书》《火刑台上的贞德》等）中，克洛岱尔把日本能乐、歌舞伎、文乐等的艺术手法也吸收了进来。

---

① 塞万提斯《堂吉诃德》中的人物。
② 狄德罗《生命论者雅克和他的主人》中的人物。

从题目上看，这又是一个东西合璧的典型。"缎子鞋"是一件物证：当普萝艾斯为追求私情而准备偷偷逃跑时，她脱下一只绣花鞋，挂在圣母雕像的手上，叹道："我把鞋子交给了你！圣母马利亚，把我可怜的小脚握在你的手中吧！……当我试图向罪恶冲去时，愿我拖着一条瘸腿！当我打算飞越你设置的障碍时，愿我带着一只残缺的翅膀！"①她所给予马利亚的是献身天主的精神保证，也是束缚她追求自由恋情、世俗幸福的一条锁链。在西方文化史上，鞋常常是一种契约的见证，如《旧约》中所记以色列人的买卖惯例②，大家所熟悉的灰姑娘故事中水晶鞋作为幸福的凭证。克洛岱尔在中国文化中无疑也发现了鞋的象征意义。在《认识东方》集中有个"绣花鞋"的故事，那便是《钟》所讲的"大钟之魂"的见证，这个故事在昔日的北京家喻户晓，南方各地也有不同翻版。很早便在爱尔兰裔日本作家小泉八云（Lafcadio Hearn）收集翻译的《中国鬼怪集》（1887）中。克洛岱尔在《钟》中记述了它，只不过在文中把那只关键的鞋隐去不写。我们可以肯定，当克洛岱尔在多年之后写作这出"西班牙"史诗剧时，他一定回想起了那只他梦系魂萦的"缎子鞋"。法国有批评家认为杨贵妃缢死后遗下一只鞋的故事可能是《缎子鞋》题目的来源。此说看似牵强，倒也证明了中国文化在这出象征主义代表作中的地位。

我之所以不惜笔墨写这只"鞋"的故事，只是想让读者重视这样一个现象：克洛岱尔在离开中国以后，仍然没有割断与中国

---

① 见《缎子鞋》。第一幕，第五场。
② 《旧约·路得记》，IV, 7-8。

文化的联系。他通过书本、报纸，通过对日本文化的曲折分析，仍在加深他对中国的认识。《缎子鞋》这部写于日本、言及西班牙的剧倒比他早先的剧《第七日的休息》和《正午的分界》有了更浓厚的中国味。

《缎子鞋》于1920年代发表后，一直没有引起演艺界的重视，直到1940年才在电台播出，但仍无人敢把它搬上舞台。当时的名导演让-路易·巴洛尔建议克洛岱尔另写一个篇幅较短，适合表演的演出本。克洛岱尔便在全本的基础上写了一个删节本，砍去约三分之一的场面，演出时间约为五小时，当时演出大获成功。1980年代葡萄牙的电影人把《缎子鞋》拍成电影，进一步扩大了作品的影响。但是一些专家对删节本表示不满，认为它把许多精彩的思想舍弃了，不仅削弱了各场次之间的呼应效果，还破坏了作品的整体和谐。1988年，导演安托万·维泰兹大胆地把全文本搬上了舞台，在著名的阿维尼翁戏剧节上演出，从晚上九点，一直演到第二天早上九点（包括幕间休息），大获成功。当演员带着倦容上台谢幕时，已经有些头昏的观众发出了狂热的欢呼。

我虽无缘观看保尔·克洛岱尔这一出魅力无穷的《缎子鞋》，但我还是在巴黎的图书馆里借到了葡萄牙人拍摄的电影《缎子鞋》，看了个痛快。另外有一次，应该是在1989年的3月27日，法国电视三台转播安托万·维泰兹导演和主演的《缎子鞋》，从中午十二点一直播放到晚上，我为看电视，便在电视机前守了十个小时，只给自己留了一刻钟吃午饭，一个小时吃晚饭，这都是电视转播的"幕间休息"时间。另外有一次，我在巴黎大学城的荷兰楼活动大厅中，看过法国学生剧团演出的《缎子鞋》片断。

译出《缎子鞋》后,一直盼望着这部跟中国关系如此紧密的戏剧巨著,能够在中国演出,当然,最好是能用上我翻译的这一剧本。

余中先

2021 年 9 月 5 日

于北京蒲黄榆

Deus escreve direito por linbas tortas.[1]
——葡萄牙谚语

Etiam peccata.[2]
——圣奥古斯丁[3]

---

① 葡萄牙文,意为"天主以曲划直"。
② 拉丁文,意为"甚至罪孽"。
③ 圣奥古斯丁(354—430),古罗马基督教神学家、哲学家。

献给画家何塞·玛利亚·塞尔特①。

---

① 何塞·玛利亚·塞尔特(1876—1945),西班牙画家。

目 录

第一幕

第一场　报幕人、耶稣会神甫……………………………… 7

第二场　堂佩拉日、堂巴尔塔萨……………………………11

第三场　堂卡米耶、堂娜普萝艾斯……………………………16

第四场　堂娜伊莎贝尔、堂路易斯……………………………25

第五场　堂娜普萝艾斯、堂巴尔塔萨……………………………26

第六场　国王、掌玺大臣……………………………………35

第七场　堂罗德里格、中国仆人……………………………42

第八场　黑女人若巴尔巴拉、那不勒斯士官…………………57

第九场　堂费尔南德、堂罗德里格、堂娜伊莎贝尔、

　　　　中国仆人……………………………………………63

第十场　堂娜普萝艾斯、堂娜缪西卡……………………………65

第十一场　黑女人、（随后）中国人…………………………71

第十二场　守护天使、堂娜普萝艾斯……………………………76

第十三场　堂巴尔塔萨、旗手……………………………………80

第十四场　堂巴尔塔萨、旗手、中国人、一个士官、
　　　　　众士兵、众仆役…………………………………84

第二幕

第一场　　堂希尔、呢绒店老板、众骑士………………………95
第二场　　急性子、堂娜奥诺莉娅、堂娜普萝艾斯…………100
第三场　　堂娜奥诺莉娅、堂佩拉日………………………………105
第四场　　堂佩拉日、堂娜普萝艾斯……………………………112
第五场　　总督、众贵人老爷、考古学者、小神甫…………121
第六场　　圣雅各……………………………………………………129
第七场　　国王、堂佩拉日…………………………………………132
第八场　　堂罗德里格、船长………………………………………136
第九场　　堂卡米耶、堂娜普萝艾斯……………………………142
第十场　　那不勒斯总督、堂娜缪西卡…………………………145
第十一场　堂卡米耶、堂罗德里格………………………………154
第十二场　堂古斯曼、鲁伊斯·佩拉尔多、奥索里奥、
　　　　　雷梅迪奥斯、印第安人…………………………164
第十三场　双重影……………………………………………………167
第十四场　月亮………………………………………………………169

第三幕

第一场　　……………………………………………………………179
第二场　　堂利奥波德·奥古斯特、堂费尔南德………………191
第三场　　总督、阿尔马格罗………………………………………205

第四场	三个哨兵	212
第五场	旅店老板娘、堂利奥波德·奥古斯特	214
第六场	堂拉米尔、堂娜伊莎贝尔	217
第七场	堂卡米耶、一个女仆	222
第八场	堂娜普萝艾斯（熟睡着）、守护天使	224
第九场	总督、秘书、堂娜伊莎贝尔	243
第十场	堂卡米耶、堂娜普萝艾斯	251
第十一场	总督、堂拉米尔、堂娜伊莎贝尔、堂罗迪拉尔	266
第十二场	总督、船长	272
第十三场	总督、堂娜普萝艾斯、众军官	275

第四幕

第一场	渔夫阿尔科切特、博戈蒂略斯、马尔特罗皮略、曼贾卡瓦略和少年卡洛斯·费利克斯	294
第二场	堂罗德里格、日本人大佛、堂门德斯·莱亚尔	303
第三场	堂娜七剑、屠家女	319
第四场	西班牙国王、侍从、掌玺大臣、女演员	326
第五场	比丁塞带领的第一队人、伊努鲁斯带领的第二队人	339
第六场	女演员、堂罗德里格、侍女	347
第七场	迭戈·罗德里格斯、副官	359
第八场	堂罗德里格、堂娜七剑	365
第九场	西班牙国王和他的朝臣们、堂罗德里格	377

第十场　堂娜七剑、屠家女……………………………………391

第十一即最后一场　堂罗德里格、雷翁修士、两士兵………397

……说到底,天无绝人之路,十年之后也好,二十年之后也好,演全剧也好,演部分也好,既然此剧总有一天要上演,那就照这里所写的舞台提示去演吧,最要紧的是,各场之间须紧紧相接,不容半点延宕。天幕马马虎虎一通涂鸦即可,若无天幕亦可。置景工可在剧情展开之际当着观众的面作必需的换景。必要时,让演员随手帮一把也未尝不可。每一场的演员在前一场演员还未说完台词之前就应上场,并立即准备进入剧情。至于舞台提示,只要不影响剧情发展,只要演员们能想起来,就可由舞台监督或演员自己念诵或张挂出来,他们可以把小纸条放在衣袋中,也可以互相传阅。万一他们演砸了,那也不要紧。一截悬挂的绳头、一块没拉紧而露出白墙的幕布、一帮在墙前穿梭来往的剧组人员将为剧作赢得最佳效果。一切都要体现某种临时的气氛,匆匆忙忙、马马虎虎、七拼八凑、支离破碎而又热情洋溢!如果可能的话,要时不时地察看效果,因为即使在混乱之中,也应避免单调无味。

秩序是理智者的乐趣;混乱则是想象力的乐趣。

我建议我的剧不妨在某个封斋前的星期二①下午四点钟演出。我幻想一座宽敞的剧场,由于前一场戏的观众留下的气息而暖融融的,场内坐满了人,谈话声嗡嗡嘤嘤。通过弹簧门,可以听到训练有素的乐队在演员休息室中嘈杂的试音声。另一个带着某种鼻音的小乐队在大厅中逗乐似地模仿着大众的声音,它引导着这声音,慢慢地赋予它一种节奏和形状。

报幕人出现在前台低垂的大幕前。这是个健壮快活的大胡子,他向人们最期望的委拉斯开兹②作品借来了羽翎帽,腋下夹着一根手杖,那条皮带勉勉强强能扣上扣。他想说一点什么,但每次张开口时,观众仿佛有准备似的一阵喧哗,一响铙钹,一阵犯傻的铃铛,一丝短笛刺耳的颤音,一束巴松管嘲讽式的声波反射,一场奥卡利那笛的恶作剧,一串萨克斯风的打嗝,不时地打断他。慢慢地一切都沉陷了,全场渐渐安静。只听到大鼓还在耐心地"嘭!嘭!嘭!"作响,就像芭尔黛太太③受到伯爵先生训斥时用屈从的手指头有节奏地敲打着桌面一样。在鼓乐极轻微的咚咚声中,不时夹杂着强奏的乐段,一直到观众们几乎全安静下来为止。

报幕人手持一张纸片,用手杖拼命地敲击地板,报幕道:

---

① 狂欢节的最后一天。
② 委拉斯开兹(1599—1660),西班牙画家。
③ 芭尔黛(1854—1941),原名让娜·朱丽亚·雷尼奥,法国女演员。

缎子鞋

或

人生之最糟永在未定中[①]
分四幕[②]演出的西班牙故事

[①] 原文为"le pire n'est pas toujours sûr"。也可翻译为"命之落魄未能永知"。
[②] "幕"原文 journée 是来自西班牙语的借词，其意思不是"一天"、"一日"，而相当于"一幕"。

第一幕

〔一声短促的号角。

　　这出戏的舞台是整个世界,尤其是16世纪末要不就是17世纪初的西班牙。作者擅自压缩了各个国家和各个时代,同样,在设定的距离内,众多分离的山脉只成了一条唯一的地平线。

〔又一声短促的号角。
　一阵汽笛长鸣,好像
是一艘船在行驶。
〔幕启。

第一幕出场人物

报幕人

耶稣会神甫

堂佩拉日

堂巴尔塔萨

堂娜普萝艾斯（堂娜梅尔薇依）

堂卡米耶

堂娜伊莎贝尔

堂路易斯

西班牙国王

掌玺大臣

堂罗德里格

中国仆人

黑女人若巴尔巴拉

那不勒斯士官

堂费尔南德

堂娜缪西卡（堂娜戴丽丝）

守护天使

旗手

众士兵

第一场
报幕人、耶稣会神甫

报幕人　让我们，我的兄弟们，我请求你们，把目光集中在大西洋的这一点上，它位于赤道以南仅仅几度，与新旧大陆的距离正好相同。人们在此地恰如其分地呈现出一艘折了桅杆、随风漂流的舰船的残骸。两半天体的所有星座：大熊星座、小熊星座、仙后星座、猎户星座、南十字星座皆尽井然有条地悬挂在天际，恰似巨大的烟火灯彩，宛如硕大无比的金属甲胄，布满了苍穹。我的手杖甚至都可以够得着它们。在这下方，如果一位画家想表现海盗——就算是英国海盗吧——袭击一艘可怜的西班牙舰船的情形，他肯定会在作品中想象这样一支桅杆，连同横桁以及帆篷索具，通统倒卧在甲板上，想象这推翻了的大炮，这洞开的舱门，这泊泊血迹，这遍地横尸，尤其是这一群交错叠堆的修女。如你们所见，在主桅的断杆上，绑着一个耶稣会神甫，又高又瘦。撕碎的长袍中露出赤裸的肩膀。他不断地念道："主啊，感谢你将我如此缚绑……"不过，还是由他自己来说吧。好好听着，不要咳嗽，努力琢磨一下。你们琢磨不透之处，恰好是最美的地方，而最长的段落反倒是最吸引人的，你们觉得不甚有趣的恰恰是最逗的部分。

　　［报幕人下场。

耶稣会神甫　主啊，感谢你将我如此缚绑！有时我曾觉得你的律令是那么严厉，

　　而面对你的法则，我的意愿又是

　　那么困扰，那么倔强。

　　可是今天，我找不到任何别的方法更紧地靠近你，我枉然地想证明自己手脚的存在，然而没有一只手一条腿能稍稍避开你一点儿。

　　真的，我捆绑在十字架上，但我身所系的十字架却一无拴结，在海上随波漂荡。

　　大海多么自由，连苍天尽头的界线也消失殆尽，

　　这界线将我已离开的旧世界和另一新世界间的距离

　　分为两半。

　　我的周围，一切都在消逝，在这修女们尸首迭叠的小小祭坛上，一切都已耗尽。也许没有混乱，葡萄就不能收获，

　　但是，些许动荡过后，万物又重归于永恒的安宁。

　　我若以为遭到抛弃，那只消等候身下万无一失的强大力量再次袭来将我攫住，将我抛起，就好像一瞬间，我听凭无底深渊的欢腾，

　　这股涌浪，将是把我卷走的最后一股。

　　我掌握，我使用这整个由天主创造的不可分割的作品，在它身上，我丢弃了自身的意愿，深深化入了天主神圣的意愿中，

化入了伴随未来一起制成一整块撕不烂的布料的往昔之中,

化入了听我呼唤的大海之中,

化入了吹拂我脸膛的阵阵微风之中,化入了这两个友好的世界之中,还化入了这高悬天穹的毋庸置疑的灿烂星汉之中,

我为这片广土祝福,我的心在如此诱人的夜晚为它占卜!

愿赐予它的是牧者亚伯①在他的河流与森林中得到的恩宠!愿战争与纠纷在那儿销踪绝迹!愿伊斯兰教不要玷污它的海岸,还有那比异端邪道更糟糕的鼠疫!

我将自己奉献予天主,现在,安息与轻松之日已经来临,我可以把自己托付给这捆缚着我的绳索。

每当需要作出选择,只需一个动动手掌这样微不足道的动作时,人们总喜爱大谈什么牺牲。

说真的,唯有作恶才需下决心,因它背离现实,与处处选中我们、操纵我们的永恒的巨大力量相脱节。

现在,这已是我以自己方式所作的散发出死神气息的弥撒的最后一次祷告:我主,我替我的兄弟罗德里格向你恳求!

我没有别的孩子,哦,我主,他也知道他不会有别的兄弟。

你看到他起初踏着我的足迹,站到了织有你的字母图案的旗帜下,现在,也许因为结束了初修期,他就想背离你了,

---

① 《旧约》中,亚伯是亚当和夏娃的次子。他牧羊,他哥哥该隐种地。该隐因嫉妒他,把他杀死。

9

他向往的并不是等候,而是征服和占有

他所能征服和占有之物,仿佛世上没有属你之物,仿佛他所在之处并无你的存在。

然而,我主,要想摆脱你并非一桩易事,他若是不能明明白白地投向你,就让他浑浑噩噩地去吧,他若不能直截了当地来,就让他转弯抹角地去吧,他若不能一门心思地来,

就让他带着众多混杂的思念,艰辛地去吧;

他若是渴望作恶,但愿那只是一种能与善并存的恶;

他若是渴望混乱,但愿这混乱能把他身边的、阻挡他获得拯救的城墙震得土崩瓦解,

我对他以及跟他在一起的众人说,让他韬光养晦。

因为他属于这样的一类人,他们只有拯救跟在他们身后效仿的大众才能最后拯救自己。

你已教会了他渴望,但他还未猜测到何谓被渴望。

告诉他,你不是唯一能够缺席的一位!把他和另一个如此美丽的、透过间距召唤他的生灵连接在一起!

把他变成一个负伤者,因为一生之中他已见过一次天使的面目!

填满这些情人心中的欲壑,排除他们种种变化无常的意外表现,

让他们体现出最初的浑然一体来,体现出他们在难以遏制的关系中恰如天主曾构思过的本质来!

他在大地上企图卑贱地说出的话,我将在天上把它转达出来。

第二场
堂佩拉日、堂巴尔塔萨

西班牙一家贵族宅第的正门。凌晨时分。庭院里栽满了橘子树。树下有一个小小的蓝色陶瓷的蓄水池。

堂佩拉日　堂巴尔塔萨,从这幢房子出去有两条道路。
　　其中一条,若是拿目光粗粗测量一下,穿越众多的城镇与村庄,
　　时而上坡,时而拐落,就像制绳工摇架上的一团乱麻,
　　从这里直通大海,离它不远,我知道有一家掩蔽在树丛中的小旅店。
　　一个全副武装的骑士护送着堂娜普萝艾斯正要从那儿路过。对,我本想让他把堂娜普萝艾斯带到我面前。
　　然而,从另一条夹在染料木树林中,盘绕在巉岩林立的山间的路上,
　　我将响应来自高处的那个白色斑点的召唤,
　　它就是山上寡妇的来信,也就是我手中这封表姐的来信。
　　至于夫人,梅尔薇依,对她而言别无他事可做,只有默默遥望着东方的海岸线,

　　　　　静等着那些船帆出现，把我们——她和我——一起送往非洲我们的总督府。

堂巴尔塔萨　怎么？大人，这么早就要出发！

　　　　　怎么？在野蛮之邦逗留了那么多年月归来后，你又要离开这幢你童年时代的府邸！

堂佩拉日　不错，这是世上我唯一感到被理解被接受的地方。

　　　　　当我成为替国王陛下除强盗擒反贼的可怖法官时，我正是在这儿寻找宁静的庇护所。

　　　　　人们不喜欢一个法官。

　　　　　但是我，我明白，再没有比杀死行凶作恶的人更大的仁慈了。

　　　　　有多少日子我在这儿度过，从清晨到夜晚，伴随我的只有我那年老的园丁，

　　　　　我亲手浇灌的橘树，以及那只见了我毫不惊恐的小山羊！

　　　　　是的，它嬉戏着用脑袋顶我，从我的手中舔食葡萄叶。

堂巴尔塔萨　而现在，这位堂娜梅尔薇依不是比那小山羊对你更亲么？

堂佩拉日　堂巴尔塔萨，在艰难的旅途中要好好照顾她。我把她交托给你的荣誉了。

堂巴尔塔萨　怎么，你想把堂娜普萝艾斯托付给我吗？

堂佩拉日　为什么不呢？你不是亲口对我说过，你的义务在加泰罗尼亚①召唤着你？你的旅途并不会因此延长多少。

---

①　加泰罗尼亚，西班牙东北部地区。

堂巴尔塔萨　请原谅。难道找不到另外的骑士来担当此任？

堂佩拉日　没有别人。

堂巴尔塔萨　你的堂弟堂卡米耶，那边的副长官，他不是快要出发了吗？

堂佩拉日（坚决地）　他将一个人出发。

堂巴尔塔萨　你不能让堂娜普萝艾斯留在这儿等你吗？

堂佩拉日　我没有时间再回来了。

堂巴尔塔萨　有什么迫切任务在等着你呢？

堂佩拉日　我的表姐堂娜比莉亚娜快要死了，身边没有一个男人。

　　　　在她谦卑而又高傲的住宅中没剩一个铜钱，仅存几片面包，

　　　　还有六个待嫁的闺秀，最大的快满二十岁了。

堂巴尔塔萨　那不是我们叫作堂娜缪西卡的姑娘吗？——当我为佛拉芒人酝酿武装起义时，我曾住在她家——

　　　　我忘不了她那把永不离身却又永不弹奏的吉他，她那双清澈见底，充满信赖、渴望、神奇的眼睛，

　　　　她的笑容，还有她那咬着鲜亮嘴唇的如同新鲜杏仁一般洁白的牙齿！

堂佩拉日　你为什么不娶她呢？

堂巴尔塔萨　我比一只老狼还穷困。

堂佩拉日　你攒的钱全都到了你兄弟那儿，佛兰德地方大家族之主的手中了？

13

堂巴尔塔萨　在埃斯考河与默兹河①之间，再没有更辉煌的家族了。

堂佩拉日　我来负责缪西卡，至于你，我把普萝艾斯托付给你了。

堂巴尔塔萨　大人，我就像你那样，虽然这把年纪，

却总感到生来不是为了做一个漂亮女子的保护人，而应当成为她的丈夫。

堂佩拉日　高贵的朋友，我确信，你也好，她也好，对这几日的相伴都不会有什么担心，

再说，我妻子的女仆总是和她在一起，提防那黑女人若巴尔巴拉！桃树和仙人掌长在一起就不那么好保护了。

你的等候不会太久的：不用花很多工夫，我就会把一切安排妥当。

堂巴尔塔萨　把六个姑娘嫁出去？

堂佩拉日　我已为她们每人挑了两个对象，召集这些情郎的命令已经发出；谁敢违抗可怕的法官佩拉日？

她们只需选择就行了，要不然，我，我替她们选择了修道院，

等待她们的将是修道院。

阿拉贡②人不能更确信他的生意了，六匹新来的牝马出现在集市广场。它们在大栗树的浓荫下安安静静地站在一起，

---

① 埃斯考河，即斯海尔德河，发源于法国北部，经比利时在荷兰注入北海。默兹河，发源于法国，也经比利时在荷兰注入北海。

② 阿拉贡，西班牙东北部地区。

看不到那买主把马嚼子藏在身后转来转去,正拿内行的喜悦的眼光一一打量着它们。

堂巴尔塔萨(深深叹了口气) 别了,缪西卡!

堂佩拉日 好,现在我还有一点儿时间,让我对你讲清非洲那边的形势。苏丹毛拉[①]……(他们走远了。)

---

① 毛拉,阿拉伯人对"主人"的称呼,这里指摩洛哥的苏丹。

第三场
堂卡米耶、堂娜普萝艾斯

同一庭院的另一部分。中午。由厚叶植物构成的绿篱像一堵城墙,从舞台的一边延伸到另一边。密集的树木的浓荫形成了一片昏暗。透过树叶的缝隙,漏下几束阳光,在地上投下闪闪的光点。

[在绿篱看不见的另一边,走着堂娜普萝艾斯,透过树丛只能看见她红色衣裙的闪动,跟堂娜普萝艾斯并行走在绿篱看得见的这边的是堂卡米耶。

堂卡米耶　衷心感激夫人能允许我向你道一声告别。

堂娜普萝艾斯　我什么都没有允许你,堂佩拉日什么都没有禁止我。

堂卡米耶　这道隔在你我之间的绿篱证明你不愿看见我。

堂娜普萝艾斯　我听见你难道还不够吗?

堂卡米耶　我到那里就不再经常打扰统帅大人了。

堂娜普萝艾斯　你还回到摩加多尔①去吗?

---

① 摩加多尔,索维拉的旧称,摩洛哥西南部港口城市。

堂卡米耶 那是个好地方，远离休达①和它的政府机关，远离这幅蓝色的大画，在这画中，众多白色大船的划桨正不断地画出西班牙国王的姓氏。

我最珍惜的就是那道四十尺长的屏障，它不时让我付出一两艘大驳船的代价，它还让来客们感到稍稍的为难。

但是，恰如人们所说：来看望者为我带来荣耀，不来看望者为我带来快乐。

堂娜普萝艾斯 这样一来，所有的增援与补给也都与你无缘了。

堂卡米耶 我会设法对付的。

堂娜普萝艾斯 幸亏摩洛哥现在被三四个苏丹和先知瓜分，战乱不断，是这样吗？

堂卡米耶 是这样的，这是我的小运气。

堂娜普萝艾斯 谁都不能像你那么巧妙地利用这个机会，不是吗？

堂卡米耶 对，我会讲各种语言。不过我知道你在想些什么。

你在想我化装成犹太商人在内地长达两年的旅行。

许多人说这不是一个绅士和一个基督教徒的做法。

堂娜普萝艾斯 我没想这个。没有人会认为你是个背教者。你这么看是因为国王赐予你这个光荣的岗位。

堂卡米耶 对，一个光荣的岗位就如漂在汪洋大海中的酒桶上的一条狗。不过我也不要别的什么。

许多人还说，我的脸色有些黧黑，属于摩尔人的血统。

堂娜普萝艾斯 我不这么想。我知道你出身高贵家族。

---

① 休达，西班牙在北非的属地，原属摩洛哥，16世纪时被西班牙占领。

堂卡米耶　就把我当成摩尔人吧!

　　任何一个绅士都知道,对他们只需像对靶子那样痛击。

　　但这只是在理论上。因为事实上,我们对他们恰恰攻击得最少。

堂娜普萝艾斯　你知道我和你想得一样。我也喜欢这个危险的民族。

堂卡米耶　难道我喜欢他们?不,但我不喜欢西班牙。

堂娜普萝艾斯　我都听到什么了,堂卡米耶?

堂卡米耶　有些人生来就是前途似锦,

　　像玉米粒被紧紧地包嵌在茎叶之中:

　　宗教、家庭、祖国,事事如意。

堂娜普萝艾斯　你被剥夺了这一切吗?

堂卡米耶　你总是希望我的回答能让你放心,不是吗?就同我母亲一样,她总要我不断向她说她心中所思之事。对那代替一切回答的"温存的微笑",她总是要责怪我的!

　　啊!别的儿女,我可以说她很少想及!她临终时挂在唇上的唯有我的名字。这个浪子,成了另一个家伙,一个糟透了的家伙,

　　你真的相信他同老饕和妓女一起吃着他的家产?啊!他投身在另一种充满激情的事业之中!

　　与迦太基人以及阿拉伯人干着冒下油锅之险的投机生意!你觉得呢!这可是牵连到**名誉**的大事?

　　你认为父亲会不想亲爱的儿子,而去想别的什么吗?日复一日。他只是出于无奈。

堂娜普萝艾斯　你说的"温存的微笑"是什么意思？

堂卡米耶　就像我们私下达成了协议，就像一切都与她有共谋关系。小小一个眼色，就这样！正是这些惹得她动了火。可怜的妈妈！

　　但是，请你想想，若不是她自己，那见鬼又是谁把我造出来的？

堂娜普萝艾斯　我又没责任重新造一个你出来。

堂卡米耶　你又知道什么？不过，说不定是我有责任把你毁灭呢。

堂娜普萝艾斯　这可不那么容易，堂卡米耶。

堂卡米耶　是不容易，不过你已不顾丈夫的禁令在这儿隔着树墙听我说话了。我瞥见了你的小耳朵。

堂娜普萝艾斯　我知道你需要我。

堂卡米耶　你明白我爱你吗？

堂娜普萝艾斯　我已经说了我说的话。

堂卡米耶　我没有让你感到太可怕吗？

堂娜普萝艾斯　这一点你可不能马到成功。

堂卡米耶　你听着我这个看不见的人说话，你迈着跟我一样的步子，走在这树枝的另一边，你说，我献给你的还不够诱人吗？

　　别人对钟爱的女子献出珍珠和城堡，谁知道？也许有茂密的森林、成百的农庄、海上的舰队、地下的矿藏、一个王国，

　　一种静谧而光荣的生活、一杯能够共饮的美酒，

　　然而我，我要提供给你的，根本不是这些东西，等一下！我知道我就要触到你胸中最秘密的心弦了，

　　有一样东西是如此珍贵，为了跟我一起获得它，任何代

价你都在所不惜,你将抛弃你的财产、家庭、祖国,还有你的名声和荣誉!

对,在这儿我们能干什么,我们一起走吧,梅尔薇依!

堂娜普萝艾斯　你要献给我的如此珍贵的东西是什么?

堂卡米耶　在乌有之乡跟我一起获得一个地位! *nada*①!哈哈!

堂娜普萝艾斯　你想给我的就是这个?

堂卡米耶　这使我们摆脱一切的乌有不是什么都没有吗?

堂娜普萝艾斯　可是我,我爱生活,卡米耶大人!我爱世界,我爱西班牙!我爱这蔚蓝的天空,我爱这金色的太阳!我爱这仁慈的天主为我安排的命运。

堂卡米耶　我也爱这一切。西班牙是美的。伟大的主,若人们能一劳永逸地离开它,那该多么美好啊!

堂娜普萝艾斯　这不就是你所做的吗?

堂卡米耶　人们总是要归来的。

堂娜普萝艾斯　但这乌有之乡真的存在吗?

堂卡米耶　存在的,普萝艾斯。

堂娜普萝艾斯　它什么样子?

堂卡米耶　一个一无所有之地,一颗只装着你的心。

堂娜普萝艾斯　你说这话时扭转了头,为的是不让我看到你嘴唇上一丝嘲笑的神情。

堂卡米耶　当我说爱就是妒忌时,你还坚持说你不懂吗?

堂娜普萝艾斯　哪个女子还会不懂?

---

①　西班牙文,意为"乌有"、"一无所有"。

堂卡米耶 热恋中的女子，诗人们不是说过，她抱怨自己不能成为意中人的一切？必须让他只需要她一个。

她所能带来的只是死亡与荒漠。

堂娜普萝艾斯 啊！我想带给爱人的可不是死亡，而是生命；

生命，哪怕要我付出生命的代价！

堂卡米耶 但你难道不是比那些亟待掌握的王国，比那个需从海涛中解脱出来的美洲更为重要吗？

堂娜普萝艾斯 我是更重要。

堂卡米耶 与一个行将沉沦的灵魂相比，一个亟待创建的美洲又算得了什么呢？

堂娜普萝艾斯 难道必须献上我的灵魂来拯救你的灵魂吗？

堂卡米耶 别无他法。

堂娜普萝艾斯 我若是爱你，这于我就容易了。

堂卡米耶 你若是不爱我的话，请爱我的厄运。

堂娜普萝艾斯 什么样的厄运竟有那么巨大？

堂卡米耶 别让我一人孤零零的！

堂娜普萝艾斯 你不懈的努力就是为了这个吗？

哪个朋友没有遭到你的冷遇？哪种联系没有被你切断？

哪一项使命你不是带着刚向我提到的那种微笑去迎接？

堂卡米耶 假如说我缺少一切，那是为了更好地等待你。

堂娜普萝艾斯 只有天主能填此空。

堂卡米耶 谁知道你一个人能不能把这个天主给我带来？

堂娜普萝艾斯 我不爱你。

堂卡米耶 那我，我将那么不幸，那么有罪，对，我将干出事来，

堂娜普萝艾斯，

  我将逼迫你以及你满怀妒意地为一己保留的这个天主到我这儿来，像他曾为了正义者而来那样。

堂娜普萝艾斯　不要亵渎神圣！

堂卡米耶　是你跟我谈起天主的；我不喜欢谈这个。

  你真的认为是回头的浪子在请求饶恕吗？

堂娜普萝艾斯　福音书中说的。

堂卡米耶　我嘛，我敢坚持，那是天父，对，就在他为这个探险者洗着受伤的脚时。

堂娜普萝艾斯　你也会回来的。

堂卡米耶　到那一天，我不要音乐！不邀来客，不宰牛犊！也不要这公众盛典。

  我愿他像雅各①那样成为瞎子好看不见我。

  你记得约瑟②赶走自己所有的兄弟，只为跟以色列③单独待在一起这一场景吗？

  谁也不知道此时他们之间发生的事，到世界末日，可以有东西来填满那垂死的五分钟！

堂娜普萝艾斯　堂卡米耶，做个单纯正直的人真是那么难吗？做一个忠诚的教徒，一个忠诚的士兵，一个忠诚的国王陛下的

---

 ①　《旧约》中犹太人的祖先之一，以撒和利百加的儿子。他有十二个儿子，其后代构成以色列的十二个部族。

 ②　雅各和拉结所生的儿子。

 ③　即雅各，因他和天使摔跤取胜，神给他取名为"以色列"。

仆人，

  一个你将找到的女子的忠诚丈夫，真是那么难吗？

堂卡米耶 这一切过于笨拙，缓慢而且复杂，

  还有其他东西永远压在我们头顶，我要窒息了！啊！这无休止的密集的牢狱，这一整堆柔软的肉体！

  这阻止我们去听从召唤的一切。

堂娜普萝艾斯 那不可抗拒的召唤是什么？

堂卡米耶 告诉我，你没有感受到它吗？小飞蚊见到夜幕中摇曳的一线光亮便欣喜若狂地飞扑过来，

  人类的心比飞蚊更冲动，它将奋不顾身地听从召唤，投向那会焚毁它的烈焰。非洲的召唤呵！

  若是没有这在肚腹上炙热的方熨斗，没有这吞噬人的癌瘤，没有揪人心肝的毒辣阳光，没有被海风吹旺的三脚火炉，没有这冒烟的岩穴，没有这焚烧动物残骸的炉灶，大地绝非这副模样！

  我们不是囿于四壁墙中之物。

  你们枉然地关闭一切，你们枉然地达成交易，你们不能排除人性的这个最大部分，你们商定要排斥它，而基督则为它而死。

  吹拂在你身上的这阵风摇动了你的树叶，敲响了你的百叶窗，那是非洲在召唤他忍受那永恒的酷刑！

  别人在海上探险，而我，为什么就不能挺进到尽遥尽远之地，奔向那西班牙另一头的边境，那烈火之乡！

堂娜普萝艾斯 国王派往西印度的那些将官不是为他们自己干的，

而是为了他们的主人。

堂卡米耶　我不需要时刻想着西班牙国王,四面八方不是到处都有他的臣子吗?数他走运,我要深入到他的姓氏无法抵达的地方。

　　我嘛,人们给我的并不是随我心思任意塑造的一个新世界,

　　而是一册我必须去研究的活生生的书,我所渴望的统治只有通过科学才能获得。

　　一部《古兰经》,它的每一行都由一排排棕榈树组成,地平线上珍珠般的城市就像是它的篇目,

　　而字母,则是在狭窄街道的阴影中人们炯炯发亮的眼睛,是他们挤作一团的形状,谁要无法抽出一只手来,除非它由黄金铸成。

　　就像荷兰人靠海生活,这些处于人类边缘的民族(并不是因为大地到了头,而是因为烈火起了头),则在火烫的湖泊之外开发着海岸。

　　在那儿,我要为自己开创一项事业,为我自己在两个世界之间安排一个小小的傲慢的位置。

堂娜普萝艾斯　为你一个人?

堂卡米耶　为我一个人。一个小小的位子,在那儿我将比一枚遗忘在珠宝匣中的金币更为孤独。除你之外,谁都永远不能前来寻找我。

堂娜普萝艾斯　我不会来寻找你的。

堂卡米耶　我可是和你约定了。

第四场
堂娜伊莎贝尔、堂路易斯

西班牙某城一条街。
临街有一扇带铁栅栏的窗户。

〔堂娜伊莎贝尔在铁栏杆后面,堂路易斯在街上。

堂娜伊莎贝尔 我起誓,除了大人你,我谁也不嫁。明天,我的兄长,那个残暴的家伙就要把我带到塞哥维亚①去。我将作为一个女傧随圣母到卡斯蒂利亚②的城门去接受圣地亚哥③的致意。快武装起来,带上几个勇敢的同伴。趁着月黑云高,丛林茂密,要在某个隘道狭路把我劫走也不困难。我的手。

〔她把手伸给他。

---

① 塞哥维亚,西班牙中部城市。
② 卡斯蒂利亚,西班牙古城,属于卡斯蒂利亚王国。
③ 圣地亚哥,指使徒圣雅各,他于公元 44 年在耶路撒冷殉道,据说他曾在西班牙传道。

第五场
堂娜普萝艾斯、堂巴尔塔萨

地点同第二场。晚上。整个旅队整装待发。骡马、行李、武器、辔鞍等。

堂巴尔塔萨 夫人,既然你丈夫出于某种突如其来的灵感,将高贵的尊敬的夫人你托付于我,
　　我想,在出发之前,很有必要把我们之间言谈中应恪守的条款告知于你。
堂娜普萝艾斯 我正洗耳恭听。
堂巴尔塔萨 啊!我真想退隐到布雷达①去!对,我不愿指挥一个漂亮的女人,
　　我宁可指挥一队涣散的、没有面包吃的雇佣军,哪怕它已穿过小树林被带向远方的绞刑架!
堂娜普萝艾斯 不必难受,大人,快把你准备好的那张纸给我吧。
堂巴尔塔萨 请你读一下,并在注明的地方签上名。
　　好,自从我把命令写入这张纸上,我就浑身轻松。从此,

---

① 布雷达,荷兰南部城市。

就将由它来指挥我们大家了,我会第一个听从的。

　　你看,一切都在上面写得清清楚楚,什么地方宿营,什么时候出发和用餐,

　　还有,什么时间允许你我交谈一会儿,因为人们不能惩罚妇女,让她们缄口不言。

　　到那时,我会向你讲述我参加过的战役,追叙我的家谱,谈谈我的祖国佛兰德的风俗。

堂娜普萝艾斯　那么我,也能允许我说几句吗?

堂巴尔塔萨　塞壬①,我已经听你说得够多了!

堂娜普萝艾斯　在这几天中,你对我的命令和性命将比对你自己看得更重,

　　我们别无他人可以交往,你每分钟都在感到我只有你一个保护者,想到这一切,难道真是那么不好受吗?

堂巴尔塔萨　我起誓!谁都别想从我手中把你夺走。

堂娜普萝艾斯　要是你确实把我带向我想望的地方去,我为什么还要想方设法逃跑呢?

堂巴尔塔萨　这我已经拒绝了,这是你丈夫嘱咐我的!

堂娜普萝艾斯　假如你拒绝我,那么我就独立出发。说定了,我会找到办法的。

堂巴尔塔萨　堂娜梅尔薇依,听到你父亲的女儿说出这番话,我感到难过。

---

①　塞壬是希腊神话中人身鸟足的女妖,住在地中海的一个岛上,她用美妙的歌声引诱过往水手,使航船触礁沉灭。

堂娜普萝艾斯　他难道不是这样一个人，自己的计划就常常遭到众人的阻碍吗？

堂巴尔塔萨　不，可怜的伯爵！啊！我失去了一位何等的朋友！至今我仍感觉到一个狂欢节的早上，他挥举的剑穿透我身体的重重一击。我们之间兄弟般的友谊就是这样开始的。

　　当我看到你的眼睛时，我仿佛又见到了他，你已经明白了。

堂娜普萝艾斯　我最好还是不要告诉你，我已经发出了这封信。

堂巴尔塔萨　给谁的信？

堂娜普萝艾斯　给堂罗德里格的，对，让他到你将把我带去的那家旅店来找我。

堂巴尔塔萨　你真的作出了如此疯狂的举动？

堂娜普萝艾斯　我若不利用千载难逢的良机，让那个茨冈女人直接把信带到阿维拉①，这位骑士的府邸，

　　难道我就不会犯下意大利人所说的这条罪孽了？

堂巴尔塔萨　不要亵渎神圣，请不要这样瞧着我，我求你了！你对自己的行为丝毫不感到羞耻吗？你对堂佩拉日没有半点畏惧吗？他若是知道了会怎样呢？

堂娜普萝艾斯　毫无疑问，在反复权衡之后，他会不慌不忙地杀了我。

堂巴尔塔萨　对天主你没有半点畏惧吗？

堂娜普萝艾斯　我起誓我根本不想作恶，因此我把什么都对你说

---

① 阿维拉，西班牙城市，在马德里西北。

了。啊！想把心掏给你看有多么艰难，我怕你什么都不理解，

只以为我对你有好感。活该！现在就由你负责来防御我吧。

堂巴尔塔萨 普萝艾斯，你得帮助我。

堂娜普萝艾斯 啊！这太容易了！我不去寻找时机就是了，我等它自己找上门来。

我既然正大光明地提醒你了，战役就开始了。

你是我的防守者，我想做的一切，就是逃离你，去和罗德里格相会，

我提醒你，我会这样去做的。

堂巴尔塔萨 你愿意干这可咒的事吗？

堂娜普萝艾斯 这不是愿意不愿意的事，而是预防不预防的事。

你看，我是那么防着我的自由，我甚至把它交到了你的手中。

堂巴尔塔萨 你不爱自己的丈夫？

堂娜普萝艾斯 我爱他。

堂巴尔塔萨 在此国王已把他忘却之际，你却要抛弃他，

让他独自一人去那野蛮的海岸，

没有军队，没有金钱，没有任何安全保障地生活在异教徒之中吗？

堂娜普萝艾斯 啊！你说到了我的心里，其他的一切都不如这一点。是的，然而想到就这样背叛非洲，背叛我们的家，

还有我丈夫的名誉，我知道，他不能没有我而活着，

还有我收留的那些忧郁的孩子，他们代替了天主未赐予我的孩子，还有那些在医疗所治病的女人，还有那些奉献于

> 我们的罕见的可怜信徒，要抛弃所有这一切，
>
> 我必须说，它使我感到惧怕。

堂巴尔塔萨　是什么在召唤你去找那位骑士？

堂娜普萝艾斯　他的声音。

堂巴尔塔萨　你认识他只有短短几天。

堂娜普萝艾斯　他的声音，我却从不间断地听到。

堂巴尔塔萨　它对你说什么了？

堂娜普萝艾斯　啊！你若想阻止我去找他，

那就把我绑起来，别将那残酷的自由留给我！

把我送进铁窗后深深的黑牢吧！

但当我肉体这所囚牢将被撕碎时，还有什么囚牢能关得住我呢？

嗨！它只是太坚固了，当我的主人召唤我时，它只需违抗一切权力，死死地留住灵魂就成，

他召唤着我的灵魂，我的灵魂是属于他的！

堂巴尔塔萨　灵魂与肉体都是？

堂娜普萝艾斯　当肉体成了我的敌人，当它妨碍我一下子飞到罗德里格身边时，你说的这肉体是什么意思？

堂巴尔塔萨　这肉体在罗德里格眼中只是你的牢狱吗？

堂娜普萝艾斯　啊！这是人们扔在爱人脚下的一副躯壳！

堂巴尔塔萨　如果你能够，你会把它给他吗？

堂娜普萝艾斯　我还有什么不是属于他的？如果可能，我会把整个世界给他的！

堂巴尔塔萨　走吧，去和他相会吧！

堂娜普萝艾斯　　大人，我已跟你说了，我不再置身于自己的保护之下，而是你的保护之下了。

堂巴尔塔萨　　只有堂佩拉日才是你的保护者。

堂娜普萝艾斯　　说吧，把一切都告诉他。

堂巴尔塔萨　　啊！我为什么那么快就向你许下了诺言呢？

堂娜普萝艾斯　　怎么，我对你这般信任，你还不感激吗？别逼着我承认，有些事情我只能对你一人说。

堂巴尔塔萨　　无论如何，我只能照堂佩拉日说的去做。

堂娜普萝艾斯　　啊！你将保护我，我喜爱你！我已没什么可做的了，人们可以信赖你。

　　我已在脑子里想出了千条妙计来逃脱你的手。

堂巴尔塔萨　　将有另一个卫士来帮助我，你将不能轻易地摆脱他。

堂娜普萝艾斯　　他是谁，大人？

堂巴尔塔萨　　从你还是稚纯的小孩那天起天主就安置在你身边的天使。

堂娜普萝艾斯　　一个抵挡魔鬼的天使！要保护我提防男人们，需要有一个像我朋友巴尔塔萨那样高大魁梧的人，

　　高大的人带着利剑浑然一体，还有远远就能看见的漂亮的金色胡须！

堂巴尔塔萨　　你依然还是个法国人。

堂娜普萝艾斯　　就像你还是个佛拉芒人，我那弗朗什-孔泰① 口音是不是很美丽动听？

---

① 弗朗什-孔泰，法国旧省名。

这不是真的！所有这些人是那么需要我们来学做一个西班牙人，他们真不知道该如何入手！

堂巴尔塔萨 你丈夫怎么能够娶到你？他已那么衰老，而你还如此年轻？

堂娜普萝艾斯 也许我和他天性中最严肃地维持、最秘密地怀抱的部分十分合拍。

当我随父亲去处理他家乡的事务来到马德里时，

这两个高贵人物之间很快达成了协约：

当堂佩拉日被介绍给我时，我一下子就爱上了他，爱他超过一切，爱他一辈子，这完全就是夫妻间法定的义务。

堂巴尔塔萨 至少，你不能怀疑他已对你履行了丈夫的义务。

堂娜普萝艾斯 假如他爱我，我就不会听不到他对我说这话了。

是的，他若是向我承认，哪怕只一句话，哪怕说得再轻，我的耳朵也足以灵敏得能理解它。

我不会对这句我全神贯注期待着的话装聋作哑的。

多少次我从他的目光中以为抓住了这句话，然而一旦我的眼神想进得更深，他的目光就变了。

我猜释着仅仅在我手上停放了一秒钟的这只手。

嗨！嗨！我知道我对他一无所用，我从来都不信他会称赞我的行为，

我甚至都不能为他生一个儿子。

有时我也试图相信他已对我有所感受，

这个十分神圣的东西，我想或许应该任其自然流露出来，而不该用外加什么语言来干扰它。

是的，有一次，他曾以奇特而迂回的方式，让我听到了此类的东西。

或许他是那么高傲，为让我爱他，竟只讲大实话而不屑求助于其他。

平时，我们见面那么少！和他在一块儿我竟那么惶恐不安！

然而长期以来，我从未想象过我可以脱离他的影子。

你看，即便在今天，也是他把我打发走，而不是我要离开他的。

差不多整天里他都让我独自一人待着，就是他，让我成天守着荒凉而昏暗的空房，何等可怜，何等高傲，

房外闪耀着杀人的毒日，房内弥漫着诱人的香气！

对，人们说，是他母亲让这房屋保留着这副肃穆的状态，她自己也是刚刚才走掉，

真是个无比高贵的夫人，人们甚至都不敢正眼看她。

堂巴尔塔萨　他母亲生下他时就死去了。

堂娜普萝艾斯（指着大门上的雕像）　我说的或许是这一位夫人。

　　[堂巴尔塔萨庄重地脱帽。两人静静地注视着圣母的雕像，堂娜普萝艾斯突然灵机一动。

堂娜普萝艾斯　能不能帮我牵住这头骡子？

　　[堂巴尔塔萨牵住骡子的脑袋。

堂娜普萝艾斯（爬上骡子背，脱下一只缎子鞋，站在鞍辔上，把缎子鞋放到圣母的手中）　圣母啊，你是这幢房子的主人与母亲，

你是这位男人的保证人和保护者，你是他遥遥无期的孤仃一身的陪随，他的心与你，比与我更加息息相通，

若非为了我，就请为了他吧，

他与我的关系既然非我造致，而是你意促成，

尊严的转递修女啊，就请阻止我，让我留在这所你守着大门的房子里吧，一种堕落的行为！

让我冒犯这个你为我安上的姓氏，让我在爱我之人的眼中丧尽名誉。

我不能说我理解你为我选择的男人，然而你，我是理解的，你是他的母亲，也是我的母亲。

趁现在时间还来得及，快快用你的一只手揪住我的心，另一只手拿住我的鞋，

我把自己交给了你！圣母马利亚，我把鞋子交给了你！圣母马利亚，把我可怜的小脚握在你手中吧！

我告知于你，再过一会儿，我就见不到你了，我就将违着你的意愿行事！

但是，当我试图向罪恶冲去时，愿我拖着一条瘸腿！当我打算飞越

你设置的障碍时，愿我带着一只残缺的翅膀！

我所能做的都做了，请你留着我的鞋吧，

请把它留在你的心口，令人畏惧的伟大母亲啊！

第六场

国王、掌玺大臣 ①

〔濒临塔霍河②港湾的贝伦宫③,宽敞的宫殿中,众臣簇拥着西班牙国王。

国　王　老爱卿,你已然白发苍苍,而我刚刚才两鬓染霜,
　　　　常言道:青春时代好幻想,
　　　　耄耋之年求现实,人到老年就安于现状,
　　　　一种令人沮丧的现实,一个褪色的渐趋狭窄的小小世界。
掌玺大臣　此乃先人反复教诲令我铭刻于心的。
国　王　他们说过在明眼人看来世界是忧郁的无边愁海吗?
掌玺大臣　我不能违着众人之心否定这点。
国　王　老年人才具有这种明亮的眼光吗?
掌玺大臣　老年人具有熟练的眼光。

---

①　在当时的西班牙,掌玺大臣官位最高,相当于宰相。
②　塔霍河,发源于西班牙东部,流入葡萄牙后称特茹河,在里斯本附近注入大西洋。
③　西班牙国王的王宫。

国　　王　　熟练得只看对他有利之物。

掌玺大臣　　对老年人、对他小小的王国有利。

国　　王　　我的王国无比巨大！对，尽管它已如此巨大，但在我心中，

　　　　它的边境无权停滞不前，大海也好，我脚下广阔的汪洋也好，

　　　　远不能给它强加一条界线，而只能为我姗姗晚萌的渴望保留新的疆域！

　　　　即便有那么一样东西，你有权说它不属西班牙国王，我最终还是要把它找到。

　　　　忧郁吗？怎能说一个无比卓越的天主创作的作品，说这些事物的真理

　　　　是忧郁的呢？这不是大逆不道吗？若说类似于他、仿效于他的世界

　　　　比我们自身还小，若是让我们的想象力这般无所依靠，不是荒谬透顶吗？

　　　　我确实说过，青春时代好幻想，但这是因为青年人想象的事物远不如原来那么美丽，那么繁多，那么诱人，随着年龄的增长，我们治愈了这种失望。

　　　　看这片夕阳沉落的大海，闪闪发光无垠的水面，

　　　　诗人们在那儿曾看见某个可笑的天神每晚驾着阿波罗的无法想象的金车在沙丁鱼群中匆匆驶过，

　　　　我们祖先大胆的目光掠过了它，他们的手指，

　　　　急切地指点着海的另一边，一个新的世界。

>   他们的一个臣仆已经航行到南方，他重新发现了查姆①，他绕过了可惧的开普②，
>
>   他在恒河饮水！他穿越了众多奇形怪状的通道，他在中国海岸停泊，等待着他的是潮流般抖动的丝绸、棕榈和赤裸的人体，
>
>   所有这些活蹦乱跳的人群，这众多稠密的等待受洗的人群；
>
>   另一个……

掌玺大臣　我们伟大的海军司令！

国　　王　他，出现在他船首上的是全新的事物，一个烈火与白雪的世界迎着我们火山似的舰队中挺立的将旗而来！

>   美洲，它就像一支巨大的号角，这只静默的圣餐杯，这块星星的碎片，这庞大的天堂之区，它的腰肢折向了快乐的汪洋！
>
>   啊！愿苍天原谅我！然而每当我像今天这样，从港湾的岸边，看到太阳用它那长长的展开的地毯邀我去往与我永远分隔的区域，
>
>   这时，西班牙——我戴着她戒指的这个妻子——在我看来都比不上那个黝黑的女奴，比不上那只锁在黑夜地区的铜腰身的母畜！

---

① 查姆，原文 Cham，《圣经》中挪亚的次子，埃及人的祖先。
② 开普，指南非的开普敦。

全靠你，白鸽的儿子①，我的王国才变得像一个人的心房：

当一部分伴随它的肉体存在时，另一部分却在大洋彼岸找到了栖身之地；

它永远在世上另一些星星照耀下的地方抛锚停泊。

谁只要把太阳当作向导，谁就不会走错道！

世界的这片广土，以往的智者还曾把它丢弃给幻想和疯狂，

而现在，我的财政官们正从那儿采掘黄金，这生死攸关的金子启动了此地的整个国家机器，使我的军队竖起了比五月野蒿更为茂密的枪林戟丛！

对于我们，大海失却了它的恐吓力，只留下它的神奇；

是的，它翻腾的波浪不足以毁坏连接两个卡斯蒂利亚②之间的黄金通道，

我的双桅舰队穿梭来往，

替我载去教士与战士，为我运来由太阳生养出的奇珍异宝，

连那环行在两个大洋上的太阳

到了天顶也要驻足一时，犹豫地观望！

掌玺大臣　昔日的臣仆为陛下征战建国，

今天臣仆的使命则是开放这个王国，保留这个王国。

国　王　说得不错，不过近来，我只听到那边传来令人沮丧的

---

① 指哥伦布，因哥伦布的读音与鸽子（Colombe）的发音相同。
② 这里代指两个西班牙，西班牙王国，以及美洲的西班牙殖民地。

消息：

　　抢劫掠夺、海盗剪径、敲诈勒索、无道不义，屠杀无辜黎民，

　　尤为严重的是，发狂的军官瓜分我的土地，互相厮杀，

　　仿佛天主在海洋怀抱中产出的这个世界不是为了和平十字架下唯一的国王，

　　而是为了这群嗜血成性的恶蚊！

掌玺大臣　真是主子不在家，赶骡的乱打架。

国　　王　我又不能分身，一半留在西班牙，一半到西印度去。

掌玺大臣　派一人代表陛下去，在万众之上行使一切大权。

国　　王　选派谁去呢？

掌玺大臣　一个正义和理智的人。

国　　王　当我美洲的火山熄灭时，当它搏动的心房衰竭时，当它沸腾着燃烧着，从空虚中挣脱出来，耗尽了巨大精力休息下来时，

　　我将为它选一个富有正义满怀理智的人去统治！

　　代表我行事、我从他身上认出我自己的，不要一个智者、一个正义者，给我一个嫉妒而贪婪的人吧！

　　我要正义理智的人又有何用？他若不喜欢这种不义而嫉妒的爱，我还要为他而争夺这日落之处富饶的美洲和印度吗？

　　难道他会在理智与正义之中同这块野蛮而残酷的土地结成姻亲，把这充满毒汁和违拗的极端滑溜的土地抱在怀中吗？

　　我说，只有在耐心在激情在战斗在纯洁的信仰中才能这

样做！有哪一个明智的人会舍弃熟人故友而去接近陌路生人，会选择混乱的苗圃而不要父辈的良田？

然而我需要的人，当他迈过前人从未穿越的隘口，

一刹那间，他就明白了这长久以来耸立在他心灵之中的苍山青松是属于他的，摊在他脚下的地图中，没有一样东西他不熟悉，没有一样东西我不在以前的信中给了他。

对他来说，旅途没有长度，荒漠没有厌烦，他将建立的城市早已人声鼎沸；

战争没有风险，政治简单之极，他只对所有无聊的抵抗感到惊奇。同样，当我取得西班牙时，可不是为了以强盗的方式享受它的果实，它的妇女，

也不是以食利者和产业主的方式享受它的羊毛，它地层深处的矿藏，以及商人们运往海关的一袋袋金子；

而是赋予它以智慧和整体，让它在我们手掌下整个儿那么活生生，服服帖帖，可人心意，而我，则像一个脑袋，懂得整个身体的所作所为。

精神并不在肉体之中，精神包容了肉体，它把整个肉体裹抱在自身之中。

掌玺大臣　臣只知道有一人符合陛下的要求。他就是马纳科尔[①]的堂罗德里格。

国　　王　我不喜欢他。

掌玺大臣　臣知道他从来不肯服从别人，然而陛下寻求之人只能

[①] 马纳科尔，西班牙巴利阿里群岛上的一个城市。

用帝王之料铸成。

国　王　他还太年轻。

掌玺大臣　但是，陛下将交给他的这片美洲之土并不比他年长多少。

　　当他跟随父亲，听父亲向他讲述科尔特斯和巴尔沃亚[①]的业绩，第一次看到美洲神奇的景色时，他还只是个儿童。

　　后来他穿越了安第斯山脉，全然不像麦哲伦那样，毫无障碍地跋涉重洋，

　　而是从秘鲁穿透一片森林的海洋去往巴拉[②]，

　　他治理了遭叛党与瘟疫毁坏的格林纳达[③]。

　　这一切证明了陛下的臣仆罗德里格是何等人物。

国　王　我同意派罗德里格。让他来吧！

掌玺大臣　陛下，我还不知道他在何处呢。微臣曾明白地告诉他，美洲将重新恳请他前去。

　　而他目光阴沉地听着老臣，一言不发。

　　第二天他就消失了。

国　王　派人将他强行带来！

[①]　费尔南德·科尔特斯（1485—1547），西班牙航海家、军官，1520年征服墨西哥。巴尔沃亚（1475—1517），西班牙殖民探险者，他是第一个横穿美洲大陆到达太平洋东岸的欧洲人。

[②]　巴拉，巴拉圭的简称；另一说是巴西北部一州，首府是贝伦。

[③]　格林纳达，位于西印度群岛中向风群岛最南端。

第七场
堂罗德里格、中国仆人

卡斯蒂利亚的荒野。小灌木丛,透过树丛,可以看到一片宽阔的空地。远处是富有浪漫色彩的群山。一个晶莹清澈的夜空。

〔堂罗德里格和中国仆人躺在斜坡上,坡下卸了套的马在自由地溜达。他们注视着远方。

堂罗德里格 我们的骑士们消失了。

中国人 他们就在那边的小树林中,马儿都睡觉了,其中有一匹雪白的映亮了其他的一切。

堂罗德里格 今晚,我们找错了伴儿。

中国人 他们寻找的不是我们。这儿不是从加利西亚到萨拉戈萨①的大道吗?

每年这一天(正好是今天,你看这颗星星),

圣雅各②不是都要走这条路庄严郑重地参拜石柱圣母

---

① 加利西亚,西班牙地名。萨拉戈萨,西班牙城市。
② 耶稣的十二门徒之一,西班牙人通常称他为圣地亚哥。

院①吗？

堂罗德里格　他们是赶队伍的朝圣者吗？

中国人　在微闪的磷光中我看到了闪亮的武器，而朝圣者是不会担心过早被人看见的。

堂罗德里格　好极了，这事就与我们不相干了。

中国人　不过，我还是睁一只眼睛盯着这片小树林。

堂罗德里格　我嘛，我要睁着眼睛盯着你，亲爱的伊西多尔②。

中国人　别担心，我不会逃走的，
　　　　　只要你遵照协定，别让我靠近河流、溪泉和水井过夜就行。

堂罗德里格　你那么害怕我偷偷为你施洗吗？

中国人　我为什么要无缘无故出卖我的权利，变成一个基督徒，带着本来可以供给你的饰物进入天堂？作为对其他不那么纯洁的意图的赔偿，
　　　　　你应该先来伺候伺候你的仆人先生。

堂罗德里格　让我陪你到有只黑手在招呼你的地方去？

中国人　附近有一只白手在向你招呼。

堂罗德里格　我想要的没有丝毫的卑贱之处。

中国人　你把黄金称作卑贱的东西？

堂罗德里格　我要拯救的是一颗受难的灵魂。

---

①　石柱圣母院，在萨拉戈萨城，据说公元40年圣母马利亚曾在石柱上向使徒雅各显灵。

②　这是罗德里格为他的中国仆人起的教名。

中国人　我呢？我的灵魂被俘虏了。

堂罗德里格　俘虏在钱袋深底了？

中国人　属于我的一切，就是我自己。

堂罗德里格　你还抱怨我愿帮助你吗？

中国人　我的主人先生，请大人屈尊原谅我对大人的不信。

是的，我宁肯在别人手下干，为何我非要乖乖待在你的手下呢？

堂罗德里格　反倒是我掌握在你的手心中。

中国人　我们彼此束缚，再也无法挣脱。

啊！我真不该在激动中匆匆忙忙对你许下诺言！

说到底，你想浇到我头顶上的是什么样的水？为什么你非坚持不可？你能得到什么好处？谁能保证事情就像你说的那样？

至于你说的这番精神改宗，你相信它真是那么舒服吗？谁喜欢把肾换一个位？我的灵魂就是这样，我不愿别人注意它，随心所欲地搞花招。

堂罗德里格　你要是违背自己说过的话，那就糟了，它会复仇的。

中国人（叹了一口气）　好吧，说定了，我放弃去那儿找金子，你呢，你也放弃那个花哨的偶像吧。

堂罗德里格　你岔远了，伊西多尔。我再说一遍，我唯一的迫切任务，就是去拯救处于危险中的这颗灵魂。

中国人　你不愿我听到一个人这么说话时感到害怕！

可怜的伊西多尔！啊！你命中招来了何等的主人啊！具有沉重而细微质地的烦恼使你落到了一双什么样的手中？

你把我带到马德里看喜剧，但我没看到任何相似的事！向解救别人老婆的人致敬！

回过头来说你吧！请你小心行事吧！竖起耳朵纳听我这合情合理的聪明话吧，让它像美妙的器乐一样铭刻在你病态的心中。

你爱的那女人是什么？她的外表，这如彩笔描画的嘴，这更美得像玻璃球一样的眼睛，这线条匀称的四肢，似乎挺美的，

但在内心中，是抑郁的恶魔，是蛆虫，是烈火，是附在你身上的吸血鬼！男人身上的汁液被她滗尽沥干，只剩一个蟋蟀卵大小摊在地上崩溃了的外形，多么可怕哟！

我还不是在大人你的支配下？我不是多次恳求你思考一下如何拯救你和我的灵魂？你现在却像鱼儿上钩似的想跟她融为一体，

可是一百年后，这女人的百来斤肉会变成什么呢？

一把骨头，几撮灰尘与腐土！

堂罗德里格 可现在她活着。

中国人 我，我担保，这女鬼前生前世一定让你立契画押许诺今日来相匹配！

你若愿意，我就去鼓励那风韵丧尽的妇人，以肉体的折磨与挑唆来还清她前生的无头冤债。

堂罗德里格 伊西多尔，你真让我吃惊。神圣的教会从不认为人出生之前有什么灵魂。

中国人（怒气冲冲）可我研读了你给我的全部书籍，我可以从头

至尾背诵下来。雷翁教士都说我和他知道得同样多。

堂罗德里格 我觉得摆脱不了那些在身后追踪着我的东西,

也摆脱不了在我面前的东西,那黝黑的树丛中

海面上的一点白光。

中国人 在你身后的是什么?

堂罗德里格 马蹄声响起,有人正在追踪我,国王在他的宝座上发出了旨令,他在众人之中选中了我,要把世界的一半交给我,

那自永恒以来无人知晓的一半,像襁褓中的婴孩一样隐没在荒芜之中,

世界这个全新全鲜的一隅,像一颗从大海和黑暗中为我升腾的明星。

我不应在那儿寻觅一方落脚之地,在那儿开创一个短暂的行省,

我应在它仍旧新鲜仍旧潮润之际,将它整个儿提在手中,让它张开双臂接受我永久的抱吻。

中国人 什么东西在你的前头?

堂罗德里格 一个白点闪电般晃过,恰似死神的面容。是有人在挥动手绢?是正午的太阳照射在墙头?

中国人 我知道了。那儿有个黑色的妖魔,我一时心血来潮,*quasi in lubrico*① 把钱借给了它,真所谓:

智者千虑,必有一失。

〔他仰望长空,搓手长叹。

---

① 拉丁文,意为"犹在神驰魂荡中"。

堂罗德里格　我敢肯定，不是没有利息的吧。我可知道你的慷慨大方。

中国人　怎么，把钱 *illico*① 给予 *petentibus*② 不算是一种美德吗？

你以为什么才算是美德，难道不允许它立刻获得报答吗？

堂罗德里格　好吧，我们会找回你的钱的，既然你坚持只从黑女人那儿要这笔钱。

魔鬼才知道你玩了什么鬼花招！

我将为你洗礼，将让你远走高飞。你可以回到你的中国去。

中国人　这是我最珍贵的愿望，我在不信教的人民中做出成果的时刻到了。

新酿的酒浆若不让老板装到旧瓶里去③又有何用？斗若不用来量那些指令分给猪猡的珍珠④，

难道还要来装我们那无用的烛光？

堂罗德里格　你可以用作路德派小市民教徒的《圣经》了。

中国人　把我带到巴塞罗那就行了。

堂罗德里格　那不是你求我千万别去的地方吗？

中国人　假若我不能让你从疯狂中回心转意，至少也让我从中利用。

---

① 拉丁文，意为"立即"。
② 拉丁文，意为"渴求者"、"追求者"。
③ "新酒必须装在新皮袋里"，这是《新约》中耶稣的话，此处反用。
④ "不要把珍珠丢在猪前"，这是《新约》中一段箴言，此处反用。

堂罗德里格　每人都说这是疯狂,但是我却理直气壮!

中国人　想通过葬送一颗灵魂而拯救它,真的有道理吗?

堂罗德里格　有一样东西,眼前只有我一个人才能带给她。

中国人　这唯一的东西是什么?

堂罗德里格　快乐。

中国人　你不是曾让我几十次地念诵:对你这位基督徒,唯有牺牲才是拯救吗?

堂罗德里格　唯有快乐才是牺牲之母。

中国人　什么样的快乐?

堂罗德里格　看到她给我带来快乐。

中国人　你把欲望的折磨称为快乐吗?

堂罗德里格　她从我嘴唇上读到的根本不是一种欲望,而是感激。

中国人　感知[①]?告诉我她眼睛的颜色。

堂罗德里格　不知道。啊!我对她如此仰慕,竟忘了仔细瞧瞧她!

中国人　妙极了。我嘛,我看到了又大又丑的蓝眼睛。

堂罗德里格　并非只有她的眼睛,对于我,她的整个人就是一颗明亮的星!

　　以前,在加勒比海上,一天拂晓,当我从闷气的舱室中走出想要巡视一番,

　　猛然间,王后般的天体闯入我的眼界。一颗灿烂夺目的孤星悬在透明的天幕上,

---

① 文字游戏,法文中,"感激"为 reconnaissance,又有"认识"之意;而"感知"为 connaissance,又当"知识"讲。

啊！一刹那，同一种巨大而疯狂的快乐袭上了我的心！

没有羡慕，谁都活不下去。我们身上有一个惧怕我们自己的灵魂，

有这我们感到厌倦的监牢，有这能一直看到最后的眼睛！有一颗要求满足的心！

然而，一忽儿工夫，苍穹中只剩下这过于熟悉的灯火，

昏暗而确实的信号灯，这个水手们忧愁的向导仍留在始终如一的水面。

而这一次，给我的不是一颗星，而是别的，黑夜流沙中的一点光明。

像我这样的凡人，其面貌与影响皆脱去了世俗的丑陋与卑鄙，只能与一种幸福的状态共处！

中国人 感官肉欲的一次盛宴！

堂罗德里格 感官肉欲！我把它比作随军而行的仆役，

只会揩死人的油，掠夺已攻占的城池。

我绝不会那么痛快地接受肉体为躲避的灵魂而付的赎金，

也不认为灵魂中有一种我已不再需要之物。

但是我说得不好，我并不会污蔑天主造出来的肉欲。

它们不是凶恶的从犯，而是我们的奴仆，它们周游世界，

直至最终寻到美，在它面前我们将欢愉地消失而去。

我们向它要求的一切，无非只是永远地睁开眼睛，重新见到它。

中国人 真的没有别的了？那就没有必要打扰我们。我怕我们的交谈对这位夫人并无用处。

堂罗德里格 我就这样白白将她这个深藏之人找出来了?

中国人 把我们弃在非洲海岸的该死风暴!

把我们扔在那里的该死热病!

堂罗德里格 我一醒来看到的就是她的面容,

你说,你认为她不知道我已认出了她吗?

中国人 必须弄清我们出生前发生的一切。现在我什么都看不到,对,我想起来,我还未进到我的眼中:

什么都不要打扰我,伊西多尔蝴蝶的准备①。

堂罗德里格 别提你的前生前世了!除非在创造我们的主的思想中,我们曾经奇怪地相处在一起。

中国人 的确如此!我们三人曾经都在一起。

堂罗德里格 她早已是这颗不容任何边界的心的唯一一条边界了。

中国人 我亲爱的教父,你早想让她做我的教母了吧。

堂罗德里格 她早已克制着这一属于我、我正去向她讨还的快乐。

她早已抬起了那摧毁死神的面容注视着我!

什么叫死亡,难道不是不再成为必需之物吗?什么时候她可以不要我呢?什么时候我将会不再那样呢?没有了它,她也许不再是她自己了。

你问她给我带来的快乐吗?啊!我还不知在我睡熟时她对我说了一些什么话!

这些话,她都不知道曾对我说过,而我只要闭上眼睛就能听到它们。

---

① 影射中国古代哲人庄子的"梦蝶"之说。

中国人　让你闭上了眼睛的话，让我闭上了嘴巴。

堂罗德里格　这些话是死亡的毒药，它止住了心房的跳动，它拦住了时间的流逝！

中国人　它不再存在了！瞧！在这于你已一无所用的天体中，有一颗星星流逝了，

　　　　在广阔的夜空中画出了一道长长的火尾！

堂罗德里格　我多么喜爱这千千万万共存共处的事物！没有一颗遭受如此伤害的灵魂见到这庞大和谐的乐队竟激不起一丝微弱的旋律！

　　　　看，正当大地像一个受伤的士兵停止了搏斗，吐出一丝庄重的气息，

　　　　天堂的人们却像一个个工于计算的雇员，双足不挪半步，埋头麇集在他们神秘的活计中！

中国人　中央，三颗星星，这一圈接一圈地拜访着两个半球的朝圣者的巨大棍杖，

　　　　就是你叫作圣雅各的权杖①。

堂罗德里格（低声地好像自言自语）"瞧，我的爱！这一切都是你的，我要把它们献给你。"

中国人　这千千万万滴奶汁构成的奇妙的光明②！

堂罗德里格　那边，树叶丛中，它照亮了一个流着欢畅泪水的女

---

　　① 指猎户星座，在两个半球都可见到，人称"圣雅各的权杖"。它有三颗亮星，都在天球赤道上。

　　② 指银河。

　　　　　　子，它亲吻着她赤裸的肩膀。

中国人　灵魂拯救者先生，我请你别再管什么肩膀了！

堂罗德里格　它同样属于我一生中不能占有之物的一部分。

　　　　　　我说过我所爱的仅只是她的灵魂吗？是她整个的人。

　　　　　　我知道她的灵魂永生不死，可肉体也不差半分半毫，

　　　　　　两者的种子都已育出，被招呼到另一个花园去开花结果。

中国人　一副肩膀属于一个灵魂，在一起的这整个又是一朵花，你懂了吗，我可怜的伊西多尔？哦，我的脑瓜，我的脑瓜！

堂罗德里格　伊西多尔，啊！你要知道我是多么爱她！多么渴望着她！

中国人　现在我明白你了，你再也不说中国话① 了。

堂罗德里格　你以为唯有她的肉体才能在我心中勾起这一股欲火吗？

　　　　　　我所爱的，绝不是她身上能够自身毁灭的、摆脱我而消逝的、停止爱我的东西，而是她自身的因由，是那在我的亲吻下产生出生命而不是死亡的东西！

　　　　　　若是我告诉她，她生来不是为了死去的，若是我要求得到她的长生不老，这颗不知自己为何物的星，

　　　　　　啊！她怎能拒绝我呢？

　　　　　　我向她要求的，绝非她身上纷乱、混杂、犹豫的东西，绝非呆滞、中性、会腐败的东西，

　　　　　　而是赤裸裸的存在，纯洁的生命，

---

① 法文中，"中国话"意为"难以理解的东西"。

是跟我在我欲望之下同样强烈的那种爱,它就像一堆熊熊的烈火,就像我脸上绽开的笑颜!

啊!愿她把这爱给我(我坚持不住了,黑夜压上了我的眼皮),

愿她把这爱给我(不该让她把它给我),能使我满足的绝不是她那娇小可爱的肉体!

除非互相依靠,我们就永不能摆脱死亡,

就像紫色和橙色混在一起显示出纯粹的红色来。

中国人　*Tse gue! Tse gue! Tse gue!* [①] 我们知道这漂亮的言词下掩盖着什么。

堂罗德里格　我知道,今生今世,我和她的结合已不可能,我也不想要别的。

唯有她这颗星

能清凉一下我极度干渴的心。

中国人　为什么我们现在要去巴塞罗那?

堂罗德里格　我不是告诉过你,我收到了她的一封信。

中国人　事情渐渐有了眉目。

堂罗德里格　(像念信似地背诵)"来吧,我将在某地……我要出发去非洲。有许多责备的话要对你说。"

是一个茨冈女人给我带来的这封信。我就出发了,

听从了你的催促,毫不顾及国王的兵马在身后追捕我。

中国人　对,是我!请你指责我吧!我的灵魂和我的钱袋,你只

[①] 应为中文里的官腔,"这个!这个!这个!"

有这两件事在心上。

堂罗德里格 一切在我心中具有相同的重量。滴水聚集
与整个西班牙,对我来说就像一架天平微微倾斜。

中国人 啊!那矗立着的黑色塑像,那属于我的钱,噢唉!噢唉!
糊里糊涂之中我给了她的那笔钱哦!
我愿她异国味的乳房下的肚子像果子一样富有旋律地渐渐膨胀!

堂罗德里格 责备,她说的!啊!我误解了!对,她想让我听的只是些责备话,
我不应再存在了。我应该明白,这些都说明她将永不爱我。

中国人 我这儿还可以提供几点证明。

堂罗德里格 我应看到她是有道理的,我应该赞同她!我必须听着她惩罚这颗只为她跳动的心!

我渴望这毁人的话语!还有!我贪婪地盼着她想在我身上建立的虚无。

因为我知道,唯有在绝对的空无之中我才能与她相逢。

难道因为我漂亮,或高贵,或有德行,我才让她爱我的吗?或许仅仅为这绝望的需要我才占有她的灵魂?

或许当我想到她时,我渴望的只是她心中对我突如其来的一阵冲动!或许那时整个的她都不会消失,对,甚至那双漂亮的眼睛!

我愿让她作为证人对照一下,我们间的这次离别具有多么重大的影响,而另一次,在我之前获得她的那个人作出的

分离，仅仅是一个形象而已。

唯有不带任何动机和功利的这种信任，我们互相间的信任，唯有这永恒的誓言，

才能超越一直通向世界底层的深渊。

我知道，只有作出一种无偿的行为她才能属于我。

中国人　只有凝结在细颈瓶里，由大慈大悲的圣母菩萨的恩惠液化的酏剂才是无偿的。

你看，这些液珠一旦接触到稠密的大气，它们就会挥发起火。

堂罗德里格　你看到的不是圣母，而是你曾目不转睛盯着看的在莲花菁葵座上端坐着的中国偶像①。

中国人　一滴香水远比许多洒地的水要更珍贵。

堂罗德里格　这话是你自己说的，还是谁告诉你的？

中国人　当黑夜来临，我闭上眼睛时，世间万物纷至沓来呈现在我的脑海。

我听到铜鼓般低沉的声音，不禁联想到荒野，想到太阳，想到筑有雉堞的城墙后的一座无名之城。

我看到一条运河，河面上倒映一钩弯月，可以听到芦苇丛中一艘看不见的小船的窸窣之声。

堂罗德里格　然而你对我说过，当耶稣会教士买下你，把你从死亡中拯救出来时，你还是个不丁点儿的小孩，那时你就离开了中国。

---

①　指观音菩萨。

中国人　肉与灵均在死亡线上挣扎，感激至高的上苍！
今晚我看到一股熔流冲到了
这座横跨两宫①的大地之桥上。

堂罗德里格（胳膊肘撑地，支起身子）　的确如此！这是什么？从西边的深暗中，我看到一长列小小的光点在前移。

中国人　那边，东面的山脊上出现了另一列队伍。

堂罗德里格　那是雅各每年在他的本名日动身进拜他主的母亲。

中国人　而她则慈母般地走出三分之一路程来迎接他，
一切皆按经过长期争论后，最终在公证人面前庄严写入协约的规定而行。

堂罗德里格　小心！我看到西边的小小光点散开了，全都熄灭了！那是火枪发出的红色烈焰！听！有人在呼叫！

中国人　我怕这是刚才我们看到伏藏在松林后面的人，是那些朝拜者。

堂罗德里格　你以为他们会向圣雅各挑衅吗？

中国人　这些人也许是异教徒，或许是摩尔人，那雕像是大块的银子。

堂罗德里格（站起）　我的剑！冲上去解救圣雅各先生。

中国人（也站起）　当我们将它从异教徒手中夺回后，要是不给一笔优厚的赎金，我们就不归还了。

〔他们下场。

---

① 或指占星术中黄道十二宫中的两宫。

第八场

黑女人若巴尔巴拉、那不勒斯士官

某旅店,在海滨。

黑女人 (扑到士官身上) 没良心的,喔!我要宰了你!呸!呸!呸!你说,你把我漂亮的齐祖伊^①弄到哪儿去了?

士　官　你好,夫人!

黑女人　黑心肠,我可认识你了!

士　官　我嘛,根本就不想听你说。

　　〔他用右手的两个手指捏住鼻子,左臂模仿着驼背小丑的棍杖。

黑女人 (缓过气来) 我给你的金子做的……我给你的纯金做的漂亮手镯,值二百多皮斯托尔^②!

　　那上面留住过一只手、一把吉他、一把钥匙、一颗番石榴、一枚铜钱、一条小鱼和其他二十件美丽的东西,它们幸福地纠缠在一起!

---

① 原文 zizouilli,为剧作者自造,可能指首饰之类的小玩意儿。
② 皮斯托尔,西班牙、意大利的一种古金币。

　　　　　当心，我在那上面祈祷，对，我在那上面祈祷，对，我在那上面唱歌，我在那上面跳舞，我用黑母鸡的血浇灌它！
　　　　　在我身上它竟变得那么漂亮，然而谁要从我这儿夺走它，他就会得病，死去。
士　　官　我很高兴摆脱了它。
黑女人　　怎么？你真的把它卖了？你这条恶狗！
士　　官　你不是把它给了我吗？
黑女人　　我把它借给了你，黑心肠，你说过，当你在地狱里必须干什么时，它会给你带来幸福的！
　　　　　然后，你就随着城墙的倒塌离开了此地，拖着你的腿，就像蜥蜴、蝎子、天牛[①]和其他干瘪的动物。
士　　官　告诉我，出发到印度去的舰长做的第一件事，不就是到银行家那里，去谋求武器、物资，
　　　　　还有金钱，好给他的士兵和水手发饷吗？
　　　　　他明年就将带着十袋黄金回来。
黑女人　　但是你不会带一口袋回来！
士　　官　我不会带一口袋？假如我给你带来一大块能做十五条手绢的红绿丝绸，带来绕脖子四圈的金项圈呢？那还不算漂亮吗？
　　　　　一只金手镯怎么样？再一只金手镯怎么样？再来另一只金手镯呢？再来第三、第四、第五只金手镯呢？
黑女人（上下打量他）　你把这一切藏在哪儿了？

―――――――――

① 天牛，原文为 Cheval-Bon-Dieu。

士　官　我把这一切放在哪儿了？我问你：那个来自葡萄牙的勇敢的葡萄牙人把你的妈妈弄到哪儿去了？

他先是躲在香蕉树后，把正在月光下舂黍稷的你妈和全村女人通统抢走了，

然后他把你妈带到巴西，教会她文雅的风度举止，让她尝到甘蔗无比甜美的味道，

你若没有受这份启发，今天就成不了受人尊敬的收生婆，法庭上的权威人物，

就不会用棕榈油抹着梳过的头发，就不会穿上这镶箔片的衣服，

你还会像个傻子那样在扎伊尔河畔跳着舞，拼命用牙齿去够月亮。

黑女人　（发狂地）　收生婆……月光下……甘蔗油……你把我脑袋都搞晕了，我都不知道刚才说到哪儿了。（一声叫喊）对，我说到你夺走了我的钱，你这小偷！

士　官　我拿了你的钱吗？我用手指从高山上采撷的星星，难道不是比钱强得多吗？

还有这正挺着肚皮想亲吻茉莉花时

被我用手逮住、关在笼中的萤火虫。

黑女人　你说的就是那天和你一起

躲在满载芦苇的大车里的可怜年轻姑娘？

士　官　现在，船儿已准备就绪。今晚如果风向顺当，

我们就上路驶向拉丁的海岸。

黑女人　你从我这里拿走的手镯呢？你该还我的项链呢？

士　官　追它去吧！紧紧地跟着我吧！谁挡着你不让我们结伴而行了？

黑女人　你想拿那可怜的年轻姑娘怎么办？

士　官　我答应给她一个那不勒斯国王，为什么不呢？猛然间我就产生了这个念头，我确信在那不勒斯有一位国王！

　　　　我对她说，那不勒斯国王在梦中见到了她，啊！我立即就制造出一个多么美妙的年轻人！他派我转遍世界觅寻她。

　　　　凭着她肩膀下一块鸽子形的斑记，我就把她认出来。

黑女人　她真的有这个标记？

士　官（拍着巴掌）多新鲜，她当然有的！她对我说来的。她从来就不肯让我看一下。

黑女人　她叫什么？

士　官　人们叫她堂娜缪西卡[①]，因为她总是带着一把永不弹奏的吉他。她真正的名字叫堂娜戴丽丝[②]。

黑女人　没人察觉到她的失踪？

士　官　人们本想强迫她嫁给一个穿皮袄的牛仔，他长着一副庄严的哥特人那儿遗传来的下巴！

　　　　可怜的小心肝儿说，她想进附近的一个修道院去寻求光明与忠告，我们俩就骑在同一匹马上出发去寻求光明与忠告了。

黑女人　有人追捕你们吗？

---

① Musique，意为"音乐"。
② Délices，意为"快乐"。

士　官　他们抓不住我们。(他沾湿了自己的手指,又升向天堂。)我已感到了来自卡斯蒂利亚的祝福之风的第一股气息,一会儿它就将吹动我们那一叶轻舟!

黑女人　你想拿这可怜的姑娘怎么办?

士　官　你以为我会害她吗?要这样,我就成了一个损耗自己蛋挞的糕点师了。

　　　　在敬意与柔情之中,我会蒸发,消失在她的石榴裙下!

　　　　我会吹气在她身边卷走尘埃!我会用手指尖在她身上洒水!每日清晨,我会用蜂鸟羽毛掸子为她拂去灰土!

　　　　大姐,睁眼注意这曲曲弯弯的路,

　　　　它一直通向那座形如卧狮的高峰,

　　　　一直通向曾使我腹肚疼痛的刀枪与马镫在其中

　　　　闪闪发光的征尘的云团!

　　　　啊!我的职业是多么漂亮的职业!它丝毫不为我带来任何我不愿要的报酬!

黑女人　狠心的混蛋,你的报偿将是一根上吊绳!

士　官　我永远不会要绳子!我将带着勋章退伍!我将闭上眼睛,很快就没有办法将我和石榴树根区分开。

　　　　放心吧,诱人的年轻姑娘!你们的朋友,身穿金黄军服的士官,仍会去洞穴深处你们和一根钓竿一起发霉的地方寻找你们!

　　　　当你们小小的纯朴的心怦怦地跳动,当你们的灵魂在陌生朋友的声音感召下轻轻地颤抖,

　　　　当你们感到自己就像大自然赋予了羽翼和绒毛的种子,

任四月的春风吹拂飘荡,

　　那时,我将涂上金黄的颜色,拍打着双翼,出现在你们的窗檐下!

第九场
堂费尔南德、堂罗德里格、
堂娜伊莎贝尔、中国仆人

卡斯蒂利亚的另一处荒野。芦苇丛和绿栎树林中低凹的道路。一场战斗刚结束。尸陈遍野,其中有一具是头戴战盔的堂路易斯。到处是华丽马车、辎重车和由仆人持缰的马匹。

〔受了伤的堂罗德里格背靠着一棵树。

堂费尔南德(对堂罗德里格) 骑士大人,衷心感谢。
堂罗德里格 我很高兴能救援圣雅各先生。
堂费尔南德(指着堂路易斯) 先生看中的根本不是圣雅各。
堂罗德里格 他像个绅士那样搏斗了一番,我都以为坚持不到最后了。
中国仆人 对,不过我们的紧身褂子可吃苦了。
堂费尔南德 你伤得严重吗?
堂罗德里格 小事一桩。给我一辆马车吧。我的仆人会照料我的。
堂费尔南德(对堂娜伊莎贝尔) 你嘛,我亲爱的妹妹,请不要害怕。不必再这样脸色苍白一声不吭,谢谢这位救了我们大家的骑士。

堂娜伊莎贝尔　谢谢你。

第十场
堂娜普萝艾斯、堂娜缪西卡

某旅店的花园中。

堂娜缪西卡　你知晓那么多事，我真高兴和你交谈！

堂娜普萝艾斯　只是要多加小心，小妹妹，别让堂巴尔塔萨看见我们。

堂娜缪西卡　太阳下山了。好心的老爷怕他的女俘逃跑
　　该设岗放哨了。

堂娜普萝艾斯　我很高兴受到如此严密的保护。我查验了所有的出口。无计可逃。多么幸运啊！

堂娜缪西卡　然而我却未经任何允许进到了这儿。

堂娜普萝艾斯　有谁在寻你吧？你怎么像条水蛇一样躲在这芦苇丛中？
　　现在我留住了你，不让你再逃跑了。

堂娜缪西卡　到底是你在阻止我逃跑，还是相反，是我如此勇敢地投入到了你的怀抱，
　　令你不知如何挣脱呢？喔！你是多么美丽，我多么爱你！假如我是你丈夫，我将永远把你装在一个袋子里，和你

在一起我会变得可怕！

堂娜普萝艾斯　他一回来，我就了结这桩事。

堂娜缪西卡　你什么都了结不了！因为他想把我嫁给一个赶牛人，我就从屋檐下爬出来逃跑了。我嘲笑他！

高贵的那不勒斯国王将成为我丈夫！

堂娜普萝艾斯　在那不勒斯没有国王。

堂娜缪西卡　对缪西卡来说，有一个那不勒斯国王！别再让我为难了，不然我就折断你的指头。

说什么我肩膀上有一块形如鸽子的斑记，也许这也不是真的？我让你瞧瞧。

堂娜普萝艾斯　你自己就是一只鸽子。

堂娜缪西卡　我主，当他把我抱在怀中时，他将多么高兴呵！

"啊，我熬过了多么漫长的时光！

"我不得不到如此遥远的地方来寻找你，

"缪西卡。"他将这么说，我仿佛听到了他的话语，

喔！听到他叫唤着我的名字，我多么高兴啊！

从此后只有他一人知道了。

堂娜普萝艾斯　疯子，你可从未见过他！

堂娜缪西卡　我并不需要见到他才能了解他的心！谁曾如此有力地呼唤过我？你以为我这样一走了事，这样蔑视家人，心里就那么好受？

他呼唤着我，我立刻回答他。

堂娜普萝艾斯　对，缪西卡，我知道你在心里等着谁，我敢说你不能没有他。

堂娜缪西卡 你心里不等人吗?当人们处于如此的美的保护下,谁还敢威胁和平?

啊!你和那个可怕的人,那个想逮住我的人,那个以置人于死地为乐事的人,你们生来就是结伴而行的!

堂娜普萝艾斯 然而你也看到,巴尔塔萨大人并非只是信赖我的美貌才保护我的,他在这古城堡周围增派了卫兵。这是我自己要求他的。

堂娜缪西卡 你那么喜爱你的监狱,你竟乐于把它加固得更牢靠?

堂娜普萝艾斯 还需有坚硬的铁栅。

堂娜缪西卡 这世界能拿你怎么样?

堂娜普萝艾斯 毫无疑问,倒是我自己能够对抗它一下。

堂娜缪西卡 我不要任何监狱!

堂娜普萝艾斯 有个人说,哪儿我不在,监狱就在哪。

堂娜缪西卡 对我来说,唯有一个监牢,无人能把我从里边拉出来。

堂娜普萝艾斯 什么监牢,缪西卡?

堂娜缪西卡 我爱人的怀抱,疯狂的缪西卡,她已被抓住了!

堂娜普萝艾斯 她摆脱了!

她在那儿只是一会儿工夫;谁能永远留住她的心?

堂娜缪西卡 我已和他在一起了,而他却一无所知。只是因为我,他在未曾认识我时,

就身先士卒吃苦耐劳,为了我,他救济穷人,他饶恕敌手。

啊!并不用多长时间,人们就会理解:我就是快乐,是

快乐而不是强忍的忧郁带来了安宁。

对,我愿化入他的每一种感情中,像美味而闪光的晶盐[①]一样改变他们,洗涮他们!我想知道从此后他怎么会变得郁郁不乐,怎么会变得想作恶就作恶。

我愿变得像水那样,像太阳那样对他既稀罕又普通,一杯解渴的水,如果你稍加注意,那干渴的嘴唇永远不会是同一个样子。我愿一下子就占据他的心,一瞬间又离他而去,我愿他无法找到我,既找不到眼睛也找不到手,只有心中一点灵犀和开放的听觉。

我愿对于他既稀罕又普通,就像夏日里人们天天闻得到然而只开一次的玫瑰花!

这颗等待着我的心哟,占据它是我多大的快乐!

假如有时在早晨,一只鸟儿的鸣啭足以平息我们心中复仇与嫉妒之火,

也许它就是出自我肉体中的灵魂之声,是我灵魂的不可言喻的弦线拨响了这除他之外谁也呼吸不到的旋律?他只需闭上嘴巴静听我的歌声!

无论他在哪儿,我都永远和他在一起。当他工作时,那流水潺潺的虔诚之泉就是我!

在正午耀眼的光芒中,那港口安静的营营之声就是我,

那散布各地的结满了果实、丝毫不怕强盗与征税人的成千个村镇就是我,

[①] 据《新约·马太福音》记载,耶稣登山垂训时,要门徒做世上的盐。

对，那就是小小的我，她丑陋的面容呈现出愚蠢的快乐，她的心中充满了正义，她的脸上流露出喜悦！

堂娜普萝艾斯　男人生来看得最轻的无过于幸福了，他们很快就厌倦上了。

堂娜缪西卡　他们生来就是为受苦吗？

堂娜普萝艾斯　既然他们要求，为什么要拒绝他们呢？

堂娜缪西卡　有你在那儿还怎么让人受苦呢？无论谁见了你都会忘却生与死的。

堂娜普萝艾斯　他不在那儿。

堂娜缪西卡　亲爱的姐姐，一定有什么人，他身处他乡，却时刻在陪伴着你？

堂娜普萝艾斯　小妹妹，你胆太大了，别作声！谁敢抬起眼睛看着普萝艾斯？

堂娜缪西卡　谁会把它们挖走？

堂娜普萝艾斯　谁会搅乱她的心？

堂娜缪西卡　世上只有一种嗓音，只有一种喃喃低语。

堂娜普萝艾斯（仿佛自言自语）　……在这牢不可破的婚姻之内。

堂娜缪西卡　你愿它缄口不语吗？

堂娜普萝艾斯　啊！我只为它而活！

堂娜缪西卡　你爱他到这份地步？

堂娜普萝艾斯　你竟敢说什么？不，我根本不爱他。

堂娜缪西卡　你后悔当时你不认识他。

堂娜普萝艾斯　现在我为他而活！

堂娜缪西卡　怎么，可你的容貌总是不让他见着？

堂娜普萝艾斯　我的痛苦不在这儿。

堂娜缪西卡　你不愿他幸福吗?

堂娜普萝艾斯　我愿他也痛苦。

堂娜缪西卡　他确实在受苦。

堂娜普萝艾斯　从来没有够。

堂娜缪西卡　他在召唤,你不回答他吗?

堂娜普萝艾斯　对于他,我不是一种嗓音。

堂娜缪西卡　那你是什么?

堂娜普萝艾斯　一柄刺透他心的利剑。

第十一场
黑女人、(随后)中国人

旅店附近。怪石嶙峋,一片白沙。

〔月光下,黑女人赤裸裸地在舞蹈旋转。

黑女人 我的漂亮妈妈万岁!她生育了如此黝黑如此光滑的我。
　　我是黑夜中的小鱼,我是旋转着的小陀螺,我是在沸腾动弹的冷水中晃荡跳跃的小锅。
　　(整个身子支起在脚尖上。)
　　嘻,给你,爸爸妈妈鳄鱼!嘻,给你,爸爸河马!
　　整条河向我转来,森林向我转来,所有的村庄向我转啊转啊转过来,所有的船儿向我转来,
　　因为我挖的洞,因为我做的汤,
　　因为我在滚动冒泡的水中打的结!
　　我有水用来洗涮,我有油用来润滑,我有草用来拭擦!
　　我不黑,我像镜子一样闪光,我像小猪一样欢跳,我像鱼儿一样劈啪作响,我像小小的炮筒一样旋转!
　　嘻!嘻!嘻!我在这里!我在这里!

来！来！来！来！我的意大利小先生！

对！对！对！对！我的小金丝雀！

我在你的口袋里放上一枚铜钱。

阻止你爱我的那一切，我把它们都杀了，我用母鸡的血把它们砸烂！

我只需旋转着，旋转着！朝我走来吧，你不能抗拒我！

（中国人上场）

所有把我跟你连在一起的线，我都旋转着把它们绕在我身上，就像绕在一个线轴上，你来了，我靠近你，我像一门小炮那样旋转着凑近你，像起锚时绳索在绞盘上那样旋转着；

嘻！嘻！嘻！嘻！这里！这里！这里！这里！

[她昏厥倒下，落在中国人的怀中，他从后面一把抓住她，她睁眼瞥了一眼，惊叫一声，跳起来就钻进了地上的衣服堆里。

中国人　嘴上没毛的家伙，再往你那黑皮肤上披花花绿绿的外衣也是白搭，我一眼就看穿了你的灵魂。

黑女人　嗨！

中国人　我看到被一对大黑球似的乳房压迫着的心脏迸射出一道不祥的凶光。

黑女人　嘻！

中国人　我看到肝脏就像一副铁砧，魔鬼前来在上面锻铸谎言，我看到靠在上面的两个肺就像难看的风箱。

黑女人　嗬！

中国人　我看到你的肚肠像一团毒蛇，里面发出一股混合着香脂味的充满恶臭的蒸汽!

黑女人　你还看到什么?

中国人（咬着牙）　我看到脊柱两边整整齐齐地堆着我的银钱,就像玉米穗中的籽粒!

　　　　我这就来把它们取出来!

　　　　〔他拔出刀子。

黑女人（尖声呼叫）　住手,我亲爱的!你若是杀了我,我就不能让你看到魔鬼了!

中国人　你早已向我许了诺,你就这样诈走了我的钱吗?

黑女人　你的主人就永远见不上一眼堂娜普萝艾斯了。

中国人　邪恶的鳄鱼!浑身污泥的小鬼!浅潮中的大蛆虫!

　　　　我们接着这番作奸犯科的谈话吧,我抓着你了!

黑女人　堂娜梅尔薇依在这座城堡里,还有堂巴尔塔萨看护着她,还有堂佩拉日不知明天还是后天回来,还有他要把堂娜梅尔薇依带到非洲去,还有堂罗德里格再也见不到她了,吐呼——!他再也见不着她了,吐啦——!

中国人　听着!罗德里格大人受了伤,倒在地上还手持利剑与强盗厮杀,竭力保卫着雅各。

黑女人　哪个雅各?

中国人　银制的圣雅各。我们把他运到了这儿（我说的是罗德里格）,在他母亲的城堡里,离这家旅店有四里路①。

黑女人　圣母马利亚!

---

① 这里指法里,每里约合4公里。

中国人　告诉她，他快死了，告诉她，他想见她，让她把一切风俗踩在脚下立即去和他会面。

　　　　说到我，既然我那伴着深深叹息的劝告不能使他迷途知返，

　　　　那我只有幡然离去，任他放纵情欲。任他尽情呕吐。

　　　　至于你，你要是不向我显示魔鬼，我是不会放过你的。

黑女人　你为什么非要看这可咒的魔鬼不可？

中国人　我跟这方面的关系越好，在那些想为我施洗的人眼中，我灵魂的价值就越高。

黑女人　但你怎么让堂娜普萝艾斯离开那个四面被监守的旅店？

中国人　听着，今天早上我碰上一队骑士，他们正寻找一个被那不勒斯的无赖拐走的名叫缪西卡的姑娘。

黑女人　缪西卡？我的天！

中国人　你认识她？

黑女人　接着说吧。

中国人　他们以暴力威胁我，我只得起誓声称：那个缪西卡正在海边被凶狠的海盗占据的那个旅店里。

黑女人　那可不是真的！

中国人　我知道，这又有什么关系！

　　　　明天晚上，就有人来攻打巴尔塔萨和他的部队。

黑女人　可他们什么也找不到。

中国人　至少找得到一个被我描绘成

　　　　爱抛媚眼的女巫，最危险的盗贼同伙。

黑女人　我不回旅店了！

中国人　那我立刻就杀了你。

黑女人　堂娜普萝艾斯在那里会安排好一切的。

中国人　告诉她,让她趁着混乱和你一起逃走。

黑女人　怎么?

中国人　离旅店一百步远的那边的仙人掌丛后面,我和我的仆人等着她,还有为你和她备下的马匹。

第十二场
守护天使、堂娜普萝艾斯

围绕着旅店的深壑高沟,布满了荆棘、爬藤、杂乱的小灌木丛。

[沟边站着守护天使,一副当代人的打扮,衣带皱领,腰挎利剑。

守护天使　瞧她在荆棘与蔓藤丛中东奔西窜,滚爬摸抓,登高攀缘,手指抠,膝盖抵,想爬上这陡峭的沟壁!瞧这颗绝望的心!

谁说天使不会哭泣?难道我不也是个像她那样的造物?难道天主的造物间没有任何相连的纽带?

他们称为痛苦之物,难道就只存于除此之外便一无所有的另一世界?难道它就躲过了我们的视线?对这怀抱物品之人,难道痛苦竟是那么美好要死死地留住不放?

难道对我们这些爱与正义的使者,它竟是那般陌生?倘若我们不能理解它,那当一个守护天使还有何用?

只有充分看清善的人,才能充分理解什么是恶。他们不知道自己的所作所为。

——而我呢？难道我就是被选来守护她而和她没有一丝神秘的亲族关系？

——好了！她终于抵达了一心拖住她的这一大片仁慈的荆棘丛的尽头。她已经出现在了沟壑的边缘。

（普萝艾斯爬上深沟。她身穿一套破烂不堪的男子服装，手和脸碰得青肿。）

是的，你是美丽的，我可怜的孩子，披散的头发，凌乱的衣衫，

脸颊上沾满了泥土和鲜血，眼光中露出令我难受的坚定与疯狂！

啊！你使我感到骄傲，我乐意如此展现我可怜的小妹妹，只可惜没人看到我们！

堂娜普萝艾斯（狂乱地打量着四周） 我孑然一身！

守护天使 她说她孑然一身。

堂娜普萝艾斯 我自由自在！

守护天使 嗨！

堂娜普萝艾斯 我除却了任何束缚。

守护天使 除了名誉，我们不想给你任何监牢。

堂娜普萝艾斯 应该更好地守护我。我是正大光明的。我提醒过堂巴尔塔萨。

守护天使 为你的逃跑，他将付出生命的代价。

堂娜普萝艾斯 罗德里格快死了。

守护天使 离他咽气还有些时候呢。

堂娜普萝艾斯　罗德里格快死了。

守护天使　他活着。

堂娜普萝艾斯　他活着！有人对我说他还活着！我还有时间以我的容貌阻止他死去！

守护天使　根本就不是普萝艾斯的爱将阻止他死去。

堂娜普萝艾斯　至少我可以和他一起去死。

守护天使　听听。她要多么可怕地轻易放弃这颗并不属于她自己的灵魂，这颗付出多大的艰辛才创造和赎救的灵魂。

堂娜普萝艾斯　只有罗德里格在这世界上。

守护天使　那就尝试着去跟他见面吧。

　　〔她虚弱地倒在地上。

堂娜普萝艾斯（气喘吁吁）　啊！我使出了多大的努力啊！我都快死了！啊！我以为再也爬不出这可怕的沟壑了！

守护天使（脚踩在她心口上）　只要我愿意，我很容易让你留在这里。

堂娜普萝艾斯（低声）　罗德里格在召唤我。

守护天使　把这颗我的脚踩过的心带给他吧。

堂娜普萝艾斯（依然低声）　应该如此。

守护天使（抬起脚）　看你能把我带往哪儿去。

堂娜普萝艾斯（低声）　起来，普萝艾斯！

　　〔她摇摇晃晃地站起来。

守护天使　我注视着天主。

堂娜普萝艾斯　罗德里格！

守护天使　嗨！我听到烈火中另一个声音在喊着：

普萝艾斯！

堂娜普萝艾斯 啊！通向那边灌木丛的路可真长啊！

守护天使 通向髑髅地①的路更加漫长！

堂娜普萝艾斯 罗德里格，我是你的！

守护天使 你是他的？你用你这被开除出教的肉体②去占有他？

堂娜普萝艾斯 我知道，对于他，我是一块珍宝。

守护天使 从她迟钝的小脑瓜中，看来是剜不掉这个念头了。

堂娜普萝艾斯（迈出一步） 起步！

守护天使（也迈出一步） 起步！

堂娜普萝艾斯（摇摇晃晃地走了几步） 罗德里格，我是你的！你看到我挣脱了坚固的锁链！

　　罗德里格，我是你的！罗德里格，我向你走来！

守护天使 我嘛，我来陪着你。

　　[他们下场。

---

① 髑髅地，耶路撒冷附近的一座山岭，《圣经》中说，那是耶稣受难的地方。
② 通奸的妇女是要被天主教教会开除的。

第十三场
堂巴尔塔萨、旗手

旅店。一个角落中有一道加固起来的沉重的大门，钉着铁钉，门栓上插着一条铁杠。舞台深处是一片松林，可以看到海岸线。晚上。

堂巴尔塔萨 说定了。一旦那些无赖发起进攻，就命令大家立刻重新集合，在大门两侧隐蔽的通道上和门厅里埋伏好。我不挥帽子，谁也不许开火。

旗　手 深沟那边就不留哨兵了吗？

堂巴尔塔萨（捻着胡子） 不能分散我们的兵力。

有这条深不可逾的沟壑，旅店的那一边已得到了足够的防卫。

我自己心中有数。

旗　手（瞟了一眼他那肥胖的长官） 哼！

堂巴尔塔萨 你说什么，旗手先生？

旗　手 我说，你相信那中国人说的一切吗？

堂巴尔塔萨 他的来到就够了，我认识他。

那天夜里我起身巡哨，恰好听到我们可怜的若巴尔巴拉的尖叫!

  她紧紧地抱住他,指甲抓,牙齿咬,我要是不赶到,恐怕他就把她像个无花果那样给劈了。

旗　手　让我去保护国王的银钱吧,相信我一定能抵挡这些强盗。

堂巴尔塔萨　有比银钱更要紧的需要我们保护。

旗　手　堂娜普萝艾斯……

堂巴尔塔萨　我什么都没说。但那中国人却坚持说,等一会儿,在火枪的烟雾中你将看到飞舞着的,不是窃贼之神,而是爱情之神。

旗　手（做一个瞄准的姿势）　不管是一片羽毛,还是别的什么,砰!

堂巴尔塔萨　对了,把它打下来,旗手大人,这将是你要为我们大家做的事。

  我不为自己说话,然而为什么我总得掺和到别人的爱情纠葛中去,而别人谁也不关心我的爱情?

  假定说,已经有人让你负责守护某人,对了,不妨说,一个犯了大罪的人。

  当她得知她心爱的人行将死去并渴望见她一面,

  难道听她声泪俱下的苦苦哀求你还会感到有趣?这又有何用?

  难道我这般自我折磨也算诚实正当?就像我真的可以自由决定不服从明文规定的命令!

旗　手　你说的是个男人还是女人?

堂巴尔塔萨　自然是个男人。告诉我,你脑子里在想什么?我想的是人们让我守卫着的一个因犯。

旗　手　你满脸通红，局促不安，仿佛刚刚跟谁激烈争吵了一番。

堂巴尔塔萨　旗手先生，这已有二十年了！这已有二十年了，却如同就在眼前一般！

她亲吻着我的手，仿佛这还管什么用！

——"我去看他有什么不好吗？"我说的是她，"可是，既然他都快要死了。"——"如果这个被禁止了，那就没有其他人吗？怎么样？"

——"可是我说过，他在召唤我！"——"我听不到。"

——"以圣母马利亚的名义，我起誓一定回来！"——"不！"

要是换作你，你怎么办？

旗　手　像大人你一样去做。

堂巴尔塔萨　我知道，你是个谨慎而富有判断力的人。只是你不该不按规定把胡子留成这个样子。

谁处在我的地位，都会按另外的样子去做，谁要是糊涂透顶，就会自行屈服，谁要是无视荣誉，就会玩忽职守。

我说，这是一个没有名誉的人，他只有一条路可走：自杀，对一个老年人，生命已不再那么可爱了，是么？

旗　手　我说你不是一个老年人。

堂巴尔塔萨　使我尤其难受的，并不是这些抱怨和恳求，不是叫喊，

而是那一番以低沉而有节制的嗓音说出的戳人心肺的话。

——不！当人们看到一切归于无用时，随之而来的就是

这沉默与微笑。

你知道,当我们明白一切无济于事时,心情会极其轻松,有的母亲会在她孩子的尸体旁放声歌唱。

无论如何,我都料想不到,这片嘴唇会吻我的手指,这声嗓音会感谢我。

〔一士兵上场。

士　兵　报告长官,有一队骑兵在大石头附近停了下来。有一人离开了队伍,挥舞着手绢朝我们走来。

堂巴尔塔萨　太好了,让所有人都到桥那边去集合。

旗　手　守沟壑的哨兵也去吗?

堂巴尔塔萨　都去。把中国人给我叫来。

第十四场
堂巴尔塔萨、旗手、中国人、一个士官、众士兵、众仆役

同一地点。

一个士兵（带着中国人一起上场） 此人带到。

堂巴尔塔萨 你好，中国人先生。你给我们带来的堂罗德里格的消息令我很恼火！

中国人 在这儿，对堂罗德里格没有什么可做的。

堂巴尔塔萨 你不是他的仆人先生吗？

中国人 我由天命安排在他身边，伺机给予他拯救。

堂巴尔塔萨 怎么？

中国人 假如他为我行领圣洗，这不是给上苍的一次莫大欢乐吗？一个接受教理的中国人给上天带来的荣耀

不是胜过九十九个西班牙的坚定信徒吗[①]？

堂巴尔塔萨 毫无疑问。

---

① 影射《新约·马太福音》中耶稣的一段关于"迷途的羔羊"的话。

中国人　　只有我才能帮他获得的功勋，抵得上他的照应和关怀①。

我绝不为了一首歌而轻易地把灵魂让给他。

说实在的，说我是他的仆人还不如说他是我的仆人。

堂巴尔塔萨　　我的孩子。我看倒是你在竭尽忠诚地为他效劳。

不过现在可不是这件事，既然你说起了歌，我倒非常想知道你会不会唱歌。

中国人（狂乱地）　唱歌？怎么！唱歌！

堂巴尔塔萨　　当然是了。（抑扬地哼出一个调）啊！啊！啊！唱歌，怎么！我没有吉他。但是你只要拿着这个碟子。拿把刀在上面有节奏地敲打，随你的便。来一个漂亮的！

中国人（手足无措）　你不想知道昨天夜里我和魔鬼黑女人的谈话吗？

堂巴尔塔萨　　在这世上我只有一个愿望，那就是听到你美丽的歌喉。

中国人（跪下）　大人，宽恕我吧！我将把一切都告诉你！

堂巴尔塔萨（对旗手）　再没有比人们不懂世事更令人畏惧的了。

（对中国人）快！

"一首涌上嘴边的歌

就像一滴甘甜的蜜汁

从心房里漫溢出来。"

中国人　　情况是这样的：当我为了堂罗德里格的事在这城堡四周转悠时，

---

① "关怀"的原文为 sédulosité，是作者自行创造的一个词。

我落入了一帮全副武装的骑兵手中，他们问我是否听说过一个名叫堂娜缪西卡……

堂巴尔塔萨　你说的是缪西卡？

中国人　他们对我说你认识她。

……一个名叫堂娜缪西卡的姑娘，她和一个意大利士官一起逃跑了，他们正在寻找她。

于是我灵机一动，就告诉他们，她就在这座满是海盗的城堡内，好趁着攻打之际的混乱，

把你们看护的人抢走。

堂巴尔塔萨　最好别讲什么缪西卡，答应我的要求，唱一首歌！

〔他拔出剑。

中国人　可怜可怜吧，大人！

〔一个士官上场。

士　官　大人，门前来了一个人，他不摘帽子、言辞简洁地要求我们立刻放他进来找一个躲在这儿的叫堂娜缪西卡的人。

堂巴尔塔萨　那你就不摘帽子、言辞简洁地告诉他，我们要留着我们的音乐[1]。

中国人　你瞧，我没撒谎吧。

堂巴尔塔萨　堂娜缪西卡不论在哪儿，将永远得不到今天堂娜普萝艾斯那么好的保护。

中国人　我看出来了！你认为我们大家都一致同意，保护好这个堂娜普萝艾斯。噢！噢！

---

[1]　Musique，意为"音乐"，是对人物"缪西卡"作的注。

堂巴尔塔萨（唱） 噢！噢！

　　　　我梦见我遨游天际，

　　　　醒来时在你的怀里……

　　　（他刺了一下中国人，中国人叫着站了起来。）

　　快，我请你，接着唱！

　　　〔仆役们端着托盘进来，盘上摆满了点心。

堂巴尔塔萨 这是什么？

仆人们 你吩咐过把这点心给端来。

堂巴尔塔萨 太好了，太好了，我们在阴暗里尝着美味，而这些先生们将为我演戏。

旗　手 你会遭殃的，所有的枪弹将穿透这门，打到你这儿。

堂巴尔塔萨 没那事，挨枪子的将是中国人。瞧，中国人，如果你的朋友们开枪，被打死的就将是你。

中国人 我什么都不怕。只要我还没有受洗，子弹就打不疼我。

堂巴尔塔萨 别傻等着，先看看这张桌上摆着的五洲四海最美的果实，

　　甜的、咸的，这像夜空一样蓝的介贝，这如仙女一般美丽的银色皮肤的粉红鳟鱼，这猩红的龙虾，

　　这蜜饯，这半透明的葡萄串，这裂了口的蜜甜的无花果，这包着琼浆玉液的圆球似的鲜桃，……

　　　〔一士兵上场。

士　兵 长官，有一队全副武装的人带着爬梯和大斧向大门冲来，怎么办？

堂巴尔塔萨 好，让他们靠近，我已有命令了。

（士兵下场。）

我说到哪儿了？……这包着琼浆玉液的圆球似的鲜桃。……

（在大门上方出现了一个身着黑披风，头戴羽翎大毡帽的人，他用一支喇叭口火枪瞄准了堂巴尔塔萨。堂巴尔塔萨拿起一只桃子向他扔去，正中脸颊，他一骨碌滚了下去。）

……这切片的火腿，这装在闪光的长颈大肚瓶之中香气扑鼻的美酒，这伴了佐料，散发出浓郁的香味，像个坟包那样鼓起来，诱人胃口的火热喷香的肉馅饼！

富饶的大地不能为我们在这桌布上聚集更加甘美的东西了。

让我们最后饱享一次眼福吧，因为我们再也尝不到这一切了，我的伙伴！

（有人猛烈地撞击大门。）

你们想干什么？

外面的声音　我们要堂娜缪西卡！

堂巴尔塔萨　你们要音乐？中国人，唱吧！

中国人　我不会唱。

堂巴尔塔萨（威逼）　跟你说，唱！

中国人（唱）

　　谁若听到我的歌声，

　　都以为是个极乐翁！

　　我就像一只小小的飞鸟

　　临终时仍在鸣叫。

外面的声音　我们要堂娜缪西卡！

堂巴尔塔萨　做梦！她刚刚下船到野蛮国去了。唱吧，中国人，你将安慰他们！

中国人（唱）

　　我爬上一艘榛子般的小舟

　　为到野蛮的国度周游——游

　　去寻找青蛙身上的毛

　　因为在西班牙找它不到。

外面的声音　再不开门，我们就开枪了。

堂巴尔塔萨　唱啊，中国人！

中国人（唱）

　　我来到田野上

　　去问一朵紫罗兰

　　要医治爱情的痛苦

　　可有什么药

　　它回答我说……

　　（从门缝里插进来一支滑膛枪，左右来回地瞄着。

　　（中国人左右来回地蹦来蹦去想避开枪口：）

　　它回答我说……

　　它回答我说……

堂巴尔塔萨　嗳，它回答什么了？

　　［在舞台深处的海面上出现了一艘带红帆的船，上面坐着缪西卡、黑女人和那不勒斯士官，滑膛枪开了火。

黑女人（尖声地唱道）

　　对那爱情的痛苦

从来没有药可治!

中国人（朝海的方向望去） 老天!我都看到了什么?

堂巴尔塔萨 你看到了什么?

中国人 你自己看吧!

堂巴尔塔萨（唱）

　　别朝我看,人们看到

　　我们正在互相看!

　　〔斧子砍门声。

一士兵 长官!长官!开枪吗?

堂巴尔塔萨 我不下命令不许开枪!中国人,你看到什么了?

中国人 我看到一艘船出了海。

　　在这船里,倒霉的黑女人带着她黄色的魔鬼!你自己看!

堂巴尔塔萨 转来转去太累了。

中国人 大人,快躲开!这帮人要开枪了。

堂巴尔塔萨 不。

　　〔滑膛枪重又从门洞里插进来,瞄准着堂巴尔塔萨,船儿消失了。

缪西卡的歌声（在场外）

　　你眼中的一滴泪水,

　　你眼中的一滴泪水……

堂巴尔塔萨 啊,多么迷人的声音!我从未听到过更美的声音。

歌　声（黑女人和士官的声音也伴随着并使之更加突出）

　　在你的脸颊上滚动

　　滴落到你的心窝!

滴落到你的心窝!

〔一阵枪响。堂巴尔塔萨倒下死去,脸埋在水果中间,整张桌子抓在他的怀中。

歌　声（越来越远）

你眼中的一滴泪水,

你眼中的一滴泪水……

——第一幕完——

第二幕

第二幕出场人物

堂希尔
急性子
堂娜普萝艾斯
堂娜奥诺莉娅
堂佩拉日
总督
考古学者
小神甫
圣雅各
国王
堂罗德里格
船长
堂卡米耶
堂娜缪西卡
堂古斯曼
鲁伊斯·佩拉尔多
奥索里奥
雷梅迪奥斯
双重影
月亮
店员
众骑士
呢绒店老板
众贵人老爷

第一场
堂希尔、呢绒店老板、众骑士

加的斯①的一家呢绒裁缝店。柜台和货架上摆满了各种不同深浅度的红色呢料,有的卷着,有的摊开着。透过一道门,可以看到一个刺绣工场。房间内到处是人,有忙忙碌碌的店员,有来来去去寻找盒子的仆役,有互相交谈着或前来定做服装的骑士。一个骑士拿着店里的尺子对着墙练击剑。另一个嚼着橄榄果。第三个抱着一个水坛子喝水。

〔一个十分肥胖的骑士穿着背心,露着衬衣的袖子,让一个店员给他量尺寸。

店　员（量着腰围,喊道）　三十五。
　　〔哄堂大笑。
一个水手（进来）　旗帜做得了吗?
呢绒店老板　有两面做得了,这就可以取走。多棒的活计!其他的要等八天才行。眼下刺绣活最紧要。

---

① 加的斯,西班牙西南部港口城市。

第一个骑士（对胖子） 堂希尔，佛兰德真有你的用武之地！

第二个骑士 横穿巴拿马会让你掉膘的。

堂希尔 唔！我的肚子要留点位子，等着把整个美洲放在里头！

第三个骑士 今天刮的什么风？

第四个骑士 自从我们待在这儿成为高利贷者的食料，这一个半世纪以来，刮的总是同样的风：

尼普顿①以他永不衰竭的肺毫不停顿地在这欧洲人洗脚的小水池里吹气，

鼓动着它的人民驾着滔滔的波浪穿过海格立斯之窗②。

但是，先生们，当那巨大的风箱膨胀起来时，何等厉害的喘气将吞噬我们。

我担保，不用一个月，我们的舰队将像一个个浮筒那样光秃秃地停靠在布满岛屿的那边世界的港口，

天主用他金色的双手制成的冒烟的海上火炉将留在两个美洲之间抛锚。

第一个骑士 我们的阿喀琉斯③一直没有消息吗？

第二个骑士 这是在西罗斯④的阿喀琉斯，他不是藏在一个女人的石榴裙下，而是手持利剑追逐着她！没有这个人的任何消息。

---

① 尼普顿，罗马神话的海神，即希腊神话中的波塞冬。

② 海格立斯之窗，指直布罗陀海峡，据说英雄海格立斯劈开了两边的山，造成了这条通海出口。后来，海峡两岸的高山也被人称作海格立斯擎天柱。在罗马神话中，海格立斯又译赫丘利，即希腊神话中的赫拉克勒斯。

③ 希腊神话中的英雄，在特洛伊战争中曾杀死特洛伊主将赫克托耳。

④ 西罗斯，希腊一岛名，现称斯基罗斯岛，位于爱琴海埃维厄岛的东面。

堂希尔　我发誓,假若没有罗德里格大人,我绝不出发。

第一个骑士　我也不出发。

堂希尔　我在此一年的膳宿费远远抵得上一个犹太教教士的遗产。

第一个骑士　罗德里格待众人公平合理。

第二个骑士　……他需要时总是眼睛雪亮。

第三个骑士　……他必要时也能闭眼宽容。先生们,他了解士兵!

堂希尔　他够朋友!他是我的挚友。

第四个骑士（对呢绒店老板）　不要这泛紫的红料子!不要这野草莓汁!不要这让我肚子痛的酸酒!

　　我要的是像从贵族的血管中流出的血一样鲜艳的红色。

呢绒店老板　我招募所有的椿象啃食赫斯珀里得斯①群岛上齿状的树叶!

　　我的工人们从早到晚在烈火与屠杀的溶液中扑腾!他们从池槽中拉出淌滴着鲜红浆汤的旗帜,那汤汁比吞没了法老的大海②更加鲜红!

　　这还不够!先生们,人们还抢劫我!来自西班牙四面八方的贵族都来获取十字军东征的颜色。

第一个骑士　一直到我们谦逊的公证人,找不到红色就凑合一套玫瑰色的缎子套服!

第二个骑士　我嘛,我想让人在我背上来三个大黑点,就像百合

---

① 赫斯珀里得斯,古时人们对大西洋群岛（包括加那利群岛,可能还有佛得角群岛）的称呼。

② "吞没了法老的大海"即红海。

花的虱子!

第三个骑士　整个圣体装饰在胸脯中央!

堂希尔　因为是我们这帮身穿红色服装的人把信任、食粮和太阳带给了那些人间的蛆虫,那些蜥蜴般的嘴脸,那些麇集在潮湿的阴影中,游荡在荒凉高地上的褪色的幽灵。

第一个骑士　这就像乱哄哄的斗牛。在我们圆鼓鼓的地球上,有一边阳光明媚,有一边阴影笼罩。

第二个骑士　让我来替你说完吧:一部分真实确切,一部分尚未达到完全真实。对,这就是我从远征中得出的念头。

第四个骑士（咬着牙关）　听听他们,这些老水鬼!在那边找到的金子可是真的。

第二个骑士　我可不敢肯定,我口袋中的一块金子很快就熔化了。

堂希尔（一本正经地）　我们将去拯救的并不是灵魂的影子。

第一个骑士　也不是在我们的种植园里劳动的肉体的影子!

第二个骑士　也不是藤条的影子,见他们不好好干活就冲屁股的影子抽一鞭!

堂希尔　必须唤醒所有的沉睡者。活该他们的皮肤焦黑如炭!难道我们烤了他们的皮?

　　无论如何,活着总比进炼狱[①]强!

　　我们越过了大海;这片不可或缺的土地,我们为之打开了早晨的大门。

[①] 据天主教教义,炼狱是未受洗礼的儿童及耶稣诞生之前的善人死后灵魂所去的地方。

自从开天辟地,多少世纪以来,我们走过了布满火炭与玻璃碴的路程,才到达了他们那儿。现在轮到他们受点儿委屈了。

　　当心,我们来了!

第一个骑士　穿着红色的衣服!

第二个骑士　那是我主钉在十字架上时的颜色。

第一个骑士　对有些人,我们无论如何也要带去十字架。

第二个骑士　可怜的冒险者们,我们自己的背上不是也有十字架吗?

　　它不是用皮带紧紧地绑在随身的装备上吗?

堂希尔　要红的!要红的!我们只穿红色的服装出发!这是我们在洛佩斯修士手许的一个愿。

　　要红的!要在堂罗德里格大人的统率下!我们将等待必需的一切。离圣血之月[①]还有五个月。

---

① 指七月。

第二场
急性子、堂娜奥诺莉娅、堂娜普萝艾斯

道具大搬场。音乐模仿着人们敲打着地毯抖落出无数灰尘的声音。

〔正当人们拖曳着上场的道具布景时,从换景工人中出现了一个急性子的人,他像马戏团里的小丑那样推推搡搡地指挥着他们。

急性子(把裁缝的尺子抢得团团转,像斗牛士似的挥舞着红色的衣料) 快,乡巴佬,观众等得不耐烦了!我请你们再快点!呜!加油!快!快些!把这个给我抬走!把地板拆了!

——乡巴佬真够呛,我本该早等着换服装了。我可没耐心乖乖听作者的安排,待在这化妆室里磨磨蹭蹭。服装师二十来次出现在门口,可都是找别人换服装,而我,总是在镜子前的椅子上转来转去瞎等。

大家都怀疑我的热情,我干什么都快得要命,三下五除二就完了事,观众们实在是太高兴了!

因此作者将我另行留用,不妨说,我成了一件备用品,

和所有的配角一起,在作者想象的阁楼里跺着脚,发出巨大的声响,你们在台上绝对见不着他们的面。

但我并不是那么容易就会听他的,我像一股煤气从门缝里溜了出来,我要在舞台中央爆炸!

注意,要来了!我骑在魔幻的小马上飞翔!

(他做出动作,像骑在一辆看不见的自行车上飞快地滑行。)

我们已经不在加的斯了,我们到了加泰罗尼亚的某个著名山脉,美丽的森林之中。

一个尖顶,这就是堂罗德里格的城堡所在;堂罗德里格就在这儿,情况极糟,伤口发痒,我以为他快要死了……但我弄错了,他会痊愈的,要不,这戏就演不下去了。我给你们介绍一下堂罗德里格的妈妈。

(堂娜奥诺莉娅上场。急性子冲她大声吼叫)

留在那儿!等着我来找你。

见鬼!谁让你上来的?下去!下去!

(堂娜奥诺莉娅下场。)

堂罗德里格的妈妈,叫堂娜什么的……奥诺莉娅这个名字怎么样?

——她急着要上场!我这就给你们描绘一下她的肖像。

这事儿还真够烦人的。我实在当不了画家。没等给他们画上眼睛,我的人物就一下子活了起来。

瞧!我在画堂娜奥诺莉娅。

(他用一截粉笔头在舞台监督的背上画。)

好，不等我给她戴上耳环，她就将开始冲我伸舌头，就将从这位职员的背上剥离下来，如同玛格丽特①从朱庇特的头颅中跳出来。

当我画一条狗时，没等我画完屁股，它就摇起尾巴来，不等人给它安上脑袋就拖着三条腿逃走了。

好了！怎么！你们一会儿就将看到她。

（他把粉笔头扔向观众。）

现在已不再是旭日东升时的早晨，现在很晚了，夜空中洒下一片皎洁的月光。

（他哼着月光奏鸣曲的头几段旋律。）

小心那上面！把天幕放下来！加大布景照明灯的电阻，聚光灯请照前台左侧！

现在布景都摆妥了，请允许我把堂娜普萝艾斯给你们带来。多好的名字，仿佛给了她一种相当真实的气氛！

几天前，堂娜普萝艾斯身穿你们已见过的服装来到了此地，随便你们想象一个时间，因为你们知道，在戏剧中我们可以像玩手风琴似的，随心所欲地摆弄时间，几个小时的事可以拖得很长，几天的工夫可以漏过不计。再也没有比在各个方向上同时表现几段时间里的事更容易的了。

说实话，我怕夫人的神经会经受不住如此的激动。这倒并不是说她受了干扰，而是说她受了一击，她**僵住了**，她的

---

① 可能是指希腊神话中的女战神雅典娜，传说雅典娜是从其父宙斯（也即罗马神话中的朱庇特）的头颅中生出来的。

思想凝固不动了。

她成功地见到了她的情人了吗？根本没有。罗德里格属于他母亲，母亲照料着他，而她照料着他俩。

被厚厚的墙壁分隔的他们俩枉然地在楼梯上走来走去，企图相会在狂热之中。

我这就去找他们。

（他下场，复又牵着堂娜普萝艾斯上场，一副表情活像一个气功表演者正带着他的拿手好戏。这次她又重新换上了女装。）

说话呀，普萝艾斯！让这群围着你的陌生人听听你的声音！说话呀，告诉我们是什么压在你有罪的心上。

堂娜普萝艾斯　罗德里格！

急性子　罗德里格？他在打猎。我是说他的躯体在你透过庭院监视着的红色方砖地那边，

多少个时辰以来，他一直在梦中试图走出这纠结不清乱成一团的矮林，他听到林中的树木在看不见的怪物的重压下纷纷折裂在他面前：

"是你吗？"他枉然地轻声呼唤你的名字，就像刚才你叫着他的名字那样，然而没有一声回答。

过一会儿，他将走到这覆盖着上古时代苔藓的枯树稀枝的林中空地。

那儿，一切都是那么苍白，奇特地印在松树的黑底子上，甚至在铅灰色的阳光下展翅飞舞的蝴蝶也是如此，没有一个人。

堂娜普萝艾斯　　罗德里格！

急性子（倒退着向后走去，两眼一直盯着堂娜普萝艾斯）　现在你靠近来，奥诺莉娅！轮到你亮相了。

（堂娜奥诺莉娅上场。）

让这位伤心人感知到她那痛苦的爱情已被你的母爱所覆盖和笼罩，

愿你这颗母亲的心和她这颗情人的心息息相通。

（两个女人相互拥抱。）

考验的时刻来临了！我只需在你们面前竖起窗户的框子……

（他向换景工做了个手势，换景工就竖起一个窗户架，两个女人都到框子上来倚靠了一会儿。）

……你们马上就将看到哪一块决定命运的西班牙土地来填这个空了。

布满了比野牛毛还肮脏的莽莽森林的群山，月光皎洁的夜晚，右边这巨大的风车的翅膀转动着，每隔一秒钟就遮断一次月光，

那边，从被树枝遮盖着的小路上，堂佩拉日和他身后的仆人步履艰难地朝你们走来。

（在这期间，第三场的布景全都摆好。）

一切准备就绪，来吧。

［他带着堂娜普萝艾斯下场。堂娜奥诺莉娅仍留在台上，站在已经上场的堂佩拉日身边。

第三场
堂娜奥诺莉娅、堂佩拉日

某城堡的一个客厅。

〔堂佩拉日和堂娜奥诺莉娅站在厅中。这是初秋的一天。午祷的三钟似乎刚刚敲毕。他们画完十字便坐下。久久的沉默。

〔堂佩拉日伸出手指,装出一副侧耳细听的神态,沉默。

堂娜奥诺莉娅　那是一只晚秋的老蝉。太阳的光热欺骗了它。使它内心充满了昔日那种热烈的信仰。不过很快它就将发现只剩自己孑然一身。四周无半点反响。于是,它就将收起你已然注意到的细长的鸣器。**歌声减弱,**

最终悄无声息地投入大自然静谧的怀抱。

堂佩拉日　多么凄惨,多么神圣,多么庄严!堂娜奥诺莉娅,你懂得这微弱的嗓音在说什么吗,

对你对我对我们所有的生命?

堂娜奥诺莉娅（仿佛没有听到,悄悄地低声）　蜜蜂在巢房洞口嗡嗡吟唱。还有玫瑰花在昂首怒放。

堂佩拉日　我竭力不在此地引起任何响动。唯有在马厩中,你的

马和我的坐骑素不相识地待在一起。

堂娜奥诺莉娅 你用不着高声叫嚷,这城堡中活着的一切都知道你来了。

堂佩拉日 你是说你们等着我来的。

堂娜奥诺莉娅 是的。在这痛苦的盛宴中,你的席位是标明了的。

〔稍顿。

堂佩拉日 她怎么样?

堂娜奥诺莉娅 情况很糟。今天早上,医生一脸阴沉。

他肺部的剑伤倒不算什么……请别介意我这么哭泣,你知道,他是我的儿子!

……但他内心可怕的火焰就……他昏迷整整有半个月了。今晚上,一切将见分晓。

堂佩拉日 但我跟你说的是她。

堂娜奥诺莉娅 当他快要死去时,你还要我们怎么样?

堂佩拉日 我是否应理解为,她替换了你守候在骑士的床边?

堂娜奥诺莉娅 不。她并未见到他。她没有提出要求见他。她的房间正好在院子中面对着我们的房间。

堂佩拉日 要在早先,人们就会让这位夫人住在更低层的屋里,——一间你父亲曾让我看过的坚固的囚室。

堂娜奥诺莉娅 我的责任是让我儿子活下去。

堂佩拉日 难道这罪恶的爱情将拯救他吗?

堂娜奥诺莉娅 只要她在这儿,他就不会死去。

堂佩拉日 或许,他也就不会痊愈。

堂娜奥诺莉娅 我不知道。昏迷中,他不断咕哝念叨的是她的名字，而不是我的。当时他赶着路也是去会她的。看见她到来我不感到丝毫的惊奇。

堂佩拉日 那么我，我就只能拔腿离去？

堂娜奥诺莉娅 也许你的到来同样也是必需的。

堂佩拉日 尽管如此，总还会有更合时宜的环境。不妨说，刚才赶往这儿来的路上，我的坐骑失了前蹄，把国王陛下的法官送到了正向他招手的深沟中。

堂娜奥诺莉娅 总有一些事情，偶遇不至于让它们结束。

堂佩拉日 "罗德里格！"她会这样地叫着。这一回，你该让她靠近他了吧？我看到她把手放在他的额头上：

"活下去！那老头儿死了。"

堂娜奥诺莉娅 这种想法任何时候都不能污染我们的心灵。

堂佩拉日 每当事情取决于无罪的我，你以为我的灵魂不够高贵而不能摆脱这种想法吗？

对了，由天主联结在一起的东西，人是不能将它们分开的。

（沉默。）

造成婚姻的并不是爱情，而是男女双方的同意。

并不是我尚未有的孩子，也不是社会地位和财产，而是当着天主的面发出的出自内心的同意：

既然两人都同意能为对方献出自己，那么直至我生命最后一刻，

无论我愿不愿意，

我也不能把她给予我的再还给她了。

堂娜奥诺莉娅　她什么都没要求,她什么都没抱怨,她什么都没解释,她一言不发,她到这儿和我在一起,远远地躲避众人的目光。

堂佩拉日　这是我的错。对,你自然会说,是我不应该
　　娶她的,我已经那么苍老,而她却还年轻,真不知道她怎么会同意。

堂娜奥诺莉娅　我就不想你。

堂佩拉日　可是我想她,我对你说的每一言每一语,我都觉得她在寂静中一句接一句地细细谛听。
　　我爱她。每当我见到她,我就像沐浴在灿烂的阳光下,我的整个灵魂一下子就从迷雾中走出向她迎去,仿佛来到一座不容置疑的宫殿。
　　我为何不等我的法庭早早完结,让爱情进入到我的宫中?
　　我忙碌于公务和杂事,一切都等待着她。她上哪儿还能找到这样一个欢迎她的住所?
　　大石柱上有三角楣饰的建筑。

堂娜奥诺莉娅　别人的房屋哪怕再漂亮,人们还是喜欢自己出力建造的房屋。

堂佩拉日　你说得很有道理。但是,难道我不是比她更知晓什么能使她幸福?难道我对她所不熟悉的生活漠然无知?
　　是谁更了解一株植物?是偶然自生自长的植物本身,还是深谙栽培之道的园丁?
　　当时我看到她那么年轻,住在人生地不熟的马德里,失去了母亲,仅有一个喜好幻想的父亲,身边围着一群死命吞

食她嫁资的人。

究竟是爱情还是智慧使我错误地娶了她呢？

此外，我还祈祷过，我还得到过忠告。

你知道，我从小就受我主之母的保护，我把灵魂和家庭的钥匙都交付予她。

是她教导我，"在万物之中寻找安宁。"

而我愿给予这位年轻姑娘的正是这种安宁。她仿佛生来就是为了圣母，她愿像花儿那样为她展瓣吐蕊。

说什么我引诱她认识了野蛮、粗暴、血腥的外表下事物的实质，那全是弥天大谎。

她爱不爱我又有什么关系？我心中所想的、我的高位显职不允许我对她开口说，愿天主的智慧所创的世界替我说了吧。

如果我能为她行善，如果我能让这个唯一的人学会我所知晓之事，如果我能让这颗唯一的心充满快乐和知识，那么她爱不爱我又有什么关系！

堂娜奥诺莉娅　这一切终于使那个迷惘的造物像头野兽一般撒开四蹄，冲出囚牢，穿过荆棘，越过沟壑。

堂佩拉日　她为什么要逃遁？难道我没有把她安置在精妙绝伦的天堂？

堂娜奥诺莉娅　天堂并非为罪人而建造。

堂佩拉日　我见她绽露笑颜的唯一时刻，是她和我一起在非洲度过的几个月艰难的时光。

堂娜奥诺莉娅　她没有给你生育几个孩儿？

堂佩拉日　天主拒绝了我。

堂娜奥诺莉娅　至少你不能拒绝给她痛苦。

堂佩拉日　我的痛苦还不够吗?

堂娜奥诺莉娅　你没有她的亲身体验。她需要某种东西打开她的灵魂,还有这在里头我们早已憋得受不了的肉体。

　　你会说你愿意教导她去听,但在这日复一日不断增硬加厚的外壳下,又怎能听得见什么呢?

　　这围绕着我的森林,只有现在,从我守护着濒于死亡的孩子的那一刻起,

　　我才开始听到了它;

　　一截枯枝掉落了,山麓那侧顺风传来了一年一度的钟声,还有那展翅惊飞的鸟儿,这一切久久地回响在我的心房!

堂佩拉日　而我,我此刻刚刚形成的想法,你以为她能听得到吗?

堂娜奥诺莉娅　是的,我知道你的灵魂第一次深入了她的灵魂中。

堂佩拉日　除了她目不转睛盯视着的对面窗户,她脑子中还有别的什么吗?

堂娜奥诺莉娅　你并非不在,她仍是你的俘虏。

堂佩拉日　是我弄死了她心爱的人吗?

堂娜奥诺莉娅　是你束缚了她的恳求之手,是你劫走了她的天主,你堵住了她的嘴巴,你把她囚禁在一个令人无能为力、彻底绝望的牢房中。

堂佩拉日　现在正是我该来的时候了。

堂娜奥诺莉娅　你打算做什么呢?

堂佩拉日　你还不知道我是一个法官,专门受理各种各样的诉讼吗?

堂娜奥诺莉娅 大人，请不要加罪于我们！

堂佩拉日 你觉得我会加罪于她吗？

堂娜奥诺莉娅 我惧怕的倒恰恰是你的**好心**。

堂佩拉日 请相信我吧，我是罪人的最好朋友，能为罪人带来赎偿和解放的，既不是你们的安慰者，也不是罪人的同伙，更不是忏悔导师，

> 只有最高审判者一人才拥有此项权力。

堂娜奥诺莉娅 还能以什么其他方法？除了死亡？毁形？奴役？流放？

堂佩拉日 各种方法都来一点。要想治愈一颗受伤的灵魂，绝不能用蜜糖和爱抚。能和所有这些办法相混施行的，我知道还有更精巧更强烈的办法。

堂娜奥诺莉娅 你为我们带来的就是这些办法吗？

堂佩拉日 我不是她的丈夫吗？我难道没有义务来陪伴她吗？我会在她经历生死搏斗之际抛弃她吗？

> 我知道该如何对待这个慷慨的灵魂。
>
> 你刚才对我说的一切我都明白了，我愿让你再重复一遍。
>
> 她期待从我这儿得到的绝不会是鲜花与果实，而是沉重

的负担。

堂娜奥诺莉娅 你给她带来了什么？

堂佩拉日 代替一个欲望的另一个更大的欲望。

> 快领我到她的房间去。
>
> （堂娜奥诺莉娅犹豫不决。）
>
> 快领我到她的房间去。

第四场
堂佩拉日、堂娜普萝艾斯

城堡内的另一个房间（实际上，舞台上什么都没变动）。

〔堂娜奥诺莉娅下场。堂佩拉日走到一道幕布后，然后重又上场，站在舞台深处。换景工在前台放上一台地毯织机，上面挂着一件祭披，祭披半卷半摊着，露出耶稣蒙难十字架的头。堂娜普萝艾斯上场，在织机前织地毯，背朝着堂佩拉日。

堂佩拉日 还有比这更自然的吗？这悲哀的误会，
　　这荒谬的旅店攻坚战，我可怜的巴尔塔萨一直以为在保护着你，而为了保护你，
　　他已一命归天了……
　　（她战栗了一下，似乎想说什么，但什么都没说，重又陷入麻木之中。）
　　我祝贺你逃了出来。
　　也是鬼使神差让你碰上了好心的骑士，你才平安无事一直逃到这安全之地，

憩息在我们尊敬的亲戚堂娜奥诺莉娅的羽翼之下……对，从我的祖辈莱昂[①]的先王那头说，她跟我们有亲戚关系，你想必还记得。

堂娜普萝艾斯（低声） 我等着你。

堂佩拉日 正好。

——此外，一想到又要到你我曾一起领略过滋味的非洲去……见到你心灰意懒我怎么还会感到惊奇呢？

（普萝艾斯简练的动作。）

那没完没了的无望的战争，那伊斯兰教徒，那在可咒的国家中对吓呆了的人民的侵略，那比油更珍贵的水；

我们的下面是背叛，我们的上面是诽谤，我们的周围是那些忘恩负义的伸手要钱的家伙，毫无任何办法；

宫廷的嫉妒，国王的厌恶，人民的仇恨，为此我们付出了多么昂贵的代价，

所有这一切的一切，你和我都一点一滴地品尝了滋味。

堂娜普萝艾斯 我还记得那条船。经历了千难万险我们才把它弄进被围的城市。

堂佩拉日 ……而它带给我们的既不是面粉，也不是杜罗[②]，而是一声声谴责，我成了人们勒令坦白的盗贼。

堂娜普萝艾斯 第二天，多亏一位被我们争取过来的伊斯兰教隐士，围城的部落受到背后的夹击，便如一群惊鸟东飞西散。

---

① 莱昂原是西班牙北部地区的一个旧王国，从1230年起成为西班牙的一个省。
② 杜罗，西班牙古银币名。

我一只手持利剑站在你的身边。

堂佩拉日　这一切你都已感到厌倦。

堂娜普萝艾斯　你既然知道这不是正义的,为何还向我提这件事?

堂佩拉日　别担心,我要一个人回那儿去。

堂娜普萝艾斯　你要走?情况那么紧迫吗?

堂佩拉日　将我们从西班牙再次召回的消息确实不那么好。我已经丢失了太多的时间。

　　名誉命令我将一项我不再相信的事业继续下去,一直到死。

堂娜普萝艾斯　怎么,你不再相信非洲了?

堂佩拉日　我已猛然看清了真理。非洲也属于我不再相信的事业。

　　[沉默。

堂娜普萝艾斯　然而,比起别的来,非洲远不算险恶,它还从未让你失望过。你知道靠近的是什么样的海岸。

堂佩拉日　是的,我曾经爱过它。我渴望它那毫无希望的面目。为了它,一旦国王允许,我就离开我那游荡不定的审判官之马。

　　就像我的祖先注视着格拉纳达[①]……(更轻)像我的祖先注视着格拉纳达……

　　(他长久地沉默,冥想。)

　　像我的祖先注视着格拉纳达,我就这样注视着那另一个

[①]　西班牙南部城市。原为伊比利亚人和罗马人部落,后为摩尔王国城市,在摩尔人治下长达七百余年,是摩尔人在西班牙的最后要塞。1492年摩尔人战败后,重新归于西班牙。

紧闭而空荡的阿拉伯世界的铁壁铜墙，撒旦的军团阻挡着我们，仿佛只有苦役犯才能居住在那烈焰之乡！

我要声明，在那儿，在炙热的阳光超过人的皮肉忍受限度的地方，存在着安拉之外的另一个天主，而且穆罕默德不是他的先知！

十字军远征对我来说并没有停止。天主创造人并非让他独自活着。

如果没有这个女子，就不该放走他赐给我的这一敌手。不该让摩尔人和西班牙人忘记，他们本来就是彼此依存，唇亡齿寒，

不该让这两颗心停止拥抱，而在野蛮的搏斗中长久地互相杀戮。

起风喽！

（沉默。风拍打着窗户。他举起一根手指头，低声说：）

我听到猎猎的秋风扫荡着陆地与海洋。

然而，它又戛然而止。对不对？那只可怜的蟋蟀妄图再度吟唱夏日里的美曲……

谁都明白，这毕竟不会长久。

堂娜普萝艾斯 你不再相信你的使命了？

堂佩拉日 我曾是一个梦幻制造者。

堂娜普萝艾斯 难道唯有女人才不是一个梦？总是这样说！女人是什么？柔弱的造物？生命失去了趣味并不是因为一个女人。

啊！我若是个男子，一个女人断然不能让我放弃非洲！它是一件会抵抗的东西！整个生命都少不了它！

堂佩拉日　你希望征服它？

堂娜普萝艾斯　一无希望才是美，认识事物才是永恒的使命！

　　仅仅是紧紧卡住敌手的喉咙，这还不够！它被抓住了！不仅他会迫使我们使出全部力气，

　　而且我们会感到，他自己就具有相当大的力量，需要我们花费三倍甚至四倍于他的力气，总是有新的东西在等待着我们。

堂佩拉日　掌玺大臣大人对我说过，徒然的劳作又有何用？

　　西班牙还很贫困，你让我遍撒在贫瘠的沙漠上的所有这些银钱，

　　若是撒在这儿它们也许就会开花结果，生出道路、运河和欢乐嬉戏的儿童。

堂娜普萝艾斯　那些新教徒也这么说。他们感兴趣的就是吃饱肚子，发大财，他们只想立刻得到报酬。

　　但是你教会了我思考：谁注视着自己就将感到不幸！

堂佩拉日　那么应该注视什么呢？

堂娜普萝艾斯　你自己说。

堂佩拉日　注视着天主赐给我的敌手。

堂娜普萝艾斯　就像你在大地上自己应得的一份。

堂佩拉日　现在我注视着的并不是我的敌手。

　　〔沉默。

堂娜普萝艾斯（慢慢地转向他）　看着我。为什么你的眼睛也不是用来看那些不可能的东西呢？

　　看着！我还是我吗？我身上没有一丝动作在说我不再是

你的人。

堂佩拉日　只要你能帮我的忙，你就是我的人。

堂娜普萝艾斯　当我眼睁睁地看着这一位

（她用手指向窗户）

行将死去时，我还能帮什么忙？

堂佩拉日　你以为是去帮助他阻止他死去吗？

堂娜普萝艾斯　我不愿让他死去！

堂佩拉日　你想选择的到底是什么？如果他活下去，你又能给他带来什么幸福？

堂娜普萝艾斯　我只带来一句话……

堂佩拉日　什么话？

堂娜普萝艾斯　……一句能阻止他从此再听到任何其他话的话。

堂佩拉日　死亡不就能做到这一点吗？

堂娜普萝艾斯　他若是占有了我的灵魂，就能免于一死。我什么时候停止过需要他了？

堂佩拉日　他要占有你的灵魂，你就应该能够献出灵魂。

堂娜普萝艾斯　如果我愿献出自身，难道不是整个儿一起献出吗？

堂佩拉日　不是整个儿。

堂娜普萝艾斯（缓缓地）　不是整个儿，不是整个儿！

啊！千真万确的话！诚实而无情的话！

堂佩拉日　你一旦托付给天主的东西，将不能再给予另一个人。

从天主那儿我已经接受了对你个人行使的委托权。

堂娜普萝艾斯（低声）　天主……天主……一旦……一旦……

堂佩拉日　你将给予他的，不再是你自己，

不再是天主的孩子，不再是天主的造物。

代替永福的，你只能给他以快乐。

代替你自己的，是你自己的作品，是活生生的血肉偶像。

你将不能满足他。你只能给予他有限之物。

堂娜普萝艾斯　对他的渴望而言，我可不是有限之物。

堂佩拉日　你自身对他有什么要求？反过来，你又能够给予他什么呢？

堂娜普萝艾斯　若要让他不断地渴求我，那就什么都不能满足他！

堂佩拉日　这是入地狱者的渴望。

堂娜普萝艾斯　如此的渴望对我来说还会是恶吗？如此根本之物，怎么可能坏呢？

堂佩拉日　不为善者必恶无疑。

堂娜普萝艾斯　我真的只能使他毁灭吗？

堂佩拉日　不，普萝艾斯。你为什么就不能为他行善呢？

堂娜普萝艾斯　行什么善？

堂佩拉日　凡为善者，就是能给他带来益处。

堂娜普萝艾斯　比起无所作为地被你关禁在花园中，

真还不如去作恶。

堂佩拉日　不错，

我知道值得你去囚禁自身的唯有一座城堡。

堂娜普萝艾斯　哪座城堡？

堂佩拉日　一座国王让你一直守到死的城堡。

此次我来就是特为告诉你这个与你的灵魂相称的使命。

普萝艾斯，

宁可死去也不能交出钥匙。

堂娜普萝艾斯　死去？你说死吗，大人？

堂佩拉日　我知道，我使用这个词会刺痛你的心。然而活着却是一件更艰难的事。

堂娜普萝艾斯　国王是把那城堡交给了我吗？

堂佩拉日　是我以他的名义把城堡交给你。

堂娜普萝艾斯　什么城堡？

堂佩拉日　非洲的摩加多尔。

堂娜普萝艾斯　堂卡米耶夺占并且正统治着的要塞？

堂佩拉日　对，我不放心那个军官。你应该接管他的权力，把他任作你的副手。

堂娜普萝艾斯　你不和我一起去吗？

堂佩拉日　我不能够。我必须去守卫北方的要塞。

堂娜普萝艾斯　你都能给我些什么，好帮我负起这项使命？

堂佩拉日　没有一兵一卒，没有一文金钱。

堂娜普萝艾斯　你知道堂卡米耶出发前夕对我说的事吗？

堂佩拉日　我能够想象。

堂娜普萝艾斯　我必须在你那城堡中守留多久？

堂佩拉日　该守多久就守多久。

堂娜普萝艾斯　你竟那么信任我？

堂佩拉日　是的。

堂娜普萝艾斯　我，一个女人，难道我必须死死守卫着这消失在汪洋与沙漠之中的要塞？

难道我必须待在这个一心只想凌辱你的叛徒身边？

119

堂佩拉日　我没有其他人。

堂娜普萝艾斯　我不能受此托任。

堂佩拉日　我知道你已经接受了。

堂娜普萝艾斯　请容我再作考虑。

堂佩拉日　马匹已准备好。起来吧！快去更衣换装。

第五场
总督、众贵人老爷、考古学者、小神甫

罗马郊外。亚平宁大道①。一群达官贵人，内中有那不勒斯总督。他们在一座只剩下几根廊柱的神庙废墟上席地而坐。深草丛中隐约可见几块浮雕和铭文碑。夕阳正在西下，天际一片金黄。远方可以看到正在建造中的四周围着脚手架的圣彼得大教堂②。到处是零零散散的仆人们带着马匹和行李。

第一位老爷　此时，法兰西的丞相带着他的部队沿着诺门塔纳大道③溜溜达达地归来了。

第二位老爷　……正好向北走了我们往南估量的同样长的路程。

总　督　我对他说最后一次来拜谒圣彼得大教堂时想着我们点儿，我们将在那儿会见他。

第一位老爷　他不需要圣彼得教堂来老是回忆陛下。

---

①　从罗马经过加普亚等地的军用大道。
②　即梵蒂冈大教堂，公元4世纪由君士坦丁大帝（272或274—337）在圣雅各的墓地上建造，16、17世纪重建，目前世界上最大的天主教教堂。
③　诺门塔纳大道是罗马通往门塔纳城的大路。门塔纳位于罗马东北方，古罗马时称诺门图斯。

总　　督　　你以为我比他还强吗？呵！一个小小的协定就使双方焦躁不满，

仿佛每隔四十六个月就要在重骑兵团刀枪剑箭的搏杀中重新再签订一个协定，

使我们纠缠不清的遗产问题稍稍理出个眉目。

第一位老爷　　大胆查理①的遗产呵！

第二位老爷　　我们没有在这里头增加几块土地吗？

总　　督　　替我们剪裁分切的家伙们争执不休，而印度那边的情况听说也不好。

第一位老爷　　嗨！国王非要追捕这个逮不住的罗德里格，难道就不能派陛下你去那儿？

总　　督　　我的职位在这里，在这圆柱的脚下，在这支撑着整个欧洲的海上，在这世间万物的中心。

它，意大利，伊斯兰教徒不能撼动它，愤怒的北方人不能夺取它，条条道路通过阿尔卑斯山的顶冠奔向它，每一条经线，每一条纬线都联结在它的衣袖上。

全欧洲最强的人啊，他最需要意大利，意大利也需要他。

第二位老爷　　全靠陛下，和平将再次降临罗马；

法国人嘟哝着撤走了反对势力，在向梵蒂冈的行进路上，毛发浓密的俄罗斯使臣逢遇到西印度与日本的使臣，

---

①　大胆查理（1433—1477），勃艮第的最后一个公爵，公益同盟的首领。为维护自己的独立地位，他竭力反对法王路易十一加强中央集权，其遗留的领地史称"勃艮第遗产"。

新任教皇的特使也正准备出发前往特伦托①。

第一位老爷 不久,圣彼得大教堂那像大麦垛一样的崭新圆顶将端坐在不可分割的欧洲的宝座上。

考古学者 罗马依然如故地矗立在那儿。我倒是很高兴重新见到那不勒斯

和它浮夸的人民,阿波罗和尼普顿总是不断地搅拨他们,就像一个阔佬的双手在装满皮斯托尔的口袋中掏啊摸啊。

第二个老爷 可你的事儿呢,博学的先生?它不是更多地同死物而不是同活人打交道吗?

考古学者 你说它们是死的?我从熔岩中挖出来的这些活生生的岩石和金属不仅活着,而且永生不死!

多少个世纪以来,具有天主形象的我们的称号一直存于火山的档案馆中,我们只不过是这些卓越思想的海绵状表现!

啊!正是这些死物教会我注视活人的行进!

总　督 说得对。在那不勒斯火山似的人类爆发中,我的朋友也会发现几个雕像的。

考古学者 最美丽的雕像啊!多少遗憾啊,大人,你不愿为自己留着它!

小神甫 我将堵上耳朵!

总　督 毋庸讳言,那是一个灿烂辉煌的女人。

考古学者 你是说,渔夫的女儿吗?我倒要把她叫作大海的女儿,

---

① 特伦托,意大利的一个城市。

她像一个神祇，一个君王那样高贵！

总　　督　所以我把她作为礼物送给了我的朋友彼得·保罗·鲁本斯①。

第二个老爷　就是乘在你送给阿尔发公爵②的那条满载雕像、绘画和各色珍奇古玩的船里出发的那个女人吗？

总　　督　正是。由她的母亲陪伴着，就像植物总是带着它的根。

第二个老爷　有多少美丽的东西给了北方人！正所谓葡萄酒倒进了啤酒里！我要将我喜爱的统统保留着。

总　　督　我又能从这美丽的姑娘身上得到什么？一点儿自私的快感，一种微小的爱好者的快乐。世间的美生来就是为了别的，而不是为了快感。

第二个老爷　彼得·保罗·鲁本斯只看得上他那些珍珠色皮肤的金发胖女人。

总　　督　先生，你们莫非把我当成了傻瓜？我朋友鲁本斯是个高傲的人。我将这位太阳的女儿送给他，并非当作模特儿，而是当作一份挑战书！

　　对一件美丽的作品，除了临摹，还有别的事可做，那就是与之竞争。它教会我们的不是它的结果，而是它的方法。它向我们倾注快乐、柔情，还有愤慨！它在艺术家的心中点燃一把神圣的怒火！

---

①　鲁本斯（1577—1640），佛兰德画家。

②　阿尔发公爵（1507—1582），西班牙将领，贵族出身，效忠于神圣罗马帝国皇帝查理五世和西班牙国王腓力二世，曾镇压尼德兰革命，1580年兼并葡萄牙。

因此，我不愿让这位绘画王子在百合花和玫瑰花的芬芳中安安稳稳地消时度日。我把这个大理石姐妹中活生生的意大利送给他，我要叫他哑口无言。

第一个老爷 我更愿给阿尔发公爵送些火药和枪炮。将为西班牙国王保留佛兰德的不是鲁本斯。

总　督 为基督教保留佛兰德抵御异教的正是鲁本斯！凡美的均来自天堂，凡美的皆能合并，我不能不把它叫作是天主教的。

神甫先生，这算不算得上是一种神学理论？

小神甫 大人，你不愧是一位神学家，恰如刚才说话的长着灰白胡须的贵人老爷

是一个那不勒斯女儿群中的考古家。

总　督 这些忧郁的宗教改革家想干什么？还不是在打天主的主意，他们把天主与人在这信仰的活动中……

小神甫 宁可说是信仰的觉悟或幻想中。

总　督 ……在这私下的个人交流中进行的拯救灵魂的神化秘功限制在一间狭窄的斗室中，

他们亵渎神明，认为作品没有用处，甚至天主的作品都不如凡人的作品。

他们将信徒与他们还俗的肉体分开，

他们使上天离开了这唯利是图的大地，这世俗化的、被奴役的大地，这制造有用之物极度有限的大地！

啊！保卫着教会的，不仅仅是它的圣师，它的圣人，它

的殉道者、光荣的伊尼亚斯[①]和它忠诚的孩子们的利剑,

它还召集了整个宇宙!只要有一处遭到强盗的攻击,天主教会就将与整个宇宙一同起来保卫自己!

世界对它已经变得太小。它在大海之中又呼唤出另一个来。创世的从头至尾,它像一个证人将天主的孩子们一一列举,所有的种族,所有的时代!

它从土壤中发掘出古老的石头,从七座山丘上,从五朝帝国[②]的底基上,它建立了永恒的崭新的信仰之穹顶。

小神甫　我不相信鲁本斯会是个福音传道者。

总　督　谁比鲁本斯更美好地颂扬了血肉之躯,天主渴慕披盖在身的这血与这肉,众生赎罪之手段的这血与这肉?

人们说,他笔下的石头都会叫喊!你们仅仅拒绝将他的语言赋予人类之肉体吗?

是鲁本斯把平淡无味飞流消逝的水变成了永恒芳香甘醇的美酒。

难道这整个美将一无用处?既然它来自天主,难道就不会再返归天主之处?必须得有诗人和画家,才能把美奉献给天主,才能让词儿一个接一个地联结起来,在一起超脱时间地谢恩、感激、祈祷。

意义需要词语,而词语需要我们的嗓音。

[①] 伊尼亚斯,即伊尼戈·洛佩斯·德·罗耀拉(1491—1556),西班牙贵族,他于1534年创建耶稣会,旨在反对宗教改革,重振天主教会,维护教皇权威。

[②] 七座山丘喻指罗马城,五朝帝国当指罗马。

我们将带着他的全部作品向天主祈祷!他的创作没有一件无用,没有一样与我们的灵魂拯救无关。在我们感恩而谦逊的双手中举起来的正是它,**丝毫不漏的全体作品**。

　　新教徒们孤孤单单地祈祷,而天主教徒却和着教会齐声祈祷。

　　[远处传来罗马的钟声。

第一个老爷 (对小神甫) 你服了吗?异端分子?

小神甫　我听到了罗马的钟声,是它们妨碍了我回答你。这钟声中就有我的圣撒比纳修女院的**告别**和**哈利路亚**①的钟声!

总　督 (对第二个老爷) 你呢,卢乔,你相信我吗?

第二个老爷 (深情地看着他) 你说的一切都是真的。

第三个老爷　我们为我们的统帅而骄傲。

总　督　并不是因为你们爱我,我才有道理的。

第一个老爷　因为你讲的都是真理,我们才爱你。

　　通过对你的爱,我们学会了彼此发现对方的存在。

第二个老爷　学会了在你的身旁结成小兄弟们的团体。

总　督　我的身边有着如此忠诚的朋友,你们怎么还让我去娶女人呢?

考古学者　对世间的一切,你唯有连声赞扬,然而看到你如此轻易地躲开它们,一件也不动用,我就有气。

总　督　如果我使用它们,我就不得不毁坏它们,那么你和我就

---

① "哈利路亚"是希伯来文的译音,意为"赞美我主",是基督教习用的欢呼语,福音书中有许多章节都以"哈利路亚"结尾。

大大地向前进了一步！

  我活着不是为了毁坏；我接触的一切，我愿它们都变得永生不亡！成为永不枯竭的珍宝！

  来吧！我只需要你！这双愉快的眼睛在对我说，它很高兴看到我的存在！上马！我们必须在天黑之前赶到营地。

第六场
圣雅各

黑夜。整个舞台从上到下被一张巨大的、布满圣雅各（圣地亚哥）之火的脸孔所占据，它带有朝圣者的扇贝和斜向对角的杖棒。（大家知道，圣雅各这个名字有时用来指不断来回造访两个天体半球的猎户星座。）

圣雅各　西方的朝圣者哟，长久以来，比我的杖棒更深的海洋令我滞步，驻足在带有四角的大地块的塔座上，

而在这原始大陆的边缘，玫瑰色的大西洋关住了欧洲之内的皿器，每日傍晚，崇高的贞女在夕阳映照的鲜血中淋浴。

正是在这半淹半露的海堤上我和基督一起沉睡了十四个世纪，

直到那天，我重又行进在哥伦布快帆船的前方。

当一股神秘的风夜以继日地吹拂在他的船帆上时，是我以我的一线光明引导着他，

使他在惊涛骇浪之中，看清了被水手们称为**热带葡萄**的隐藏水底的仙女们那铁锈色的长发。

现在，一步都不越出西班牙的上空，我在高高的天顶巡

视放哨,

  卡斯蒂利亚高原上的牧人从黑夜的圣经上认出我位于室女座和天龙座之间,

  海上的瞭望水手发现我正处于半沉半浮在海面上的特内里费岛①的背后。

  我,两个世界之间的灯塔,被无底深渊分隔的人们只要望着我便会觉得他们业已相处一起。

  我在夜空中占着如此巨大的位置,没有一双眼睛会把我认错,

  然而在这黑暗之中,只有跳动着的心,只有这冥冥思维显现而又消逝。

  在我脚下大洋的怀抱中,我的扇贝正映着反光,永世都酣睡的大洋正撞击着非洲和美洲的大陆,

  在那儿,我看到正在互相逃避,同时又在彼此追逐的两个灵魂的踪迹:

  一个乘船径直驶向摩洛哥;

  另一个逆着陌生的涌流,艰难地把握着航向,行进在漩涡中。

  一个男人,一个女人,两人皆抬头仰望我,痛哭流涕。

  你们缺少不了我。

  喜气洋洋心满意足的人们从来不会眺望我。唯有痛苦才在世上创造了这个大洞将我的信号灯挂上。

---

① 特内里费岛,位于大西洋,是西班牙加那利群岛中最大的一个岛屿。

当大地将你们拆散时,你们可以在天上寻得自己的根。

一切将你们的心割裂开的围墙并不能阻止你们生活在同一个时刻。

你们可以像找一个标记一样找到我。在我身上,你们俩的运动与我永恒的运动联系在一起。

当我在你们眼中消失时,那是为了前往世界的另一尽头再为你们带来新消息,不久的将来,我将重新与你们一起度过整整一个冬季。

尽管我仿佛凝止不动,我却无时无刻不陷入这迷人的运转之中。

抬起眼睛望着我吧,我的孩子,望着我这环行于天轨之中的苍穹的大使徒。

第七场
国王、堂佩拉日

埃斯科里亚尔宫①中的一个大厅。

国　王　先生,你让我好不容易才接受的建议已经不再中我之意了。

　　我不能让一位女子去当一帮强盗的头领,留在荒沙广漠与汪洋大海之间、背叛者与伊斯兰教徒之中那个浸蘸水中的城堡。

堂佩拉日　那么,唯一可行的办法便是派运兵马与金钱。

国　王　我没有一兵一卒一分一厘可以给非洲。

堂佩拉日　那么,陛下将不得不失去摩加多尔。

国　王　宁可失去摩加多尔,也不能失去我一个女儿的灵魂。

堂佩拉日　天主永生!堂娜普萝艾斯的灵魂将不会消亡!她将平安无事。堂娜普萝艾斯的灵魂将永远不会消亡!

国　王　摩加多尔到底是个什么地方?

堂佩拉日　对我,对你的列祖列宗而言,它是一块令人垂涎的

---

① 埃斯科里亚尔宫,西班牙国王的宫殿,建于1563至1584年间。

　　　　肥肉。

国　　王　一隅满目疮痍的焦土。

堂佩拉日　恰好成为基督徒们的炼狱。

国　　王　在美洲和它之间我不能犹豫不决。

堂佩拉日　你可见到了堂罗德里格？

国　　王　见到了。

堂佩拉日　他终于准备出发前赴美洲了？

国　　王　如果我命令堂娜普萝艾斯返归，他就准备出发。

堂佩拉日　提个建议就行了，让堂娜普萝艾斯自己拿主意吧。

国　　王　但愿如此。由前往总督府赴任的罗德里格亲自给她带去我的信，你也写一封信让他一并捎去。

堂佩拉日　为什么让罗德里格捎去？

国　　王　你还为妻子的贞操担心吗？

堂佩拉日　为什么要无谓地折磨他们呢？

国　　王　为什么称为无谓呢？为什么我硬要阻止他们见面？

　　　　我愿让他在此生此世再见一面他钟爱女子的容貌！让他看到她，让他为她陶醉，让他将她携走！

　　　　让他们再一次面对面地仔细端详！

　　　　让他知道她在爱着他，让他心中唯有她一人，让他自觉自愿地和她分别！

　　　　永远地分别！永远不再见到她！

堂佩拉日　如果你把他投入地狱，你就不怕他会老死在里面？

国　　王　活该！若是他自己愿意，我便无法拯救他。

　　　　我愿意一下子就在他心中塞入够他燃烧一辈子的燃料！

在那个受着另一个世界折磨的世界之上,在那个处于混沌与翻腾状态的世界之上,在这摇摇欲坠,捉摸不定的巨大的物质堆之中,

我需要一颗永不窒息的灵魂,我需要一把火,能在顷刻间像化干草为灰烬一样耗尽一切一切的欲望,

能永远永远地将贪婪与淫乱荡涤得干干净净。

我喜欢燃烧的心灵,饥渴的精神和不令内心有一刻安宁的永恒不满。

是的,如果没有这种爱情,或许就该让我以偏倚不公来替代它。

堂佩拉日 若把我换作别人,他就会对你说:如果他屈服了,怎么办?

国　王 如果他屈服了!那么,很明显,他就不配作为我所需要的人,我将会找到另一个更合适的人。

堂佩拉日 对如此的劳累与痛苦,你将给他什么作为报答?

国　王 我的儿子,他所期待并配得上的只有一个,那就是:丧失恩宠。

堂佩拉日 让罗德里格出发吧,听从陛下的吩咐,我将写一封信随同你的信一起让他捎走。

国　王 原谅我不得不让堂娜普萝艾斯经受这般考验。

堂佩拉日 陛下,我丝毫不为她担心。

国　王 至少,你也该去看看你的妻子。

堂佩拉日 今生今世我再也不见堂娜普萝艾斯了。

国　王 什么!你以为她会不听从你我写的并由罗德里格捎带给

她的建议?

堂佩拉日　是的,我这么想。

国　王　那流亡生涯于她竟有如此的魅力?

堂佩拉日　至少,那是一次使她远离我的流亡。

国　王　可是,罗德里格从她的身边离开了。

堂佩拉日　活该!她找到了她的命运,她的命运找到了她;

　　　谁一旦认识了她就不易和她分离,

　　　命运神的翅膀插入了我们秘密的祝愿中。

第八场
堂罗德里格、船长

黑夜。堂罗德里格的舰船,在汪洋大海之中纹丝不动。一根桅杆拦腰折断。

堂罗德里格　我宁肯在荒沙大漠中驾驭蹄不掌铁的母牛套拉的战车,我宁肯在崩塌的乱石山冈中驱赶一群毛驴,

也不愿在这粪汤屎浆中旅行,为前进影子长的一段路竟需跟四周方位打着没完没了的交道!

我宁肯迈开双腿,一天走它十里路,

也不愿像现在这样绞尽脑汁,施尽招数,用尽计谋,才能曲曲弯弯地绕行一段,

最后还不得不就地烤煮自己,静等着昏睡的天使早早醒来!

船　　长　大人,我看得出来,你不是水手出身。

而对我们这些人来说,快乐并非傻乎乎地听任顺风在屁股后鼓鼓地吹着,

而是凭借舵上的副帆与逆风斗智,

直到它最后不得不俯首贴耳,把我们带往要去的方向。

　　　　　正因如此，人们才称颂我们的父亲尤利西斯①为最聪明的人。

堂罗德里格　你把这无休无止地左右转向称为聪明吗？

　　　　　这一切只为了时不时地借得一丝柔和的微风送我们走上二链②！

　　　　　每天夜晚，那盏标志着堂卡米耶王国入口处的红灯都在嘲弄我们，

　　　　　一忽儿出现在左舷，一忽儿出现在右舷！

船　　长　你给你的朋友堂卡米耶带来了多好的消息啊！

堂罗德里格　我一定要偿清欠他的债。是我给了他指挥权，但是，我能活着应该感谢这位高尚的大人。

船　　长　怎么回事？请你说说！

堂罗德里格　当时连我母亲的祈祷都不能保佑我了。我已经触到了冥冥昏暗的边缘。

　　　　　忽然间，堂卡米耶的名字像一把尖刀刺透了我。（念诵：）"猛然间将痛苦与生命归还于我。"

船　　长（使劲拍手）　我明白你了！情敌的名字，比艾绒灸在脚掌上还要灵。

　　　　　十年前在巴伦西亚③我也有过相似的经历，为一个名叫多

---

① 尤利西斯，罗马神话中的英雄，即希腊神话中的奥德修斯。荷马史诗《奥德赛》中的主人公，攻破特洛伊城后，他在海上又漂流十年，历尽艰险，才回到家中与妻子团聚。
② 链，旧时航海计量距离的单位，每链约合 185 米。
③ 巴伦西亚，西班牙港口城市，濒临地中海。

萝莱丝的女人我跟一个卖腌肉的商人争执不休。

堂罗德里格　正是这个，伙计，你太了解我了；把你跟腌肉商的故事讲给我听听。跟你谈谈话聊聊天，让自己变得更加卑贱倒使我心里好受一些。

从表面来看，就如你所说的，我把卡米耶先生当作了情敌，一个幸运的情敌。

如同把伙伴们比作居心不良的卖下水商贩所能制糟腌坏的牺牲，我就是它们在卤汤中蹦跳着的一个伙伴！

我碰上的事儿其实有多么简单！

你看见我快乐而知理，面目焕然一新。真的，你不会不如此行事。我确信你会说出个道理来。重要的是不让他们在一块。要是人们不会以自己的品性去招人喜爱，那么只有去叫宪兵团。

我带有国王的一份命令，宣召她回国返都。对，我要用这条船把她捎载回去。

随后，我发誓，我将要永远离开。但是我将单独和她守在这船上。

她把自己奉献给了卡米耶，为什么就不能奉献给我？

我嘲笑她的灵魂！我需要的是她的肉体，只是她的肉体，她邪恶的肉体！

享受吧，解脱吧！不如此这般，我将得不到解脱。

然后，我要把她扔下。她将跪倒在我的脚下，我将把她踩在鞋底。

对那个将她如此抛弃给卡米耶的下流丈夫，你还有什么可说的?

船　　长　人们会想,要提防那个半拉子摩尔人,他找不到比她更适合的人。

堂罗德里格　啊!真不愧是个大政客!他妻子向他保证提防着卡米耶,卡米耶向他保证提防着我。他自己则动身去了驻防地①。我挫败了他的盘算。

船　　长　欧洲也好,非洲也好,让这整个不需要你的旧世界靠边去吧,另一个世界正在召唤着你。

堂罗德里格　不,不,我不能这样对她置之不理,一切都将解释清楚。让我看看她一分钟就够了,我不能相信她会爱这个狗崽子!啊!我知道她爱我,她躲避我!让我和她说几句话吧,我知道一秒钟内一切都将得到解释,然后,什么也不需要解释了!

船　　长　然而,若是她愿意,那天她只需束手就擒就行。

堂罗德里格　你说,你看到她举起了胳膊吗?

船　　长　你我同样,都看到了她,我们的船队顶风劈浪,相距还不到一链远。

堂罗德里格　是她!对,我看到她举起了胳膊。我看着她,她也看着我。

船　　长　紧接着,一股红红的火焰,轰!一颗炮弹掀倒了我们的主桅。

堂罗德里格　火!火!开火!开火!开火!可你为什么拒不服从

---

① 指西班牙在北非的流刑地。

我的命令?

必须把它打沉!必须听从我的命令,舷炮齐发,打它个稀巴烂。

船　　长　　我那时够忙乎的了,不然咱们的船就要沉了。主桅折断可不是开玩笑的事。

堂罗德里格　　就在你手忙脚乱之际,她已经消失不见了。第二天风向转了。

就这样,三天以来,我们在堂卡米耶的阳台下信步漫游。他们两个人在那儿哈哈大笑地瞧着我们!

船　　长　　哼!又起风了,也许明天会碰上好运气,我们就可以在摩加多尔靠岸了。

堂罗德里格　　你说又起风了?

船　　长　　对,你可以看到,天上的星星再不那么眨眼了,你没有注意到在落日余晖中,那像一把把荆条似的长长的细丝吗?

那是从非洲的蒸汽之端徐徐吹来的南风。

明天你就将能听到,在海上的大迁徙中,我们的船帆将满满鼓起,猎猎作响,天主的意志将化作阵阵顺风吹拂到我们身上。

今天打捞起来的沉船残骸就是个预兆。

堂罗德里格　　沉船?在哪儿?

船　　长　　(举起风灯) 这儿。这是遇难船只艉部的船搁板。

堂罗德里格　　我看不清楚。

船　　长　　(凑近,拼读) "地"——"亚"——"……地亚哥"。

堂罗德里格　　"圣地亚哥号"?

船　　长　"圣地亚哥号"。你怎么这般惊愕？

堂罗德里格　这是我哥哥，一个前往巴西的耶稣会神甫乘坐的船。

　　　　［他脱下帽子。

第九场
堂卡米耶、堂娜普萝艾斯

摩加多尔要塞某炮台的内部。

堂卡米耶　我让你看完了我的小小设防。这是我修筑的一个炮台，俯瞰着整片沙滩。我向一艘不幸在海岸遭难的国王先生的舰船借了几位胖老爹，
　　　　把它给武装了起来。当初，我们改换信号已经两天，但那艘倒霉船事先并未得到通知，
　　　　结果阴差阳错地误解了我们的意思。

堂娜普萝艾斯　我颇感兴趣地听着。我很喜欢我的新居。不过，我该说，这一切我都已看了。

堂卡米耶　谁在我之前擅自带你参观了？

堂娜普萝艾斯　你的副手堂塞巴斯蒂安，是我命令他的。

堂卡米耶　太好了。越过统帅去找副手，真是一项奇妙无比的条律。

堂娜普萝艾斯　除了国王派来的我以外，本地不存在第二个统帅和司令。

堂卡米耶　司令官先生，听你这么说，我的心倒是怪痒痒的，

别忘了，你还在我的手心。

堂娜普萝艾斯 我不是自己送上门的吗？我什么地方惧怕你了？我带来了一杆枪、一个兵吗？除了我的侍女我还有什么？

堂卡米耶 这倒是真的，你很忠诚地遵守了我们的约定。

堂娜普萝艾斯 堂佩拉日和国王陛下极其正确地证明，要战胜堂卡米耶，只需要一个女人。

堂卡米耶 无论如何，只要我愿意，我就会捏紧拳头。

堂娜普萝艾斯 只要我不愿意，你就不会愿意。

堂卡米耶 我可以再次把你赶回你的小船。

堂娜普萝艾斯 为了显示你惧怕我吗？

为了向你的君主示威吗？为了亮出你的牌来，让我看看你在作弊和交易中丢失了全部王牌吗？

为了把我交给那个正在海上等候我的堂罗德里格吗？

堂卡米耶 我可以把你投入囚牢。

堂娜普萝艾斯 你做不到。

堂卡米耶（粗暴地） 你不是在我的权力之中吗？

堂娜普萝艾斯 你才在我的权力中呢。

堂卡米耶 开什么玩笑？

堂娜普萝艾斯 我说的是，只要我一句话，就可以让你在一个最深的水池里过上一夜。

堂卡米耶 才两天工夫，你就获得了这个权力？

堂娜普萝艾斯 对一个处在一帮头脑简单的男人群中的女人，两天工夫还嫌多呢。

堂卡米耶 我要把你交给他们。

堂娜普萝艾斯　他们中的每一个都会保护我而抵抗其他所有人。

堂卡米耶　在这个要塞之外，我还有一些朋友。

堂娜普萝艾斯　把我交出去，实际上就把你自己交了出去。

堂卡米耶　我的水池在哪儿呢？

堂娜普萝艾斯　耐心点。这会儿我还需要你。我想怎么着就拿你怎么着，这才有趣呢。

堂卡米耶（从一个炮眼中望出去）　我也觉得有趣。为了补全我的幸福，我只需瞧着那忠诚的罗德里格在大海之中站岗放哨。

堂娜普萝艾斯（也瞧着）　他的船显得多么微小！极其微小的一个白点。

堂卡米耶（把她往后拉）　过来。长时间看着这烈火的深渊是不可能没有危险的。

堂娜普萝艾斯　极其微小的一个白点！

第十场
那不勒斯总督、堂娜缪西卡

西西里的一个原始森林。一个又高又深的岩洞,洞前垂下厚厚的一抱开着粉红色花朵的绿藤。溪水从石缝中潺潺流出,淙淙有声。月光皎洁如玉。透过闪亮的树叶,可以想象到远处就是大海。不过,以上这些舞台说明是不可能实现的,所以它们最好由堂娜缪西卡向观众的讲解来代替。

堂娜缪西卡(提着满满一桶水,可以看作刚从溪边回来) 水来了!瞧你,把一大抱青柴撂到了火上,你是想把火压灭吗?还不说这滚滚的黑烟,在月光下十里之外就能看得清清楚楚!

要是我,我就只生小小的一堆火。我想,你总不至于愿意有人发现你吧?

[她拨弄着篝火,在火上安放了一口锅。

总　督　根本就不需要生火。

堂娜缪西卡　我们不能这样像野兽一样待在漆黑的夜里。

我会用一些我认识的野草和柠檬树的花,做个野菜汤让你看。

总　　督　　你就靠吃野菜汤活着？

堂娜缪西卡　　我？我什么都不缺。

总　　督　　谁供你吃的？

堂娜缪西卡　　在这片森林的尽头，是那个伸入到海湾中的岬头，

那儿有一座顶塌壁残的教堂，就像过去异教徒的那种面前有石柱的庙宇，

在那厅堂里，有一尊无头无脑的石雕像，它是那么可怕，我甚至都不敢抬头正视一下。

那地方的人将祭祀用的各种供品带往那儿……你明白啦，我的大王？……别这么瞧着我……

水果、面包、糕点、蜂蜜、鸡蛋，还有许多我叫不上名来的东西，甚至还有烤牛肉，

这一切，我可以随随便便地拿来食用。

总　　督　　没人阻拦你吗？

堂娜缪西卡　　他们实在太害怕了！没有一个人现在愿意走入这个森林的王国。

你懂了吗，是一个没头的女子尽享了盛宴？还有比这更自然的吗？她有一个强健的胃口！

总　　督　　我要给这些可怜的人派个传教士去。

堂娜缪西卡　　还有宪兵，把我逮捕下狱吗？

总　　督　　这样无凭无证潜入到我的领土上来算什么？

堂娜缪西卡　　这不是我的错！是船不愿意再往前开了。

我早就对你讲过了！天上没有一丝丝风，船底突然碰上了什么，就如到了该到的地方。

肯定是什么地方裂开了，我只有跳海的时间，我带着这口锅和几件有用的东西跳到水中。

　　船上的人只有我一人懂一点点水性。

　　我可怜的士官仅仅漂浮了不一会儿，没多长时间，就晃着手向我告别了。

　　幸好，陆地离得不太远，波浪冲着推我。

　　〔远处一声号响。

总　　督　又是这帮蠢才在找我！肯定是我的马告诉了他们。

　　我怎么忽然就想出这个好主意离开了他们！我不知道在这诱人的小路尽头我会发现什么。

　　〔又一声号响。

堂娜缪西卡　安静，国王先生！……就这样，抓住我的手，使劲想着我，没有人会找到你的。

总　　督　你怎么会知道我是什么国王，或是什么总督呢？

堂娜缪西卡　你难道不是派臣仆寻找我了？那个士官不就是你的士官？既然我已经来了，我就只有在这儿

　　等着你。你为什么觉得，我一眼认出了你反倒是一件咄咄怪事？

总　　督　这一切都是真的。我怎么就忘了呢！正因为忘却了它，我才发觉我从来没有停止过知道它。

堂娜缪西卡　你忘了我肩上的那块鸽子形斑记了吗？我曾经让你看过一次，凭着这块斑记，你应该认得出我来。

总　　督　我从未想过其他事。

堂娜缪西卡　你在撒谎。你脑子里想的一切我都感觉得到，是的，

我和它们一起飘动着，

　　我知道我的面容只在那儿出现过一小会儿，就像朦胧的月光洒在汹涌澎湃的海浪上。

　　喂，说清楚，你现在在想些什么？开火！不假思索地回答我！

总　督　我想到这燃烧着的火，想到这永不枯竭的泉流，

　　它流向远方，更加遥远的远方，三四处声响遥相呼应。

　　要知道它在诉说着什么，要用文字将这漫长的叙述记录下来，这并不困难。啊！多么辛酸的回忆！

堂娜缪西卡（抓紧他的手）　这辛酸的回忆在哪儿？

总　督　我怎么也想不起来，就像是溪流，我不再知道它是向前还是向后流。

堂娜缪西卡　国王先生，有谁在阻拦你，不让你记起来？

总　督　我手中的这只小手。

堂娜缪西卡　这不是真的，因为在这同时，我又一次感到有人跳水，有人逃脱。你在哪儿？你在想什么？

总　督　想那吹拂的风。

　　想那所有与我纠缠不清的央求者，想那该给哭天抹泪的妇女的公正判断，

　　想那在不自觉或半自觉中我给别人带来的痛苦。

堂娜缪西卡　还想什么？

总　督　想有人谈起过的这次正在准备中的对土耳其人的远征。

堂娜缪西卡　还想什么？

总　督　想法国人，想海盗，想罗马教皇，想那些老是找不到的

跟我那礼服相配的饰带，

想那为赈济卡拉布里亚[①]的饥荒而举行的不甚像样的慈善措施，想那些我们迫不得已前去伸手借款的高利贷者，想我那在马德里的敌手。

堂娜缪西卡　这一切，现在还使你难受吗？

总　督　根本没有，只有些许嘈杂之声。

堂娜缪西卡　这妨碍你注意其他事情了吗？

总　督　确实，有其他的事……

堂娜缪西卡　什么事？

总　督　我时不时想听到的其他一些事。

堂娜缪西卡　当我命令你缄口沉默时，出了些什么事！你好像听到了什么。

我说的不是风，也不是海，也不是这淙淙的流水。你听到了什么？

总　督　一阵微弱的音乐声。

堂娜缪西卡　我的心肝，唱几下这段乐曲吧，看我能不能辨认出来！

总　督　我想唱却不能。

堂娜缪西卡　那么你愿意让我唱吗？

我抢救出了我的那把吉他，不过它没有弦了。

总　督　不需要什么琴弦。

堂娜缪西卡　那么，瞧着我，好让我知道该从哪里开始。（发出一

---

① 卡拉布里亚，意大利南部的一个大区。

种轻微的叫喊）啊。

总　　督　我使你难受了？

堂娜缪西卡　我的心跳停住了！

总　　督　不许我看你在哪里吗？

堂娜缪西卡　再让我难受一次吧！

总　　督　在月光下我看到的这张惊恐万状的脸是谁？

堂娜缪西卡　那是我死命自卫、发出断断续续的叫喊声跑开去的灵魂！

总　　督　你说你准备唱的歌就是这些吗？

堂娜缪西卡　我的歌是我生产出来的。

总　　督　这不是一首歌，这是一阵风暴，它带着天，它带着海，它带着森林，它带着整个大地！

堂娜缪西卡　难道音乐不在这一切之中？

总　　督　先瞧着我，然后我再回答你。

堂娜缪西卡　我不在这儿！

总　　督　神圣的音乐在我心中。

堂娜缪西卡　答应我，别让它中断！

总　　督　我能答应什么？并不是我在唱，而是我的耳朵，它们在一瞬间全都张开了！

　　　　　　谁知道到明天我会不会重又变聋？

堂娜缪西卡　这是真的。可怜的缪西卡！

　　　　　　明天将不再是森林和月光。明天将是那可怕的审判，那苦苦的央求，那些在马德里对你诬蔑诽谤的恶人，那集合的军队，那该还清的钱财，那不合体的衣服。

总　　督　　听着，缪西卡，我正在明白一些事理。

你知道吗？

对啦，假如我还没有耳聋，那么，即使是你说过的这些事，

我都能够将其处理成这一阵阵我不时听到的歌词的神圣冲动，

那不是歌词，而是它们美味的精髓！

这不可言喻的秩序才是真理，这万能的波浪才不可战胜，

我知道，所有这可怕的嘎吱声，所有这混乱的纷争，都是我的错，因为，我没有长一对驯顺的耳朵。

堂娜缪西卡　　假如我与你一起存在，怎么，你还会那么耳聋，而听不到我的一丝声息吗？

总　　督　　你在西班牙的一块石头下哼哼歌，我就在巴勒莫①的花园深处听到你了。

对，我聆听的正是你，而不是别的什么人，

不是这小溪流水，不是这闭嘴不语时人们听到的鸟儿！

堂娜缪西卡　　再告诉我一声！这给了你巨大喜悦的音乐会，那是我开的头。

在你的心底，这如此纯粹、如此诱人的唯一的音符就是我。

总　　督　　就是你。

堂娜缪西卡　　告诉我，你将永远全神贯注地聆听着它。别在你我

---

①　巴勒莫，意大利西西里岛港口城市。

中间搭上什么东西，别阻碍我的生存。

总　　督　　你说，在我认识你之前，你靠什么生活着？

堂娜缪西卡　　也许你已经认识我了，自己却不知道。

总　　督　　不，我知道，你不是为了我而生存的，你不比那只在黑暗中被我抓获的鸟儿更加依赖我，它的心为我同时又不是为我而跳动。

堂娜缪西卡　　没有你，鸟儿就会将脑袋夹在翅膀下死于樊笼中。

总　　督　　你以为只有我一个人才能理解你，吸引你？

堂娜缪西卡　　没有你，我就不会开始唱歌。

总　　督　　我真的把幸福带给了什么人？

堂娜缪西卡　　这幸福使你那么爱别人，

哦，我的朋友，当我启齿动唇对你说话时，我真不好意思把这快乐带给你。

总　　督　　你以为快乐是可以给予，可以原封不动再次觅得的吗？

你给予我的快乐，你会在别人的脸上看到。

缪西卡，我的强求和严格只能对你一人而发。对，我要不停地让你懂得，你的位子是极其微小的。

堂娜缪西卡　　自命不凡地装作万事皆懂吧！我为我自己在你心底找到的位子，你了解吗？

那是我的位子，如果你在那儿发现了我，我不会感到那么舒服的。

总　　督　　等会儿再给我解释吧。来，我们这样很不舒服。让我们向黑夜与大地的建议让步吧。来和我一起到这你已准备好的芦苇与蕨类制成的幽深的床笫上去吧。

堂娜缪西卡 如果你想抱吻我,那你就再也听不到音乐了!

总　督 我只想睡在你的身旁,握着你的手,

听着森林、大海,听着永无休止的流来淌去的水声,

这神圣的快乐,这巨大的忧郁,掺和进了这不可言喻的幸福。

过一会儿,当天主将我们结为一体时,它将为我们留存着别的奥秘。

第十一场
堂卡米耶、堂罗德里格

摩加多尔的要塞中。一间拱形屋顶的狭窄房间,从观众见不到的某个窗户射进来的光线照亮了全屋。房间尽头是一幅黑布帷幕,就像修女院接待室里遮盖栅栏的那种。天花板上吊下来的一段绳子上悬挂着一个滑轮。角落里是一堆生锈的废铁。

〔堂罗德里格一动不动地站在屋中央,瞧着四四方方的黑幕布,他身后堂卡米耶的影子印在墙壁上他的影子旁边。

堂卡米耶 我说,有谁阻拦你走过去拉开这道帷幔,看个究竟呢?

堂罗德里格 堂卡米耶,我很高兴终于找到了你。我还以为你躲到了什么洞里呢。

堂卡米耶 我认为,我先不露面而让你自由自在地待在这儿是个谨慎的做法。

我命令打开所有的大门,不让任何人无谓地纠缠你。

我只让那个黑人军官出面,接受你转交的信件。我猜,你早已急不可耐地盼着回音了。

你的脚步处处只遇到沉默和乌有。

就像来到你熟悉的波斯故事中"石头国王的城堡"。

除了偶尔传来的几乎不可觉察的女性气味，一件裙袍的微弱气息之外，什么都没有。

必须让你一直走到这儿来，这恰恰是我想引诱你来的地方。这小小的刑室，这留作紧急会面的客厅，这人们称为唇枪舌剑的会谈。

在你看到的这道帷幕后，藏着一位审查官，陌生而好奇的旁观者窥视着牺牲者和折磨牺牲者的善心官吏……

怎么了？你还不急于看到我。

堂罗德里格　我看着墙上我自己的影子。

堂卡米耶（将自己的影子和堂罗德里格的影子混到一块）　请允许我把我自己也融进去。

看，我们两人只构成了一个三头六臂的怪人。

今后你无论到哪儿，你都不能再阻碍我的回忆混入你的思虑中。

堂罗德里格　你已经习惯了混杂。

告诉你，我的影子加到一条摩尔狗的影子上只能使它变得更加黑。

堂卡米耶　当你优雅的影子飘逝而过成为另一个海岸的幻影，

摩尔人的影子仍将盘踞这座城堡，

以它的浓黑遮盖并保护着另一个影子；

对，它只需偏离毫厘之地，就能让另一个显出来。

堂罗德里格　我思忖着，为何我不把你变成一个彻头彻尾的影子呢？

堂卡米耶　算了，我可是手无寸铁。你若还找不到其他方法战胜我，你只需将我杀死就行。

　　无论如何，我也要提醒你，先看一看夫人委托我交给你的这封信。

堂罗德里格　是她让你把信交给我的？

堂卡米耶　她自己让我自己交给你自己。夫人阁下坐在她的梳妆台前（你知道我在夫人阁下身边的高级职务使我能每时每刻地接近夫人阁下）。

　　我的同行（我是说她的贴身女仆）正在一旁殷勤伺候夫人穿戴。

　　我拜读了你的信，她委托我把回信带给你，

　　亲手交上，不得延误。

　　[他交给他一封信。

堂罗德里格　这不就正是我奉旨捎来让她收下的那一封吗？

堂卡米耶　背后似乎还有几个字吧！

堂罗德里格（读）"我留下。你走吧。"（低声重复）"我留下。你走吧。"

堂卡米耶　事情很清楚。她留下来，你只有走了。

堂罗德里格　请转告堂娜普萝艾斯，我想立即和她谈谈。

堂卡米耶　想这样冲我发号施令，真是瞎了眼，我的皮肤还没有黑到那份儿上。刚才这位伙伴对你提出的求见不是已经断然拒绝了吗？这还不够吗？

　　谁知道呢？这间屋子毕竟还不那么隐蔽，你的声音不会不径直传入夫人阁下的耳中。

堂罗德里格 她抗拒国王陛下本人让我带来的命令吗?

堂卡米耶 不是命令,若是我读懂了的话,这只是建议。

堂罗德里格 她抗拒她丈夫以天主的名义和国王的信一起带来的命令吗?

堂卡米耶 她选择留在此地。

堂罗德里格(叫) 普萝艾斯,普萝艾斯,听见我了吗?

(沉默。)

(堂罗德里格重又叫:)

普萝艾斯,普萝艾斯,听见我了吗?

(沉默。)

堂卡米耶 也许她根本不在那儿。谁都弄不清楚。

(稍停。)

你肩负的真是一项奇特的使命。

(稍停。)

你毫不作答。但墙上你的影子在对我说它同意我的意见。

你爱她,你能奉献的一切,就是老头子这封召她回去的信。多么诱人啊!

至于你(对了,我也读了你的信,人们把它和包裹一起给了我),

你自愿永远永远地消失;好得很!现在就请开始吧!

(稍停。)

人们期待的,是整整一支装备一新的舰队来摧毁我们小小的摩加多尔,而我们则将迎头痛击,

你自己头戴红翎帽,手持长梭镖,带领着五十个好汉猛

冲过来。

堂卡米耶受伤致死,夫人阁下被生擒活捉。对这一番暴力,谁又能怎么样?

而你要的不是这一切。你想折磨她小小的头脑。只有一个女人诅咒着,就像独自要作什么决定。

"快,夫人,告诉我,你是不是真的爱着我,为了我们的爱情,请你回到你丈夫那儿!你还不钦佩我准备为你作出的高尚的

"自我牺牲吗?"

(稍停。)

你的影子不动了。它在那儿,贴在这堵忧郁的墙上,

就在那儿,另一个更加孤独的影子不止一次地

轻轻摇晃——在绳子的末端——摇晃在行将熄灭的炭火的微光中。

(稍停。)

我,哪怕驾着一艘瘸腿的船,哪怕像你一样

被一个女人的手摧残伤害,我是说你的船,

我仍会做出一点名堂的,我还会告诉你我已经提防了。

(稍停。走向堂罗德里格。提高声音。)

你还没有厌烦?你还想再听?

我想,这至少能证明,你们两人都上了当。

她不爱你,你说是吗?

她不爱你,我见你那么惊讶,但是,你又爱过她吗?你只需获得她。

你只想同时满足你的灵魂和你的肉体，你的良心和你的生性，你的所谓的爱情和你的野心。

因为在你的心底有着一个美洲，它比那位女子的容貌更加古老，它在时刻折磨你，放弃它将是何等遗憾。瞧，我多么了解你！

你心怀叵测，竟想几乎不犯过失就得到欲望的诱惑！至多不过是一个清新的小过失！

而如此高尚的业绩足可作为补偿了。

还有什么比臣服于国王更具功勋？还有什么比将一位贵妇人遣还给她的丈夫，把她从拉皮条汉手中解救出来更可称道？更何况为做这一切还牺牲了自己！

爱情，荣耀，虚荣，权益，抱负，嫉妒，淫荡，国王，丈夫，彼得，保罗，雅各①以及魔鬼，

种瓜得瓜，种豆得豆。万事如意，皆大欢喜。

堂罗德里格（低声） 这一切，我听到它们有多好啊。

堂卡米耶 我说的不是实话？

堂罗德里格 只不过缺了精华。

堂卡米耶 回答我。有人听着你。千真万确，我看到帷幕似乎在动！

堂罗德里格 哪怕走到天涯海角，我都知道她不能阻挡自己听到我对她说的话，

而我，我知道她就在我灵魂化成的声波之中，

---

① 彼得、保罗、雅各均为圣徒，其中彼得（原名西门）、雅各是耶稣十二门徒中的两位。保罗原名扫罗，早期反对并迫害耶稣的门徒，后来皈依耶稣。

就像一个唱歌的瞎子，他知道面前究竟是一堵围墙，是一丛灌木，还是一片空地。

堂卡米耶 我确信，在阁下的嗓音中，德行将借得一声不可抗拒的腔调。

堂罗德里格 对一个圣人或是对一个你所描绘的特殊人，一切都很简单。精神开口说话，愿望开口说话，很好。向前！只需立即服从就行。

堂卡米耶 想在另一个世界得到拯救，在我们这个世界得到女人，是没有第二个办法的。

堂罗德里格 选择既已作出，我就不要求什么，只求把女人留给你。

堂卡米耶 那么你还来这儿干什么？

堂罗德里格 一个健康人染不染上鼠疫，或者腹泻，或者麻风病，或者其他不治之症，均不能取决于他自己。

堂卡米耶 你打算把我们的普萝艾斯比作这些可爱的偶发症吗？

〔稍停。

堂罗德里格 我不喜欢听到你说起这个名字。

堂卡米耶 对不起，请原谅！

堂罗德里格 我的灵魂受了伤害。

堂卡米耶 马上想办法治愈它。

堂罗德里格 它就像一颗麦粒那样，只有麦穗能治愈它。

堂卡米耶 麦穗就在国王交给你的另一个世界里等着你。

堂罗德里格 可我首先等待着唯有她才能给我的东西。

堂卡米耶 什么东西？

堂罗德里格　不亲自接受它，我又怎能知道它呢？

堂卡米耶　这件神秘的东西，为什么你不说它与她的肉体已经结为一体？

堂罗德里格　说得对。怎么理解呢？

　　我灵魂所渴望的宝贝渗入了这肉体的禁地。

堂卡米耶　说啊！你只需说一句话。

　　你已经两次呼唤了她。我觉得，她只等待着你第三次呼唤，"普萝艾斯，来吧！"她就在那儿，你只需喊一声她的名字。

　　她将马上出现在你面前。

堂罗德里格　等一会儿，等我踏上大海的波涛，到那时我将呼唤她。

堂卡米耶　别说是她赶你走的。

堂罗德里格　难道是我在石头上写下令我们分离的这条大法？

堂卡米耶　爱情无视法律。

堂罗德里格　这并不能阻止它存在。

　　当我闭上眼睛时，我不能毁灭太阳。

堂卡米耶　爱情能满足自己！

堂罗德里格　而我，我认为什么都满足不了爱情！啊！我发现了一件多么伟大的东西！爱情应该给予我们打开世界的钥匙而不是收回它！

堂卡米耶　看你同时一下子要求肉体与灵魂的满足，

　　这不是一件好笑的事吗？

堂罗德里格　我心中这两种本性联结得如此紧密不分彼此，难道也算我的错？

堂卡米耶　这位可怜的女子能做什么呢?

堂罗德里格　我曾有的一切——啊! 多么沉重的分量啊,似乎是整整一个世界——

　　我都为她带到了这儿。难道她没有任何东西交换给我吗?

堂卡米耶　她能给你什么交换呢?

堂罗德里格　我若是知道,也不会问她了。

堂卡米耶　好吧,给你的回答只有这一声拒绝和这道让你出发的命令。

堂罗德里格　我接受了。

堂卡米耶　我嘛,我留下。

堂罗德里格(低声)　"我留下。"

　　(他看着信。)

　　对,她让我念的信就是这三个字。

　　白纸黑字,毋庸置疑。是呵,她选择的确实是你。

堂卡米耶　我比你更理解她,我心中有女人,不管你怎么想,我比你更懂得如何待她。

　　她可以为我带来益处,而对你,她只能带来痛苦。

堂罗德里格　她已经剥夺了你的指挥权。

堂卡米耶　我把位子让给了她。是的,我已经把我自己的一件东西送给了她,她已经获得了它。

堂罗德里格　剩下的也将慢慢来到。

堂卡米耶　我叫唤她,她就来了。不过,我不瞒你,她能带给我的好处似乎比坏处更为可疑。

堂罗德里格　那么就把她打发走吧。

堂卡米耶 阁下大概会笑话我的。但不论你相信还是不相信,我做不到这一点。若是我能够,我早就打发她走了。

堂罗德里格 我可以助你一臂之力。

堂卡米耶 理智与机遇,抱负与冒险,我不想再要别的主人。

光这一位就像命运一样干预了我,我毫无办法去左右她。

堂罗德里格 恰如昔日的海伦①。

堂卡米耶 你肯定在想,只要你一出发,只要你的船帆一消失,她就会投入我的怀抱吗?

堂罗德里格 大话我不早说。不过要相信时间,相信围绕着你的地狱,

她孤独一人不会长期地生活在你的欲海之岸而不遭恶果……

先生,我要求把我带到你给我准备的那间房子去。

堂卡米耶 我的手下人已在忙着修复你的航船。

---

① 指希腊神话中的美女海伦。

第十二场

堂古斯曼、鲁伊斯·佩拉尔多、奥索里奥、雷梅迪奥斯、印第安人

美洲一原始森林的空阔处,一条遍布着小岛、充塞着树干的河流边。在黄茎干绿线条的矮林中,有一处 bandeirantes① 的营地。

堂古斯曼 你说,在这大堆大堆的木头中,你已经从其中的一块上辨认出了圣十字架的图案?

鲁伊斯·佩拉尔多 不是仅仅在一块木头中,而是在许许多多的木头中,带有相同枝权的十字架四周抱绕着蛇一般的涡纹。

堂古斯曼 在这个已经死去却未留名称的民族的坟墓上竟然有十字架!他们在自己的墓穴深处,向来自世界另一端寻找他们的活人们伸出了十字架。

鲁伊斯·佩拉尔多 不光有十字架,还有我为你们描绘过的那些怪物或酒瓶,

那些像《圣经》中行色匆匆的天使的巨人,透过一根根藤条,被可咒的树木所吞噬,它们那副埃塞俄比亚人般的脸

---

① 西班牙文,意为"探险者"。

向大地的四极转来转去。

　　他们中最大的一个被鹦鹉的粪便染得煞白，浑身包嵌着蛇皮般的巨大鳞片。

堂古斯曼　　这番描述更增添了我的欲望！我倒要手持利刃，和地狱的守门人较量较量！

鲁伊斯·佩拉尔多　　我嘛，我逃跑，我有我的打算，我感到这撕揪着我五脏六腑的瘴疠之地已经腐烂。

　　愿天主原谅我钻入了这个地方，这个在众人眼中该永远封闭的可憎墓地！

　　我只有一个愿望，死之前重见大海，让我听到拍击白沙海岸的浪涛声！

　　我的同伴全都死去了，只剩下这些饥饿的印第安人。

堂古斯曼　　奥索里奥，给他们几把玉米。

奥索里奥　　那我们呢？长官大人，我们拿什么来完成旅行呢？

堂古斯曼　　你要是愿意，你可以和佩拉尔多大人一起回去。

奥索里奥　　回到圣塔伦[①]，让那些等待着我的债主把我扔到虱子坑里去！

　　不，我要一直走到底！我一定要亲手摸到那神圣的绿宝石！

　　Le senhor[②] 刚说到的这些十字架，我都认识，卡斯特罗士官曾跟我谈起过，我知道它们意味着什么，一切在我的本本

[①]　圣塔伦，葡萄牙城市，在特茹河畔。
[②]　葡萄牙文，意为"大人"。

上都有标记。

堂古斯曼　你呢,雷梅迪奥斯?

雷梅迪奥斯　如果我回到圣塔伦,我的第一个老婆就会监视我。我的案子阁下你了解得一清二楚,不是被绞死就是烧死。

堂古斯曼　向前走吧,天主将宽恕你!

鲁伊多·佩拉尔多　你自己呢,古斯曼大人?在这可咒的地方,吸引你的不是绿宝石,在你身后,也没有刽子手锁住你的退路。

堂古斯曼　我要将这已经死去两次的民族归还给人类,我要在他们的坟茔上竖起十字架,我要把魔鬼从它恶臭的巢穴中赶走,让它在世上寻不到一块安身之地!

　　哥伦布发现了新大陆的活人,而我,我要占有死神从西班牙国王手中夺去的一切人。

　　我要用真正的十字架使古代的主人们得到安宁。我要把这已被我们征服的旧世界变成我们的遗产!

奥索里奥　向前走!

鲁伊斯·佩拉尔多　别了!对你们也好,对我们也好,早已不存在一丝丝回归的希望。

第十三场
双重影

〔一个男子和一个女子一起站立着的双重影,映照在舞台深处的天幕上。

双重影 我谴责这个男人和这个女人在影子的国度里把我变成了一个没有主人的影子。

所有晃动在被白昼的阳光和月夜的清辉照亮的墙围上的人影,

没有一个不认识它自己的创造者,没有一个不忠实地勾勒出他的轮廓。

然而我,人们会说我是谁的影子呢?既非独自的这个男人,亦非孤身的那个女人,

而是一个包含在另一个之中的两个人,一块儿淹没在

这个不定形的新影子中。

作为我的支柱和根系,沿着这堵被月光照得通亮的墙,

那男人行进在守防的道上,赶往人们为他指定的住所,

而我身体的另一部分,

这个女人穿着窄小的衣裙,神不知鬼不觉地突然赶到了

他前面。

他们的灵魂和肉体一言不发地互相撞击,随即就融合一体,我亦即在墙上开始生存,这一切是如此迅速,令人目不暇接,来不及认出他和她来。

现在,我指责这个男人和这个女人,由于他们,我仅生存了一秒钟就没有了生命的终结,由于他们,我被印入了永恒的纸页中!

因为,凡曾生存过的就将永远归入不可毁灭的档案馆。

要不,为什么现在人们不避风险地在墙上铭刻被天主禁止的记号?

为什么把我创造出来后,他们要那么残酷地把我的整体分割开来?为什么他们把活蹦乱跳的两半带到世界的尽头,

难道说通过我身上他们的一角,他们就不断地认识到了自己的局限?

似乎我并不是独自一个存在着,似乎在羽翼的疯狂拍击中这词儿一时间飞离了可读的大地。

第十四场
月亮

影子消失，在这整场戏期间，幕布上只剩下一棵越来越模糊的棕榈树在微微摇曳。

月　亮　墙上的双重影分开了，这监牢深处的墙垣和高悬天穹的我遥遥相对而视，

这伸展出唯一一根枝杈，一个女人赤裸的臂膀和那缓缓地微微摇晃的手掌的地方，

只剩下这棵棕榈树，久停乍起的海风拂来，枝杈摇颤，叶瓣翻滚，

自由自在而又寸步难移，实实在在而又一无分量。

可怜的植株！整日里顶着毒辣辣的骄阳你还未受够吗？

是我该来的时候了。多美好啊！啊！在我的怀抱中酣睡该有多么甜蜜！

在它身内，在它身外，我到处存在着，但我喜爱的造物，它要知道，我的光只能在黑暗中产生！

它无所事事，它并未马不停蹄地忙于替补生活剥夺了它的东西，

它让步，它甘愿，是我在那儿支持它，它知道，它相信，它关闭，

它充实，它飘动，它酣睡。

一切造物，一切善与恶的生灵，皆尽淹没在阿特乃①仁慈的光芒中！

它们知不知道，这并非为肉眼而照射的光芒？

一道不能视看而只能饮吸的光芒，愿活生生的灵魂饮吸它，愿歇息中的灵魂在其中沐浴，在其中畅饮。

何等的静谧！只有断断续续传来的微弱叫声，这只软弱无力的鸟儿该醒过来了。

奶水海洋的时刻属于我们；人们见我如此洁白，那是因为我就是午夜，奶汁的湖泊，海洋。

我以不可言状的双手触摸哭泣的人们，

小姐妹，你为何落泪？今宵不正是你的洞房花烛之夜？瞧着这雪亮的天穹与大地！若非在那十字架上，你还打算在何处与罗德里格一同度此良宵？

谛听着我的诸君，瞧瞧她吧，我让你们看的并不是她以自己的躯体隔断我的光线而在这天幕上投下的身影，

也不是我如行生死考验在这神奇的地面上摄走的她的灵魂，

那并不涉及她的肉体！而在于这神圣的搏跳，一个人的灵魂和另一个人的灵魂通过这搏动彼此交融，如鱼得水，毫

---

① 阿特乃，希伯来文 Adhonay 的译音，意为"吾主"，是犹太教徒对主神的称呼。

无隔膜,就像父亲和母亲在受孕的那一刹那:这就是我用以表达的东西。

我以我那供她沐浴的水描绘她。

突然她将我遗留在她所在的这危机,这绝望的出路,这可怕的松弛,这深渊,这空虚之中!

瞧她双膝跪地,这女子的痛苦沉浸在光芒之中!如果我没有在心中亲吻她,痛苦就不会开始。

这痛苦开始时是大颗的泪珠,像垂危弥留之际的恶心,从思想深处诞生,从深深割裂的心底诞生,

恶心的灵魂,捅入钢刃的灵魂!

也许她会在这第一次打击下投入我的怀抱中咽气,如果在她心跳停息时,

(此时,一大片海面波光粼粼,一片小小的白帆驶向这死亡的水潭,)[①]

我没能向她喊出这句话:"绝不!

"绝不!普萝艾斯!"

"绝不!"她喊道,"至少这是一句他和我能一起分享的话,刚才,在我们融为一体的亲吻中,他从我口中学到的就是这声'绝不!'

"绝不!这里至少有伴随着我们的某种能立即开始的永恒。

[①] 这一段,原文用圆括号括出,不改字体。恐怕是舞台提示,而不属于台词,此处照原文格式处理。

"我绝不能再停止缺了他的生存,他也绝不能再停止缺了我的生存。

"总有人从天主那儿禁止他介入我的肉体中,

"因为他太喜爱它了。啊!我多么愿意给予他更多的东西!

"如果我把肉体给了他,他还会坚持什么?似乎我在他眼中看出,他的渴求会有一个完!

"啊!我有的是东西去满足他的要求!

"对了,让他失去我还远远不够,我还要背叛他,

"这就是在我们的灵魂合二为一的亲吻中他向我学到的东西。

"我为何要拒绝他心中的渴望?既然他期待我的不是快乐,为何他会缺少我完全可以给予他的致死之物?难道他宽容了我?为什么我宽容了他心中最深的隐私?为什么我拒绝给他这一击?从他的眼中我看出,他正期待着这一击,我从他荡无希望的眼底已经读得一清二楚。

"是的,我知道他只能在十字架上娶我,只有在死亡中,在黑夜中,在人间的一切意念之外,我们的灵魂才互相结合!

"假如我不能成为他的天堂,至少我能成为他的十字架!要让他的灵魂和肉体分成四份,我完全抵得上这两条互相交叉的木头!

"既然我不能给他以天空,至少我能将他从大地上拉出来。唯有我才能向他提供一个与其愿望相称的不足!

"唯有我才能向他剥夺他自己。

"他的灵魂中没有一寸地盘，他的肉体中没有一丝纤维我不感到与我紧密相连，他的肉体以及铸成肉体的灵魂中，没有任何我不能在痛苦的沉眠中永远携走的东西，

"就像亚当熟睡时被带走了的世上的第一个女人。

"当我用深深嵌入我体内的爪钉，将他躯体的每一个神经末梢，将他皮肉的每一个细胞紧紧钩住，

"当他再也找不到任何办法摆脱，当他由这不可能实现的婚姻永久固定在我的身上，当他再也找不到办法挣脱我这强有力的血肉之躯的重压，挣脱这无情的空虚，当我向他证明他和我的微不足道，当他在乌有之中再也没有秘密不能被我证实，

"那时，我将把割裂撕碎的他交给天主，让天主以天雷的巨响充实他，那时，我将得到一个丈夫，我将把一个天神抱在怀中！

"我主，我将看到他的欢乐！我将看到他和你在一起，而我则是促成此事的原由！

"他向一个女人恳求天主，她则能够把天主给予他，因为，在苍天，在大地，爱情是无所不能给予的！"

她在狂妄之中说出的就是这些话，她并未意识到这些话业已传出，并未意识到自己转瞬之间就一劳永逸地

来到了这个她的话语已经传入之地——

那里安宁寂静，

已到午夜时分——天主给予一切造物的这杯欢乐的酒浆

173

已经满溢。

她说着话,我亲吻着她的心!

至于那个航海者,多少次飓风暴雨也不能阻挡这把勤奋的梭子留下一道道来往于两个大陆之间的织线,

现在他熟睡了,帆篷收拢了,他驾船漂行在极度偏僻的航线上,

沉浸在亚当与挪亚无边无际的深眠中。

既然在亚当熟睡时,女人从他的胸中被抽走,那么

在他婚礼之日睡着时,她重新回到他身上不是很公正吗?

为什么从今往后还要漂流在外呢?

这不是沉睡,而是在梦中提前享受另一体系的财富。

当他的酒杯满溢时——我没有把它斟满吗?——他还不醉吗?不必再要第二杯了,这一杯足够!

不触到命外之物,人是不能死的。

当他的灵魂在这亲吻中与他分离,当它脱离肉体与另一个灵魂相会时,谁能说他还活着?

身处何时何代,一切如何发生,他全都一无知晓;生前与身后,往日与未来,同样均遭毁灭。一切能够给予的,都给了。生命受限制的一端消失了。在这个地方,再也没有回归。

罗德里格,你可听到这个嗓音在叫唤着你:"罗德里格?"

现在你可明白了男人和女人不能在别处,只能在天堂中相爱吗?

"天主未为我打开,而你的臂膀在短暂的一刻为我制造的

这个天堂,啊!女人,你把它给我,只为了告知我:我原本被排斥在外。

"你的每一个亲吻都给我一座我自知不得跨入的天堂。

"无论你在哪里,我都无力摆脱这个遭受折磨的天堂,这个无所不在的祖国,每一下,它都钻入我的内心,而我又被排斥在外。

"哦,女人,你发现了它,这个唯有闭上眼睛你才能在我心中达到的位置!它就在我的心灵深处,这个只有闭上眼睛你才能让我遭致的创伤!

"是你为我打开了天堂之门,是你阻碍我留在那儿。当你拒绝让我去其他地方,只许跟你待在一起时,我又怎能与万物共处?

"你心房跟我一起的每一下搏动都让我忍受酷刑,我无力脱离你要把我排斥在外的这个天堂。

"啊!正是在这道伤口中我觅得了你!正是靠着它,我从你身上汲取营养,就像灯火滋吸着油滴那样,

"这盏灯永远永远靠着这油燃烧,但它并不能让这油变成光明。"

他说着话,我亲吻着他的心。

——第二幕完——

第三幕

第三幕出场人物

圣尼古拉

堂娜缪西卡

圣博尼法斯

雅典的圣德尼

圣阿德利比顿

众辅祭

堂利奥波德·奥古斯特

堂费尔南德

总督

阿尔马格罗

众士兵

旅店老板娘

堂拉米尔

堂娜伊莎贝尔

堂卡米耶

女仆

堂娜普萝艾斯

守护天使

秘书（堂罗迪亚尔）

船长

众军官

第一场

  波希米亚的布拉格，小城区的圣尼古拉教堂①，白山战役②结束后不久。冬日黄昏的阳光从大门上方的彩绘大玻璃中照射进来，大门的四框都是刻有天使与花饰的管风琴簇柱，与芬加尔岩洞③中的纺锤体棱柱十分相像。堂娜缪西卡身穿皮大衣在教堂中央祈祷。昏暗的祭坛上点着一盏灯，祭坛有四个底座，眼下还空闲着，但已经等待着接待一会儿就将到来的著名主教们④。

---

  ① 圣尼古拉教堂建于 1703 至 1756 年，被认为是巴洛克风格建筑的杰作。在它四根中心立柱的底部，雕塑着四个圣徒，即这里第一场戏中的四个上场人物。
  ② 白山是布拉格北郊的一座山岭。1620 年 11 月 8 日，天主教联盟军队在此战胜捷克新教派巴拉丁选侯的军队。新教联盟首领捷克国王腓特烈五世逃往荷兰。这一仗标志着波希米亚独立的结束和哈布斯堡王朝统治的开始（一直到 1918 年）。
  ③ 芬加尔岩洞，著名的玄武岩岩柱群岩洞，在苏格兰北部的斯塔法岛上，人们常常把它想象为一个音乐岩洞。它的大洞口是一个巨大的纺锤体，形状很像是管风琴。
  ④ 在这场戏中，不妨设想有几乎难以觉察的音乐声伴随。假定是一位管风琴演奏者在调音，当然，处理方式上应不至于让观众太倒胃口。——作者原注

［圣尼古拉①跟在三个小孩后面首先上场。

圣尼古拉　明天就是我的本名瞻礼日。

天使已然听从天主之命，在遭经战争浩劫的乡野，在城堡，在教堂和修道院的废墟，在崩塌的村庄，

为紫衣主教的经过，铺上了厚厚的一层雪毯。

普天之下，大地皆为一色，天主教徒和抑郁的新教徒，万众相聚共处，万物紧收密缩，江河顿失滔滔，不再分隔两岸，不再载舟捎行，一切凝滞不动。

对于征战之士，野外变得过于寒冷。贵族老爷在壁炉前取暖，炉膛里塞满了一捆捆圣器室家具和锯开的圣像；神学家们在旅店客栈争论不休，

穷人们如同在三片冬青叶中冻僵的鸟儿，

又重新缓缓地开始希望与生活。也许"并非永远如此"。

醒来吧，善良的人们！不要将希望寄托在向我哭求施汤上！瞧着这刺目的小小太阳！

我只和小男孩们融洽相处，当我在他们心中撒下一点艰涩的快乐，投下一些粗俗的笑容，我的日子就没有白过！

我用洁雪猛擦冻僵之人的脸庞，将他们救活。

就像冬日的太阳一下子照进了千万间茅屋，

如果我用手套尖抹去你们窗玻璃上的霜花，一秒钟里，

---

①　圣尼古拉（270—346），米拉（今土耳其境内）的主教，是俄罗斯大地和男孩的主保圣人。

圣尼古拉将在日耳曼到处出现!

〔他坐到祭坛底座的位置上。

堂娜缪西卡（深深叹息） 哦，我主，这里是多么美好，我真高兴和你在一起！我不能再往别处去了。

什么都不必说了，我只需把自己沉重的身体交付予你，静静地匍伏在你的脚边。

我心中的这一秘密，唯有你了解。唯有和我在一起的你才懂得什么叫献出生命，唯有你能够和我分享我这生育的秘密：

一个灵魂造出了另一个灵魂，一个肉体养育着另一个在它体内同质的肉体。

我和我怀中的胎儿一起与你同在。

我们一同为生活在我身旁的受尽创伤、被人抹却、惊惶不已的这一可怜民族祈祷，好让他们包扎伤口，明白冬天、白雪和黑夜的忠告，

明白我以往不曾闻知的事情，那时我还没有怀上孩子，我的快乐还在身外。

让愤怒、恐惧、痛楚与复仇

向那裹着白雪和黑夜的双手让步。

——啊！我又见到了那些血淋淋的人头，我不得不从他们中间穿过，这些在我丈夫的命令下插在查利桥[①]两边的人头！

[①] 查利桥在布拉格，横跨伏尔塔瓦河，连接布拉格老城与新城，是欧洲著名桥梁之一。1621年6月21日，十二个被砍头的捷克贵族的首级曾挂在桥上示众。

［圣博尼法斯①跟在一个长着牛一般巨大脑袋的矮胖的弗里施人②后上场。此矮人红棕色的鬈发中长出两只小小的犄角。

圣博尼法斯　有什么别的办法能制止这个愚蠢的民族投靠我的撒克逊人？应该让"黑头僧"③安居在欧洲的心脏，污染那儿的源泉吗？让他留在沼泽和泥炭之中与鬼火为伍吧！

荣耀归于天主。白山对于异端分子，就如同普瓦提埃④对于穆罕默德！

荣耀属于从基督教国家四面八方挑选出来的这些卓绝超群的军官，他们为布拉格维持了一张纯洁的圣母的面容！

他们的使命完成了，而我，圣博尼法斯，我带着繁重的使命留在这里。啊！要做撒克逊人的传教者，要做这群内向而闭塞的人、迟钝而骚乱的民族的主教，可不是一桩易事！

天主将他们造就并不是用来成为他的左臂右膀，或是行舟之桨，或是举飞之翼，

而是用来被压榨、践踏在人脚下，用来到处受压迫、束

---

① 圣博尼法斯（680—755），日耳曼的布道者，曾为法王矮子丕平加冕，最后在荷兰北部被弗里施人刺杀。

② 弗里施人属日耳曼族，分布欧洲各地，历史上曾被罗马人、撒克逊人、法兰克人征服，后受圣博尼法斯的教化。

③ 指德国宗教改革运动的倡导者马丁·路德（1483—1546），当时，路德派活动的地区多在北部和东部，多为沼泽之地。

④ 普瓦提埃是法国一地名，732年，宫相查理·马特（688—741）率军在此击败了阿拉伯人的军队。

缚和抑制，糅合于杂居的民族和顽固的信仰，永生永世苦于劳作，永生永世寻求物质的形式，永生永世不满于冲动的平衡，他们多么喜欢果腹之物！

有这样两条大河，一条盲目地匆匆流向海洋，另一条转弯抹角地流回亚洲的源头①，在这两条大河之间，

有一群犹豫不决，海绵一般的人，没有形态，没有外来的召唤，没有志向，没有命运，只有种族的混杂和缓慢而隐约的扩张，

这是一个习惯于对围绕在四周的皆尽违背着他们意愿的边界与语言不屑一顾的民族，那些疆界虽说天然而成，却造成与其他民族的不同，那些语言也毫不混同于他们自己的语言。

要了解这个民族，就得看他们的心，因为光从面孔上看，必定一无所得。

是我给撒克逊人带来了基督，我所做的已告完结，是路德把它们搞乱了。

没有一个圣人可称必须如是，然而路德，他必须如是。

此外，他们怎么能看到基督被长期蒙在浓厚的雾霭中呢？被瞎碰的皮肉怎么能像眼睛一样带路引人呢？

一些人视为真理之物，对其他人就会是悔恨、焦急、不满和渴望。

我愿有一个更加接近物质的民族，更加逼近于它，更加

---

① 指莱茵河和多瑙河。

混同于它，最深入于它，也最被它深入，

一个远离着刻板官员与严厉国家的民族，对一切事物充满渴望的人民，一个处在欧洲中心的半流体大水库，一个明确的否定，一个填充、灌塞一切，将一切维系在一起的推力，一个内向的紧裹起来的人，对于他，天主的话语并不马上成为行动，而成为剧痛，成为深深的骚动。

因此，在欧洲正征服大地的这一时刻，为使它的心脏满足这整个新的躯体，天主把这一矛盾体安放到了该大陆的中心。

〔他坐到祭坛底座的位置上。

堂娜缪西卡　黑影扩大了，灯火燃烧着，我听到周围所有那些在黑夜中寻求和解的人们的呻吟。

要让灯光出现，必须先有黑夜，

要让我闭着双眼感觉到身上的这孩子，这已经开始的简单的小生命，

必须要有四周的动荡骚乱，这满目疮痍的布拉格周围的世界！

崩溃的欧洲的流泻，慑于我丈夫的意志和他有力的刀剑，

停滞在中途半路，它在这竖着马利亚画像的细柱周围分开，寒冬将它的外套盖在崩溃的基督教国度四分五裂的土地上！

我的国王来了，他在那儿迫使纷乱的一切停息下来。

说一千，道一万，这些人必须接受他们所说的专制暴政，但是我，我比他们更早了解了它，我知道它并不坏，正是在

这暴政的怀抱中我身上的新生命获得了根源。

既然在他们心中作恶的权力受到了限制,那是因为被囚禁的善得到了释放。

我的主,他们将何等惊奇地看到:他人向他们要求,要求他们给予的,只有这个乐,而不是他们企图费力作出的恶!

请看看一个女人的双眼能获得的一切吧,要不然,什么也别看,听听这嗓子所颂唱的!

我的主,你赋予了我这种能力,让每个看着我的人都想放声歌唱,就仿佛我悄悄地向他们传递了节拍。

我约他们在一片黄金的湖泊上会面!

当人们行路没有一步不遇障碍和堑壕时,当人们使用话语只能用来争吵时,为什么就不能想象,透过这混沌世界,有一片专为我们准备的看不见的海洋?

谁不能再说话,就让他歌唱吧!

只要有一个小小的灵魂开口,简单地开始几句就足够了,所有的灵魂会不自觉地聆听它,响应它,他们完全协调一致。

在边境之上我们将建立这个魔幻的共和国,那儿的灵魂乘坐在一滴眼泪就足以压载的小船上互相拜访。

音乐并不是我们创造的,它就在那里,什么都没有漏脱,只需改编一下就成,我们只需深深地陷入其中,直到没过耳朵。

我们不必与事物对立,我们只需笨拙地卷入到它们和谐的运动之中!

国王,我的主人,为这个国家带来了静谧和安宁,但同时也带来了他心爱的妻子,我愿不露真相地永远留在这儿,我,音乐,带着沉重的果实。

[雅典的圣德尼①跟在一个天使后面上场,天使肩上扛着一棵硕大的绿棕榈,酷似贝尔尼尼笔下的众天使。

雅典的圣德尼 是啊,这里真好,在这孤零零的教堂中

——一无旁人,唯有这高高在上左右排列的空座,令人联想起有什么隐身人藏匿其中——

听着这个小人儿一心一意地祈祷上苍,真不错啊!瞧这合拢的双手,脱了鞋的双脚。

人们只看到灯光,一滴油上的火焰,然而对于她,这地方的空洞令人生畏,就如同

在混沌初开的世界的密雾浓烟中,她

打量着欧洲的火棘林,或是雷电之中约柜②的金板,或是密封之书上的羔羊。

在这正处在分解的半道,又凭借一时的恶劣情绪屈从于和平的世界之中,竟能听到她赞美天主,真是太好了;她仿佛认为,只需听任自己吐诉心意便能促使众人投入这真福之圈!

但是,人清楚地知道他生来不是为了享福。

世上本无一道命令能投他入狱,本无一个国王能被他的

---

① 圣德尼,古希腊雅典法庭的法官,在圣保罗的引导下改信基督教,是雅典的第一任主教,公元95年殉教,传说,他把自己被砍下的脑袋提在手中,继续行走。

② 《旧约》中摩西奉耶和华的神谕用皂英木做的木柜,外包金板,内藏耶和华赐给犹太人的写有十诫的法版。

全部威严所接受,本无一部机器能按他的活动方式改装运转。

然而,西方世界商议了某种漂亮的几何学,某种法律,某种制度,某种议会,还有一个如此沉重的国王,国家机构中没有一块基石能够逃避他。

于是,人类一下子变得漫不经心,随着季节的循环更替,他们发现了全新的笛声,

他们感到永不后退的世界的旋律改变了,节拍不同了,从那些我曾描绘过的上下有别的天使群中,一条异样的命令向他们传来,

只在天上才有命令,只在天上才有音乐,人间的音乐则妨碍我们听到它,

大地上没有一件东西为人的幸福而造,哦,博尼法斯,你的撒克逊人英勇顽强也不足以寻得幸福,这固执的深掘深挖的矿藏开发,也变得如矿石一般毫无定型。

因此,一无平面的斯拉夫人的海存在着深渊,欧洲大陆在它之上扎根,它时刻准备,一旦需要就为欧洲提供痛苦的源泉,

它就在那儿远离着大洋,大洋只有通过细细的探头,通过窄窄的由繁杂的锁扣紧紧关闭着的狭口才能到达这大海,

那儿,在寒流中,在黑夜中,在狂风中,在陷住人的灵魂和双足的积雪与烂泥中,在这只剩一条倒流回停滞的里海的河流而失去一切方位时,在头顶失却一切可视的目标时,

一种人性撞击出层层浪花,除了炼狱,它并无其他的滩岸。

人类的绝大部分正致力于什么呢?难道不是证实他们与

周围一切的不可调和吗?他们的苦恼和荣誉皆出于此。

没什么可看的。唯有忍受厌烦他们才能摆脱折磨。他们只需打量一下四周就可以证实:一切都不能使他们满足。

人类的真正水平在遥远的东方!太空的航行者,这就是沉重的水银地平线,我必须找到它,在上面建起我的观察所。

因为,在圣保罗的召唤下,我离开了雅典,哦,我多么憎恶这些学院派的学者,多么憎恶教授们的女神,圣洁的夫人密涅瓦[①]!

我没有去东方。我懂得:为了拯救欧洲,为了使这艘以它变形的翅膀拍击着波浪企图驰离大地的大船熔成一个整体,为了摆脱这大团的烂泥,为了找到正确的航向,

需要我站在船尖上,船首上,让我面前只剩有闪烁的繁星,让整个世界留在我的背后。

要引导人们冲破黑夜,劈波斩浪,还有什么航标灯比得上提在我手上的我那被砍断的头颅?

〔他坐到祭坛底座的位置上。

堂娜缪西卡　我的主,你就是今天!

我的主,你将是明日,我把我的孩子给你,哦,我的主,他在我的体内蹬踢我,他存在着,

我的孩子已经在我的腹中成形,现在我还有什么顾虑?

在他身上,我获得了繁殖,就像一颗麦种,它将养活整

---

①　密涅瓦,罗马神话中的智慧女神,相当于希腊神话中的雅典娜。她也是雅典的保护神。

个人类，我合并在他身上，我从四面八方向那些尚未出生的人们伸出双手，

　　让他们的肌肤感觉到我的肌肤，让他们的灵魂体验到我的灵魂，我的灵魂毫不指责天主，而是强烈地呼唤着**哈利路亚**，呼唤着感激之辞!

　　混乱又算得了什么？今日之痛苦又算得了什么？既然它是别的东西的先端，既然

　　明天存在着，既然生命在延续，既然对我们的毁灭是对创造的巨大保留，

　　既然天主的手在不断地挥动，拿我们写下

　　这本永恒的只有写完时才有意义的书，长横短划，

　　哪怕一个逗号，一个句号也不落下。

　　这样，凭借诗人的艺术才华，最末页行的形象唤醒了最初页行中沉睡的思想，证实了众多半成形的亟待召唤的面貌。

　　我知道，在这所有散乱的运动中，正酝酿着一种和谐，既然它们已经结合得足够紧密，产生了不协和。

　　我的主，愿即将诞生在欧洲中心我腹中的婴儿成为一个创造音乐的人，让他的欢乐传达给所有聆听他音乐的人们。

　　〔圣阿德利比顿[①]跟在一个林泽仙女后面上场，她绿色的头发中混杂着芦苇，手持一条金灿灿的树枝。

圣阿德利比顿　欧洲大地沉睡在积雪之下，啊！它总算获得了这片刻的歇息。

[①]　这个名字 Adlibitum 在拉丁语中的意思是"随心所欲"。

然而不久，它的力量将重新无拘无束地迸发出来，在无穷无尽的复苏中，它将到处感受到大海那汲取不尽的营养源泉。

我喜爱这水源之地，在那儿，每一滴落下来的水都在迎接它的斜面上犹豫彷徨，但是有一滴水我更喜欢。

所有的河流奔向混沌一团的大海，唯有多瑙河流向天堂。

人们枉然地告诉我们那边只有沙漠，只有一座座高山，那高耸的峰巅使人难以相信是人间所有。

无疑，原始乐园必须被抹除，如同一颗被悔恨折磨着的心，就像一座遭受惩罚的城市，人们翻掘它的土壤，用石块堵塞它的四周。

至少，空间仍是自由而闲逸的，天主的和风吹拂着它，没有一丝人类的痕迹能够驻足此间。

那里就是故国，啊！离开你真是我们巨大的不幸！就是在那儿，太阳和春光每一年都守时地返回！

玫瑰花在那儿烂绽怒放！我的心怀着无以言状的喜悦在那儿舒展，当夜莺与杜鹃啁啾鸣唱时，我的心满怀巨大的渴望倾听着那个方向！

啊！我愿意在那儿生活！我的心向往着那个地方！

［他走向祭坛。

第二场
堂利奥波德·奥古斯特、堂费尔南德

海上。北纬10°，西经30°。舞台的天幕上是一幅蓝色的地图，由标志经度和纬度的线条画成一个个方块。

［堂费尔南德、堂利奥波德·奥古斯特两人都穿黑袍，小披肩，小皱领，大尖帽。他们俯靠在栏杆上眺望大海。

堂费尔南德　大海上散布着众多小岛，每个岛都装饰了白色的翎毛。

堂利奥波德·奥古斯特　我们好像落到了一群迁游的鲸鱼中间。鲸鱼，统帅官告诉过我，是人们对 *cetus magna*[①] 这种动物的俗称。

它们的脑袋就像一座腔内装满了精液的大山，它的额角边上长着一只小小的，不比衬衣纽扣大多少的眼睛，它的耳孔是那么狭窄，都搁不下一支笔。

你觉得它长得体面吗？它只是令人厌恶！我把这称作

---

① 拉丁文，大鲸鱼。

滑稽！想一想，大自然竟然充满了这些荒谬、讨厌、夸张的东西！

毫无道理！毫无比例、分寸和适度！真不知道该从何处入眼。

堂费尔南德 瞧！有一条鲸鱼像一座高塔那样直立起来，翘起尾巴一甩，一个转身赶去拥抱远处的地平线，简直不费吹灰之力！

忒提斯①的花园充满了罩钟、涌泉、喷泉和神奇的水流装置。

就像阿兰胡埃斯②的花园，每年有十五天时间，雨水允许建筑师的想象力得以尽情发挥！

天主原谅我！我看到有一头怪物侧身而待，一条幼鲸游过来贴在它的乳房上，

活像一座小岛漂过来准备开发一座大山！

堂利奥波德·奥古斯特 可恶！讨厌！羞耻！这，这成何体统，众目睽睽之下，一条鱼竟然咂起奶来了！

堂费尔南德 阁下能离开在萨拉曼卡③向大学生们发号施令的讲台，

而亲眼目睹这种种失礼的举动，还真是你的一大功勋呢。

---

① 忒提斯，希腊神话中的海中神女，涅柔斯和多里斯的女儿，珀琉斯的妻子，阿喀琉斯的母亲。

② 阿兰胡埃斯，西班牙马德里附近一小镇，在塔霍河畔。

③ 萨拉曼卡，西班牙西部城市，著名的萨拉曼卡大学所在地，中世纪时为发达的文化城。

堂利奥波德·奥古斯特　先生，正是对语法的酷爱令我心荡神驰，欣喜若狂！

昆体良①说过，"但是人们可以过分地热爱语法吗？"

堂费尔南德　昆体良说过这个吗？

堂利奥波德·奥古斯特　亲爱的语法，漂亮的语法，美味的语法，教授们的女儿、妻子、母亲、情妇和生计！

每一天，我都在你身上发现新的魅力！对于你，我无所不能！

西班牙所有督学的意志强加于我的头上！丑闻闹得不可收拾！我被扔到了国王脚下。

那边出了什么事？卡斯蒂利亚人身上发生了什么事？所有这些盗贼匪徒般的士兵全都赤裸裸地放到了那可憎的新世界，

难道不经那些获得特权永远提供表达法的人们准许，他们就将为我们创造一种便利于他们的语言吗？

一种没有教授的语言，就如一份没有法官的判决，如一纸没有公证人的契约！一种可怕的放纵！

人们让我读他们的手稿，我是说他们自己说的那种诉状、信笺和记叙。我不断地勾出其中的错误！

我们方言中使用的最高贵的字眼有多么新鲜，有多么粗野！

这些在任何词典中都找不到的词汇，难道是图皮语？阿

---

①　马尔库斯·法比乌斯·昆体良（约35—约100），古罗马教育家、修辞家。

兹特克语^①？是银行家的术语，还是军人的切口？

它们就像身插羽毛的加勒比人那样，恬不知耻地在我们教授资格评审委员中自吹自擂！

好一种联结思维的方式！串联思维的句法构设了众多高贵的拐角，让思想缓缓地互相靠拢，互相认识。

然而这帮恶人却直愣愣地冲向前面，当他们不能再通过时，他们就跳过去！

你认为这能允许吗？

我们语言的高贵花园正在变成一个牧羊场，一个集市场，东西南北任人践踏。

他们说这样更方便。方便！方便！他们的嘴上只挂着这个词，瞧着吧，我是不会给他们的方便带来丝毫东西的！

堂费尔南德 一个国家脱离了自己的传统就只能落得这么个下场！

堂利奥波德·奥古斯特 传统，这个词你算说对了。

人们看到你经常读佩德罗·德·拉斯韦加斯^②教授的书。就是我们称之为萨拉曼卡城墙的、比臼炮还结实的坚强的佩德罗！

这个聪明博学的加利西亚人^③讲过，"传统，一切尽在其中！"我们都靠一种遗产而活着。某些事物和我们一起持续

---

① 图皮语，南美洲原始民族图皮人的语言。阿兹特克语，墨西哥印第安人的一种语言。

② 这应该是作者虚构的一个人物，作者曾想把这个人物叫作佩德罗·德·拉斯塞拉斯，以影射当时一个极端传统派的批评家皮埃尔·拉塞尔。

③ 加利西亚，西班牙西北部一自治区。

着，我们必须将它们继续下去。

请问，什么是西班牙的传统？它可以简化为两个名字：勇士熙德和耕作者圣伊西多尔①，战争与农业。

对外打击非基督徒，对内耕作豌豆田。

我们到海上做些什么呢？在我们的先人一无了解的带有可怖名称的那些土地上，我们去贩卖什么呢？我们的贵族在那里只落得个刮皮匠和嚼茶汉的绰号。

是一个善良正直的卡斯蒂利亚人抓住了我们的手，把我们带往大海彼岸的西半球的吗？

不，那是一个热那亚人，一个外国佬，一个冒险家，一个疯子，一个浪漫派，一个有宗教幻象的人，一个谎言家，一个阴谋家，一个投机分子，一个无知的只会看地图的人，土耳其男人跟犹太女人生下的一个混血儿②！

还有一个，不满足于发现一块新土地，而率领我们前往另一个大洋，仅仅一个海洋似乎已经不够我们那些可怜的内河水手们游荡了③，

请问，他叫什么名字来的？*Magalianhiche*④！*Magellanus*

---

① 熙德（1043—1099），西班牙英雄，曾率军击败摩尔人，其业绩在许多文艺作品中都有体现。圣伊西多尔，西班牙塞维利亚人，生活于6至7世纪，是马德里的主保圣人。
② 指哥伦布。
③ 指麦哲伦（1480—1521），葡萄牙航海家，其团队完成首次环球航行。
④ 作者自造的一个词，大致意思是"某个叫麦哲伦的"。

quidam[①]。

被那个奸诈的民族的君主所豢养的一条狗，一个背教的葡萄牙人，无疑想让我们迷入歧途。

他们所做的一切，只是为了剥夺粗俗的民众对他们上司的尊重，让每一个百姓都知道什么大地是圆的，

而我们，西班牙国王，贵妇们，萨拉曼卡的教授们则像天花板上的苍蝇那样头足倒置，拼命地向下探着脑袋！

堂费尔南德 这些大胆的狂徒作恶倒不算什么，仅此为止也就行了！不过你最近是否听说过，一个斯拉夫或鞑靼小教士的思想，一个名叫白尼克还是波尼克的托伦的议事司铎[②]……

堂利奥波德·奥古斯特 等一等。似乎应该是法兰西的图尔，或者是圣马丁曾当过主教，玛美家族建过教堂的图洛尼布斯[③]。

堂费尔南德 不，应该是居民们都讲波兰语的瑞士的图恩[④]。

堂利奥波德·奥古斯特 对我来说，这全都是一回事。总归是比利牛斯山那边的野蛮地区。一个真正的西班牙人连知道一下它的名字都会感到脸红。

法兰西，德意志，波兰，这山外的阵阵迷雾总是不时地

---

① 拉丁文，意为"某个叫麦哲伦的人"。
② 指哥白尼（1473—1543），托伦是波兰一地，哥白尼的出生地。
③ 图尔是法国一地名，图洛尼布斯是图尔的拉丁称呼法。圣马丁（316—397），曾任图尔的主教（371年），而玛美家族是19世纪上半叶以后才产生的一个家族。作者是故意让剧中的人物犯历史年代的错。
④ 托伦、图尔、图恩这几个地名的发音都差不多，两个人谁都弄不明白。这里是作讽刺。

前来遮蔽我们闪光的西班牙才能。

　　白尼什么的说了些什么？说吧，不必害怕，我的贵人，我早准备好了。快，我正洗耳恭听呢。

堂费尔南德　　他说，——我真不敢重复那样可笑的想法——

　　大地，他说不是太阳围绕着大地转，而是大地……

　　〔他拿手套捂住嘴笑，一副端庄的样子。

堂利奥波德·奥古斯特　　把话说完了吧，大地围绕着太阳转。只要跟所有正直的人想法相反，他们就瞎嚷，这并不难办！

　　就这样要想获得可怜的独创性的美名，并不需付出什么昂贵的代价。

　　幸亏他们有时将玩笑开得过了分。因为要看清是太阳在围绕着大地转，只要睁开眼睛就行。不需要什么精确的计算，只要运用我们西班牙的普通常识就行！

堂费尔南德　　我憎恨那些制造理论的人。这一切在以往都是绝不允许存在的。

堂利奥波德·奥古斯特　　你说得对，骑士！应该有过一些法律来保护已获得的知识。

　　就拿我们的一个好学生为例说吧！一个谦虚、勤奋的学生，从上语法课起就开始带着一个小小的笔记本记录常用熟语，

　　二十年来他的名字一直挂在教师们的嘴上，到最后，他终于把自己铸成了某种智力积蓄箱：这不就像一栋房子或一笔金钱那样属于他自己了吗？

　　正当他准备稳稳当当地登上讲台享受他的劳动果实时，

  某个波尼什,或是某个克里斯都夫勒①,一个业余爱好者,一个无名的人,一个混成了海员的织工,一个对数学一知半解的小教士从天而降,

  他对你们说大地是圆的,不动的东西是动的,而动的东西则是不动的,他说你们的科学只是稻草一根,你们只配再进一趟学校回炉!

  那么,你说说,我学习托勒密天体体系②度过的这么多年,究竟对我有什么用?

  我说过这些人是强盗,是恶魔,国家的死敌,真正的窃贼!

堂费尔南德　也许只是一些疯子。

堂利奥波德·奥古斯特　假如是疯子,就把他们关起来!假如是存心的,就把他们枪毙了!这就是我的观点。

堂费尔南德　我总听到在天的先父嘱咐我要畏惧新事物。

  "首先,"他随即补充说,"没有什么东西是新的,有什么可以是新的呢?"

  如果我并未在其中感觉到某种说不上来的肮脏东西,某种无法自圆其说的东西,我会更坚定这种观点。

堂利奥波德·奥古斯特　那是因为你走得太远,因为你没有好好读坚强的佩德罗的书。

---

 ① 指哥白尼和哥伦布。

 ② 托勒密(约90—168),古希腊天文学家,他所发表的地心宇宙体系(托勒密体系)在天文学中占统治地位长达1300多年。

不，不，见鬼，人们不能没完没了地泡在同一份果酱中！

"我喜欢新东西，"有德行的佩德罗说，"我不是老学究，我不是落伍者，

"给我新事物吧。我喜爱它，我恳求它。哪怕付出一切代价我也要得到新事物。"

堂费尔南德　你让我害怕！

堂利奥波德·奥古斯特　"不过，什么样的新事物呢？"他又补充说，"新事物，但又是过去的合理承继。新事物，却不是外来货。新事物，但又是我们自然景色的延伸。

"新事物，但又确实与旧事物相似。"

堂费尔南德　哦，高尚的吉普斯夸人[①]！哦，真正的甜言蜜语！我愿把它铭刻在我的书板上。

"新事物，但又确实与旧事物相似！"

反义词的巧妙对立！我们卡斯蒂利亚人智慧的调料！深深渗透了古典文化的土壤中长出的果实！肥力适中的小山坡上的葡萄串！

堂利奥波德·奥古斯特　这就是渗透着我们大学柔美教育法的精神！

我需要像他那样的人，像他那样在自然的边境上，在我们天赐的西班牙的边境上戛然止步的人！

要我对你说说我的想法吗？西班牙应该自给自足，西班牙在国外没什么可以期待的。

---

① 吉普斯夸，西班牙巴斯克地区的一个省。

有什么东西能增添我们西班牙的美德？我们纯粹的西班牙精神？有什么能够补充我们妻女的娇美，我们土地的出产，我们商业的魄力？

哎呀！要是我们的同胞能够互相了解，能够以理待人，能够充分意识到他们从上天那儿接受的恩赐就好了！

但是，他们有一个巨大的、不可饶恕的过错，

这一总是自我贬低，说自己坏话的可咒的恶习！

堂费尔南德　多少次我经受了令人沮丧的抨击而毫无抱怨！这类抨击甚至没有放过我那声名显赫的亲戚，我现在就要去拜见的西印度总督。

堂利奥波德·奥古斯特　我不知道堂罗德里格是你的亲戚。

堂费尔南德　如果你愿意的话，可以说他不是我的亲戚，而是我不久将来的姻亲，

一位姻亲，我可以说，通过流血关系结下的姻亲。

（他很端庄地一笑。）

普天之下无人不知，他的利剑曾经在我妹妹的未婚夫，一个大有希望的骑士堂路易斯身上捅了一个大窟窿。

我要说，在那一次昏天暗地的械斗中，有一剑辉煌的突刺也差点儿让他到斯提克斯河① 灌个水饱。

后来，堂娜伊莎贝尔嫁给了靠总督的恩典青云直上擢升高位的堂拉米尔，

这位堂拉米尔如此飞黄腾达，我甚至可以说，简直成了

---

① 斯提克斯河，希腊神话中的冥河，围绕地府九曲蜿蜒，据说水黑难渡。

另一个他——我的那位亲戚。

堂利奥波德·奥古斯特　接替他的位子可不是个确实可靠的好办法。

堂费尔南德　他不想接替他。我们还不想去接替他。

　　不过他可以让他倾听一下明智的劝告。他有责任表明。

　　我带来了马德里的消息。总督在马德里已不再受宠了。他已走了那么长时间！他已成了另一个世界的人，再没有人听到他的声音，看到他的容貌。

堂利奥波德·奥古斯特　请问，工程师与金融家们正纷纷扬扬议论的一条运河通两海是怎么回事？

堂费尔南德　这件事并非那么可笑。若是我明白的话，那只是某种形式的道路，

　　让轮船固定在拖车上，通过一股股缆绳和我说不出名的水利设施，

　　让拖车把船从一个半球经由这条道路拉到另一个半球去。

堂利奥波德·奥古斯特　我们亟需用于高等教育的西班牙金钱原来都流到那边去了！

　　轮船和拖车成群结队地翻山越岭，好极了！

　　完全正常！完全正常！既然一个织工成了海员，那么一个总督自然完全可以充当工程师喽。

堂费尔南德　如你所说，这些确实都是该进贡给马德里的钱，西印度的进项已经下降。

　　我们收到来自美洲四面八方的对掠夺和暴力的控诉！这可恶的敲诈勒索！竟像埃及法老一样搜罗人群，把他们扔到

库莱布拉①的水沟里!

堂利奥波德·奥古斯特　真令人不寒而栗!

堂费尔南德　他根本不是沿着前任们开辟的安全之道稳妥前进。连一个孩子都会懂得,若是不违着自己的心愿利用早已存在之物,就不能创出新名堂。

堂利奥波德·奥古斯特(夸张的语气)　*Nemo impune contra orbem*②!

堂费尔南德　无论如何,他有国王的支持,国王宠信他,绝不会召回他。错误一旦犯长久了就再也不能承认。

堂利奥波德·奥古斯特　你似乎还有话要说?

堂费尔南德　如果我们的总督自己让自己辞职,那你会说什么?

堂利奥波德·奥古斯特　自己向自己?

堂费尔南德　自己向自己对自己。

　　〔他从口袋里掏出一张纸来。

堂利奥波德·奥古斯特　这是什么?

堂费尔南德　难道你从没听说过著名的**致罗德里格之信**?

堂利奥波德·奥古斯特　恰恰相反!不过我总以为这是讲给学生听的什么成语和典故,
　　就像达摩克利斯之剑和彼得所造之屋③一类什么的。

堂费尔南德　信就在这里,你可以读读这地址。

堂利奥波德·奥古斯特　不过它封着口呢。

---

① 库莱布拉,巴拿马地峡的洼地。
② 拉丁文,意为"违背秩序必受惩罚"。
③ "达摩克利斯之剑"意为"千钧一发"。"彼得所造之屋"意为"坚如磐石"。

堂费尔南德 若是开了封,它就失去了一切威力。

堂利奥波德·奥古斯特 谁帮你弄到手的?

堂费尔南德 一个僧侣从一个上了吊的家伙那儿获得。

它的故事要讲起来可就十分奇特了,从第一天起,你知道的这个人就在摩加多尔

把它交给了一个逃亡的苦役犯,那犯人一个月后在帕洛斯①

落得身上只剩一件衬衫的惨境,他突然灵机一动把那这封信当作了赌注,

结果,整伙人的钱财被一扫而光,他自己也身中一刀,两个时辰后就一命呜呼。

十年来,那封信就这样从一双手转到另一双手,

在天涯海角漂泊不定,从巴塞罗那到澳门,从安特卫普到那不勒斯,

它给那些山穷水尽将它摊在桌上当作最后资本的人带来了成功,但随之在它身后也跟来了死神。

现在,该让它最终归于收信人之手了。

堂利奥波德·奥古斯特 但你知道它会产生什么效果?

堂费尔南德 好吧!我碰碰运气。

堂利奥波德·奥古斯特 这样一封能决定他的出发的信,

你以为总督会毫不犹豫地从你手中把它接过来吗?

堂费尔南德 哎,正是这个使我感到棘手!

---

① 帕洛斯,西班牙的一个港口。

堂利奥波德·奥古斯特　把它给我。如果总督走了,那再好没有。

如果他留下来,那么这封信就会帮我在总督大人的头脑中留下一个好印象。

堂费尔南德　他会让你当他的教育总长的。前一任总长刚刚死去。

堂利奥波德·奥古斯特　我觉得我真是一块统领公共教育的好材料。

堂费尔南德　你可以相信,我会拥戴你的。至于我

——你知道我当年创作过一些小小的作品,我曾经自作主张把那一大摞书带到你的房间里来——

要是科学院将来有空缺时,不知我有没有希望在阁下大人身影的庇护下占据一席之地?

堂利奥波德·奥古斯特　让我们谈谈堂拉米尔吧。

第三场
总督、阿尔马格罗

奥里诺科河①河口的海面。旗舰甲板。远处的陆岸上覆盖着茂密的植被，一股股黑烟冲天而起，一座俯瞰着爿爿商行的堡垒着了火。远处的座座村落皆尽起火。天低云暗。海面上停泊或游动着众多船只。满载而归的一艘艘小艇为大船运来遭抢劫的村庄的全部居民。

总　　督　阿尔马格罗，你将被绞死。
阿尔马格罗　那我要求先经过审判，如果认定我有罪，
　　　　　　你们可以像对待一个贵族那样砍下我的脑袋。
总　　督　绞死。像对待一个叛徒那样绞死。
阿尔马格罗　我不是一个叛徒。我反抗你是为了保卫国王的财富，
　　　　　　保卫我开辟出来的这块属于他的土地。
总　　督　国王的财富就是子民们的臣服。
阿尔马格罗　我开创这个新的迦太基靠的可不是服从！
　　　　　　我创业时搁在兜里的可不是你的钱，而是我的，我朋友

---

① 奥里诺科河大部在委内瑞拉境内，流入大西洋。

们的钱!

　　是我手持利剑正大光明寻得的钱,是我从敌人的口袋中缴获的钱。

　　当我率先下船登陆,冲到成群的恶蚊和凯门鳄中间,那可不是为了讨你的好。

　　并没有谁让我来忍受这可怕的炎热、饥馑、疫病,经受虫豸的折磨。是我的理想支撑着我。

　　当我开掘运河,当我打下桩基,当我架筑桥梁,建起堆栈、磨坊,当我溯流寻源,当我穿透密林,——对了,那些日子,我踽踽独行,像一个狂人,像一个白痴,没有面包,没有水,我身后的人一个个皆尽死去,

　　当我和蛮人签订合同,当我在种植园里卸下一船船从海上掠来的黑人,当我把土地分给儿子们,

　　那时,并没有谁拿着公文冲我发过号施过令,这是天知我知的秘密,这是天堂置于我心头的神圣需要。

总　　督　　阿尔马格罗,你倒说清楚。谁在指使你?你做了这一切,究竟想获取什么好处?什么利益?

阿尔马格罗　　我不知道。我从来没有考虑过,就像是本能驱使你扑向这个女人一样。

　　没有人驱使,最多不过有什么吸引着我。

　　我必须深入腹地占有这片广土。这只是必不可少的开端。

总　　督　(指着陆地)　瞧。它被摧毁了。

阿尔马格罗　(久久地凝望)　它被摧毁了。

总　　督　　泥沙将淤塞你的运河,野兽将糟蹋你的种植园。荆棘丛

将重又迅速繁衍生长。一切都完了。

只消两年时间，阿尔马格罗的业绩和姓名将不留下一丝痕迹。

阿尔马格罗　看到古旧事物的溃灭已够悲哀。

毁灭这个崭新的始获生命的造物，你又能有什么快乐呢？

总　　督　真的，看着将你经营的事业吞噬一空的这场大火，我真是满心喜悦。这喜悦比起我去寻找它时更加微不足道。是的，毁灭这不经我同意擅自存在的事业，我感到喜悦。

阿尔马格罗　你从来都不理解我。

总　　督　有谁更理解你呢？有谁十年来睁着雪亮的眼睛更多地注视着你呢？在佛罗里达我曾有一次试着做这类事。

我曾让自己向你学习。对，我有时甚至在暗中帮助你。

我了解你的勇气，你的判断力，你严肃的内心，你对印第安人和黑人的公正不偏，

还有你可咒的傲慢，你对我的仇恨，你对我的不公，对，也许我最喜爱的正是你这一点。

阿尔马格罗　你拥有整个美洲，就不能把奥里诺科这个角落留给我吗？

总　　督　奥里诺科也是我的，我突如其来地感到我需要它。

我绝对需要劳力，阿尔马格罗，我别无他择。

阿尔马格罗　为了建造沟通两大海洋的幻想中的道路吗？

总　　督　你不懂得就不要瞎论乱评。

你只有一块封地要创造，而我则要建立一个世界。

阿尔马格罗　我嘛，我认为你在嫉妒可怜的阿尔马格罗。

总　　督　　是的。

　　　　　　可是你刚才对我说，我不理解你！

　　　　　　如果我不理解你的事业，我又怎么会嫉妒呢？

阿尔马格罗　　一个人怎么可能理解他所不喜爱的东西呢？

总　　督　　我怎么会喜爱这样一个对我所渴望的唯一事业严加禁止的愚蠢事业呢？

阿尔马格罗　　什么事业？

　　　　　　[沉默。

总　　督　　你的友谊，阿尔马格罗。

阿尔马格罗　　一个你将捕捉的人的友谊吗？

总　　督　　我的孩子，你会把这笑话当真吗？

　　　　　　怎么！杀死我的阿尔马格罗？砍掉我的右臂？当我一天也不愿停止战胜他，

　　　　　　让他在我身边占有一个几乎像我一样的位子的时候，竟要毁掉一个如此强劲的对手！

阿尔马格罗　　我不愿为你效劳。

总　　督　　不幸的是，除了为我效劳之外，你别无他择。

阿尔马格罗　　我从来就不知道什么叫为他人效劳。

总　　督　　你将会看到，学一学这个是何等的有意思。

阿尔马格罗　　我宁可被绞死。

总　　督　　你就这样珍惜我给你的荣誉，我对你的关注？

阿尔马格罗　　我只求你让我清清静静地待在原来的地方。

总　　督　　你为什么还要这么说？你的行为没有一种不是为了藐视我，为了向我挑战。

阿尔马格罗　　当然，假如我能有相同机会，我就会干得比你强。

总　　督　　你想让我把一个如此精明的人留在奥里诺科河的岸边吗？

阿尔马格罗　　假如你只需要我的仇恨，我可以留给你。

总　　督　　仇恨会把你带到遥远的地方的，阿尔马格罗。

　　　　　　多少为我效劳的人临死时后悔他们开始憎恶我的那一天。

阿尔马格罗　　你是个残酷无义的人。

总　　督　　如果我不残酷无义，你也不会更喜欢我。

阿尔马格罗　　啊！我恨我手中没有一杆枪，不能让你付出这嘲讽他人该付的代价！

总　　督　　我只求让你有这杆枪。

　　　　　　瞧这个可恶的小孩，他直想咬我一口，只因为我踢了一脚他的玩具锡兵，

　　　　　　其实，当我来到肮脏的奥里诺科河畔寻找他时，他应该好好谢我才是。

　　　　　　阿尔马格罗，你弄错了一百年。一百年之后才将是铧犁的时代，而现在，我们应该用利剑来耕种。

　　　　　　我该让我的雄狮像一头长着长角的畜生一样长久地啃食嫩草吗？

　　　　　　美洲大地在哪里到头，伸向极地的大陆在哪里像一根在磁阵中游荡的针那样伸长，

　　　　　　哪里就是我为你保留的份地。系上盔甲吧，阿尔马格罗！把剑扣在你的腰胯上吧！当你面前呈现出一个等你开发的遍地黄金的王国，一个在南极的黑夜中有待攀越的神奇的

防卫设施时，你还想去耕地种田吗？

世界在哪儿止步，你就在哪儿止步。

留待你去关上未知的大门，留待你去在风暴雷霆与山摇地动中结束哥伦布的探险。

在地图上我指出的这条纬线以下的地区，如果你愿意，你可以拿走一切，好好地保管着。

在巴拿马，有一大群愤怒的青年人和绝望的老年人等待着你。我替你选择了他们。

当你杀死一半人时，你就将和其余的一半进入魔鬼的可咒庙宇。

你将把死者的骸骨踩在脚下，你将从维茨利布茨里①的雕像上挖走他的金斑。

不用担心你会缺少对手。在迷雾中，在密林里，在蜿蜒起伏的峥嵘峰峦上，我已经给你安排了足够的对手。

我不希望你老死床笫，而愿你在某种打击下遭受创伤，愿你孑然一身，在世界的峰巅，在荒无人烟的高山峻岭，在满天星斗的黑夜中，在万流之源的大高原上，在行星之风日夜扫荡的可怕的高原中心！

没有人能知道，阿尔马格罗的遗骨葬于何处。

阿尔马格罗　你把利马以南的整个印第安地区送给我？

总　　督　我在那里只等着你了。

阿尔马格罗　我接受了，算你活该。

---

① 维茨利布茨里的原文是 Vitzliputzli，是墨西哥的阿兹特克人对战神的称呼。

总　督　拿着我美洲的这个端角吧,揪住它的尾巴。我提防着你。
　　　　你若是不愿爱我,那就加倍地恨我吧。我会不让你缺少臣民的。

第四场
三个哨兵

摩加多尔城墙上的巡道,一个个雉堞之间,可以望见月光下波光粼粼的海面。

第一个士兵　听!又开始了!

第二个士兵　我什么都没听到。

第三个士兵　就算再听到什么声音,我们也没啥危险。老天啊,我真受够了!哎呀呀!他瞎嚷什么呀!

第二个士兵　这叫声,像是有人在拨弦。

第一个士兵　什么弦?

第二个士兵　刽子手正找的这事儿呗。对一些人,它就在这儿,对其他的人,它又不是,什么弦不弦的。

第三个士兵　现在,堂塞巴斯蒂安完结了。他才不在乎呢?

第一个士兵　De profundis[①]。

第二个士兵　他总带在身上放在口袋里的圣雅各会让他通过关

---

①　拉丁文,意思为"在无底的深渊"。紧接的半句为"我向您呼唤,我主!"常用于为死者祈祷。原是《哀悼经》中的一句。

口的。

第三个士兵　可怜的堂塞巴斯蒂安！

第一个士兵　别说名字。

第三个士兵　真的，他卑鄙地背叛了我们。

第二个士兵　别的又能干什么呢？当这条该死的母狗普萝艾斯……

第一个士兵　别说名字。

第二个士兵　……当我们的老太太嫁给我们的老爷爷时，他只有逃走了事。除了到土耳其人那里，他还能跑到哪儿去？

第三个士兵　要是我能够，我也他妈的这样干。

第一个士兵　别喊那么响！你知道，我们的老爷夜里常常出来转悠。他就是穿上一身白，再披一件黑外套也没用，人们一眼就能看出来，他的眼睛像夜猫子那样闪闪发亮。

第三个士兵　我真希望能在一个角落里逮住他！我要是不能给他来一枪子，就让我去当小鱼虾！

第二个士兵　（端起他的枪）　谁在那儿？

第五场
旅店老板娘、堂利奥波德·奥古斯特

  不过,事情明摆着,我们不能再长时间地将观众们的想象力拒之门外了,那上边紧靠着布景吊架的,原是热那亚一所房子里粉红色或天蓝色的一排窗户,不过,考虑到地方色彩的需要,它们已经移到了巴拿马。每一扇窗户上都系着一根细绳,上面挂着一串串辣椒和大蒜。中间是一个小阳台。

  堂利奥波德·奥古斯特躯体的表面实际上已经被紧缩在他那用绳带紧扎在短裤上的紧身短上衣里了。不过这一切仍不能阻止这个吹足了气,悬挂在钓鱼竿顶端的人在午后和煦的微风中翩翩而起,跳出一种庄重而又快活的独舞。

旅店老板娘(拿一根木棒在堂利奥波德·奥古斯特的脑袋上乱敲一气) 啪!啪!啪!

堂利奥波德·奥古斯特(每被揍一下,就抖落出一股灰尘) 噗!噗!噗!

旅店老板娘(敲了又敲) 啪!啪!我从来没想到,一个博士的身上还带着那么多灰!啪!抓住它!我的老菲里浦·奥古斯特。无论如何,这算不得走好运!刚到巴拿马才两天,完

了!刚有时间摘下帽子擦擦汗,

  弓箭手阿波罗的一记劲射①,像和平公正的法院书记官所说的那样,

  就替你们把他浑身漆黑地放倒在大街上。又是一个,罗德里格的信没给他带来好运!为什么还要死死地保留它?把它给我,利奥波德,让它掉下来吧!

  你不愿意?我请求你了!(她敲。)我恳求你了!(她敲。)我绝对需要这封信,好让这场戏演下去,好让它不那么傻愣愣地悬吊在半空中。

  你看那台下,那位先生和那位女士正满面愁容地等着我们。

  谨请阁下屈尊对我那卑微的呈请略加关照。

  (她敲。)

  你们会说,我只消将手伸到菲里浦·奥古斯特的身上就能拿到这封信。

  但我不敢,这会给我带来不幸。

  我宁愿让它自然地松散开来,就像李子从李子树上掉落下来。

  (她敲。)

  啪!啪!啪!啪!啪!啪!啪!啪!

堂利奥波德·奥古斯特(乱动弹一阵,但仍自高自大。) 噗!噗!

---

  ① 希腊神话中,阿波罗之光(太阳光)与阿波罗的金箭被看作是同一样东西。阿波罗也被看作战神。古代人往往把人的暴卒说成是中了阿波罗的箭。

噗！噗！噗！噗！

［信掉落下来。

旅店老板娘　行了！再敲一下就算完！啪！啪！

堂利奥波德·奥古斯特　噗！

先是旅店老板娘，接着是堂利奥波德·奥古斯特和天幕一起被拉到布景吊架上。随着幕布向上拉，舞台上出现了热带青翠葱绿的林海。然后出现了帽子，随后是面孔和身体，最后幕布上完全展现出画着的堂拉米尔和堂娜伊莎贝尔的像。

第六场
堂拉米尔、堂娜伊莎贝尔

两人都穿黑衣服,完全是当代人打扮,坐在一条板凳上,活像塔罗纸牌上的画像。幕布上画出来的身体上留了两个孔洞,演员的脑袋就从孔洞中露出来。

堂拉米尔(以一种低沉的嗓音) 总督不再喜欢我了。
堂娜伊莎贝尔 什么?就在前不久,他刚把墨西哥的行政大权交给了你,
　　一个比西班牙大十倍美十倍的王国,有它的矿产宝藏,有它的种植园林,有石油,还有向着北方的这一无限的开放,
　　可我竟然听到你抱怨:总督不再喜欢我了?
堂拉米尔 他若是喜欢我,就不会让我这样地远离他本人了。
堂娜伊莎贝尔 不是你自己要求得到墨西哥的吗?
堂拉米尔 我让你去要求他的。
堂娜伊莎贝尔 为什么你要让我去要求他呢?
堂拉米尔 我让你去要求他,是为了看一看。
堂娜伊莎贝尔 看什么?

堂拉米尔 你在总督殿下心目中的威望。

堂娜伊莎贝尔 你首先应该指责一下你自己妒忌和自寻烦恼的禀性,这种伤感常使你戏弄和招惹你最畏惧的事。

堂拉米尔 你比我更招他喜欢。

堂娜伊莎贝尔 我愿意这样吗?你以为只因靠了他我才成了你的妻子,我就该那么喜爱他吗?

堂拉米尔 说得很对。让我稍微思考一下这个问题。

堂娜伊莎贝尔 他不喜欢我?

堂拉米尔 然而我们都看到,你时时刻刻都可以来到他的身旁。

堂娜伊莎贝尔 他的狗也这样。多少次我进去又出来,却并不被他觉察,只有我唱歌时,他才听我。

堂拉米尔 你只不过对他提了一句,你的健康对气候和海拔高度十分苛求,第二天他就建议我去墨西哥。

堂娜伊莎贝尔 是的,他那奇怪的无动于衷就在于此!想想,就在那头一天,他还向我表白了他无保留的信任!一个几近温柔的罗德里格!我当时只消说一句话就行!

真的,我本不相信他会如此痛快地放我走。

堂拉米尔 他怨恨的不是你。是我冒犯了他。

堂娜伊莎贝尔 又是这种病态的焦虑!

堂拉米尔 啊!我忍受不了他的蔑视!

堂娜伊莎贝尔 我多少次听到你指责他,咒骂他!

堂拉米尔 他的一丝微笑,一瞥目光,使我忘记一切。

堂娜伊莎贝尔 你以为他对你对我就没有丝毫的忧虑吗?

堂拉米尔 我只知道,没有他,生活就是一件不可能的事!

当他深邃的目光落到我身上，当我看到他在瞧着我，我心里总是有什么东西在警告。

天主赋予他一种施之于我的权力和威望。凡事，只要他一开口要求，就不再属于我了。

堂娜伊莎贝尔　你该怎么办呢？

堂拉米尔　我应该向他要求王家大道工程总监这一职务。这可是连着他的心的。

堂娜伊莎贝尔　他没有推荐你吗？

堂拉米尔　该由我来建议。他等待着我。

堂娜伊莎贝尔　怎么！这样一个不出几个月上任者必死无疑的职位，还需要你像恳请恩典那样去央求吗？

堂拉米尔　啊！我埋怨他把现在的衰弱时期看得过于严重了！

堂娜伊莎贝尔　什么衰弱？

堂拉米尔　一个时期，仅仅一个衰弱时期！啊！我真不该让你去向他要求墨西哥！

为什么他显得如此突然，如此严酷？他已经把这巴拿马的职位给了另一个人。

为什么他这般蔑视我？我做了什么，竟让他认为我不能够为他贡献一生？

堂娜伊莎贝尔　我也应该死去吗？

堂拉米尔　你只需带着孩子们回西班牙去。

堂娜伊莎贝尔　我发现，我待在他身旁对你并没多大用处。

堂拉米尔　我对你有权利，但是他对我有权利。

堂娜伊莎贝尔　好吧，我这就去对他说，你不想要墨西哥。

堂拉米尔 这样做毫无用处。他不会原谅为他效劳的那些人的犹豫不决。

像我这样的人有的是时间了解他。他把我甩了,就完了。他不喜欢那些净后悔的人。

堂娜伊莎贝尔 他把你甩了?我们也甩他一下。

现在是为你自己活着的时候了。你受这大红人的欺骗和迷惑够长久了。

拉米尔,我不爱你,但我深深地和你结合在一起。我们不去墨西哥。

问题不在于我们溜走,而应该让他走开。应该让罗德里格消失,让他绝对不再待在那儿。

他占据的位子,应由你来获得。

堂拉米尔 怎么,向他争夺美洲?这可比剥夺他的妻子还更要命。

堂娜伊莎贝尔 假如他自己放弃美洲,那你会说什么呢?

堂拉米尔 他不会抛弃我们的。他会永远和我们在一起。我坚信他。

堂娜伊莎贝尔 伟大的天主!为什么我就得不到罗德里格的信!

堂拉米尔 你兄弟从西班牙带来的那封信吗?

堂娜伊莎贝尔 他因为迷信,把这封信给了那个傻瓜,而那个傻瓜竟在一天早晨被一线太阳光射死了。

堂拉米尔 这封信还是丢失了为好。

堂娜伊莎贝尔 你惧怕你的偶像经受考验吗?

堂拉米尔 我什么都不怕!

堂娜伊莎贝尔 只求老天把致罗德里格的信给我吧。

〔信掉落下来。一个换景工捡起它,放到堂拉米尔的眼前。

堂拉米尔 拿着它,夫人。信在这儿。

第七场
堂卡米耶、一个女仆

摩加多尔。海边沙滩上的一顶帐篷。内中是一间卧室,被一盏吊灯的微光照耀着。地上铺着毯子。深处是用很轻很薄的帆布做的帷幔。

堂卡米耶(轻声) 堂娜普萝艾斯在吗?
女 仆 她在休息,不让我叫醒她。
堂卡米耶 打开帷幔。
　　我要把她丢失的这颗念珠归还给她,我花了整整一天工夫才找到它,喏,就在这里。
　　(女仆打开帷幔。人们看到堂娜普萝艾斯躺在一张矮床上。灯光微微照亮了她伸直的手臂和张开的手掌。)
　　她伸着手,就像要接受我为她带回来的这滴水珠。
　　(他把水晶念珠放到她的手中。)
　　多么奇怪啊!只有我们俩待在这顶帐篷下,而我却似乎感到帐篷里站满了无数的人。

就像以前有一次我去阿特拉斯①时看到的那顶帐篷，它以一间没有亮光的房间接待了我。

我自以为独自一人与它在一起，然而，当我讲话时，我突然发现房间里充满了看不见的密集人群，他们全都一言不发地听着我讲话。

〔他下场。

---

① 阿特拉斯，位于西北非的大山脉。

第八场
堂娜普萝艾斯（熟睡着）、守护天使

堂娜普萝艾斯 我又找回了丢失的念珠，仅仅一颗珠子。然而少了这一颗念珠，祈祷的联系便被破坏。

我又找回了我丢失的号码。这小小的透明颗粒，我将它紧紧捏在手心。这颗积攒的泪珠。这粒永不变质的钻石。这唯一的珍珠。

重新找到的水滴。

这令恶富人垂涎三尺的、戴在拉撒路[①]手指上的、身价百倍的水珠。它是我的希望所在，这未来日月的种子。

（舞台的天幕上出现了地球的蓝色图影，起先有些模糊，然后越来越清晰。）

然而我说过是我带着这颗水滴吗？倒是我被带在它身上。

有人把它放到我的手中，这颗唯一的珍珠，这粒万物精华之籽粒。没有它，上天的整串念珠将遭破坏！

---

① 拉撒路，《圣经·新约》中的一个乞丐，满身疥疮，躺在恶富人家门前乞讨。拉撒路死后被送入亚伯拉罕的怀中，而恶富人死后却下地狱受罚。

大地念诵**圣母经**[①]。

伯利恒[②]哟,它在犹太的众多城市中显得何等的小!那么涓细,那么微薄。在那么亮堂的光线中它是如此细弱,

缺了向导就没有一只眼睛能找到。然而天主之子并没有让别的女人将他生在此城,全靠圣母,才有了其他的一切。

(地球缓缓转动。人们只能看到汪洋大海了。)

我渴呵!

我知道我的心上人在大洋的彼岸。罗德里格!

我知道我们俩喝的都是同一个杯子。它就在这天际地边,我们的流放之地。

每日清晨我都看见它在东升的旭日下闪闪发光,

当我喝完了它时,就轮到他在黑暗中从我手里接过它。

(地球继续转动,人们看到在曲弧尽头的地平线上出现了巴拿马地峡蜿蜒曲折的长线条,在地峡后面,另一个大洋的海水开始熠熠生辉。)

两大海洋之间,西方的地平线上,

分成两大块的整个大陆中央最细的栅栏口上,

正是在那儿,你站立着,需要你开启的大门就在那儿。

(重又只剩下了海洋。)

海洋!自由的海洋!

[人们看到在明亮的幕布背后有一只手的影子掠过整个

---

① 原文 Ave Maria,有两个意思,其一是圣母经,其二是念珠的小珠子。
② 伯利恒,基督教圣地,是大卫王和耶稣的故乡。

台面。

罗德里格的声音（在幕布后面） 普萝艾斯！

堂娜普萝艾斯 罗德里格！是我！我在这里！我听到了！我已经听到了！

罗德里格的声音（更轻，几乎觉察不出） 普萝艾斯！

堂娜普萝艾斯 为什么将我留在这半碎的门槛上？为什么禁止我进入你自己打开的这道门？

怎样阻止人们把我从突破的栅栏的另一边夺走？那不是蒙蒙大雾中的海，而是冲我而来势不可挡的天主的军队！

被屏障隔开的两片海洋总是要求混合它们的水流，难道你以为那分隔两边水域的界围就那么牢固？

它并不比那女人的心在你对面设置的这条界线更牢固！

让我在这永恒乐趣的怀抱中开始我的赎罪吧！让我成为连接你心与这一乐趣的一滴水珠吧！让我不再有任何肉体，使得我对你的渴念不再存在隔板！让我不再有任何容貌，使得我可以一直钻进你的心房！

不要将那半毁的女子再扣留在扉门半开的槛台上！

（她侧耳细听。）

什么也听不见了。

（天幕上的地球还在转。人们看到在地平线上出现了日本列岛。）

那些如云彩一般凝滞不动的是什么群岛？它们的形状，它们那钥匙一般的谱号，它们的伤口，它们的咽喉，使得它们多么像一个既聚集而又离散的神秘乐队的种种乐器！

我听到无边无际的大海在永恒之岸碎成了浪花!

我看到海滩上标桩的附近立着一个石头台阶。

云彩缓缓地散开，丝丝雨幕

几乎令人察不清那黑魆魆的山脉，流溅在凄凉的群树之中的瀑布，蜿蜒起伏的黑森林，那上面突然掠过一丝谴责的阳光!

地下烈焰的反光映衬着月亮的火把，茅草屋顶下的击鼓声混响在刺耳的竹笛声中。

这一时间里万物皆逝，只剩鲜花的云彩意味着什么?是大雪降临前这一年一度消费的神奇的金黄?

在那崇山峻岭与苍茫林海之上，有一个巨大的白天使俯视着大海。

（日本列岛渐渐地获得了活力，构成了人们在奈良看到过的一个身披暗甲的武士形状。）

守护天使　你不认识我了?

堂娜普萝艾斯　我不知道，我只在蒙蒙浓雾中看到一个模模糊糊的像影子一样的形状。

守护天使　是我。你的守护天使。我一直在这儿。

我从未离开过你，

你真的以为没有我你就能活到现今吗?我们之间存在着一种连续性。你触动了我。

同样，每当秋季来临，燕子就得迁飞，虽说天气依然那么炎热!碧空如洗，燕子四处觅食，仍享用一个丰饶的牧场，

然而，它怎么知道这一点呢?那秋光终将来临，没有什

么能阻止它的出发,它迎着大海出发了。

它把握着正确的方向。

同样,对谈中,当某人完全被言谈牵住了鼻子,捆住了手脚,

如果他听到一阵美妙的小提琴曲悠然飘至,或是听到人们接二连三的敲木梆声,

他会渐渐住口,他会中断话题,他会像人们所说的那样心不在焉。他会侧耳谛听。

那么你呢?告诉我,你真的从未在心肝腑脏的深处想到过它们?这低沉的敲击,这戛然的停止,这急促的弹拨?

堂娜普萝艾斯　我太熟悉它们了。

守护天使　那是我扎在你腑脏深处的钓钩,我就像一个悠闲耐心的渔翁慢慢地放着长线。瞧我这手边卷成团团的线。它只剩下几寻① 长。

堂娜普萝艾斯　我真的就要死了?

守护天使　谁知道你是不是还没死?不然,对地点的无动于衷和对重量的无能为力又是从何而来的?

你离边界是如此近,谁知道按我出于好玩的意愿能把你带来带去到哪一边呢?

堂娜普萝艾斯　我在哪儿?你在哪儿?

守护天使　我们在一起,然而又彼此相隔。我远离着你,然而又伴随着你。

---

①　寻为长度单位,约为两臂长的距离。

但是，为了让你进入这时间与非时间，距离与非距离，一种运动与另一种运动的统一体中，我需要一种你的耳膜尚且不能经受的音乐。

你说芬芳的香味在**哪儿**？你说美丽的声音在**哪儿**？香味与声音之间什么是共同的边界？它们同时存在着，而我就和你一起存在着。

请听我这个存在的人。让那渐渐松开你的海水说服你吧。放弃这块你以为坚固牢靠，而实际上只是严受束缚的土地吧。

一个存在与虚无的脆弱混合体每一秒钟都在颤动。

堂娜普萝艾斯 啊！当你说话时，我重又感到在我体内的那一根线！逆波溯流径直地牵动着的欲望，多少次我经受了它揪紧与放松的考验。

守护天使 渔翁将他河中的猎物拖向滩岸。然而我，职业要求我把这条鱼拉回到我居住的水域中去，它是属于水流的。

堂娜普萝艾斯 带着这又沉又厚的肉体，我又怎么能去呢？

守护天使 必须将它抛留在身后。

堂娜普萝艾斯 或是说，我怎么能够摆脱它呢？

守护天使 现在来问我不是为时已晚了吗？

堂娜普萝艾斯 我自己，我看到在那沙滩上遗弃的这具躯壳，是它吗？

守护天使 试一试吧，看它对你还合不合适。

堂娜普萝艾斯 蜡印封纹章再堪称妙配，瓦罐装清水再恰到好处，也比不上我更合身贴体地填满这具躯壳；到底是填满还是包容？从此后孤寡一身，这个使得她软弱无力的社会为她奉献上我的嘴唇。

躯体呵，我到底在它之内还是之外？我寄存于它，而同时又看到它。它生命的时时刻刻，我一下子就体验了它们全部。

啊！可怜的堂娜普萝艾斯，你激发了多少怜悯的心！我看到，我懂得一切。

守护天使　她孤独一身吗？

堂娜普萝艾斯　不，透过她，我发现了另一个影子，一个在黑夜中行走的男人。

守护天使　瞧仔细了。你到底见到什么了？

堂娜普萝艾斯　罗德里格，我是你的！

守护天使　我手心的线重又卷了起来。

堂娜普萝艾斯　罗德里格，我是你的！

守护天使　他听到了，停住脚步，听着。万籁俱寂。棕榈树丛中有微弱的过隙，炼狱中的一颗灵魂升上了天。

在凝滞的空气中有这一样一块巨大的云团，闪烁不停的太阳照亮了无边无际的波涛，它不是那颗白天的太阳，而是汪洋之上的明月！

我再一次看到他像一头遭擒的牲畜被牛虻追逐，在两堵围墙之间狂怒地奔逃，忍受着它苦涩的监禁。

他将永不驻步吗？啊，在这两壁高墙之间他行走过的是何等绝望的路程！

堂娜普萝艾斯　我知道。夜以继日，我不断地听到这脚步声。

守护天使　你高兴他受苦吗？

堂娜普萝艾斯　停一停，狠心的渔人！别这样拉着线！是的，我高兴他为我受苦。

守护天使　你以为，他创造出来生在人间就是为了你吗？

堂娜普萝艾斯　是的，对，我从心底里认为他创造出来生在人间就是为了我。

守护天使　对一颗男人的灵魂来说，你有那么重要吗？

堂娜普萝艾斯　是的，我对他确实非常重要。

守护天使　死到临头你就这样回答我吗？

堂娜普萝艾斯　兄弟，快让我这可怜的造物死去吧，别为她那么愚蠢而心中难受。

守护天使　谁硬把你拉到他那儿去的？

堂娜普萝艾斯　是这根线拉着我。

守护天使　只要我一松手……

堂娜普萝艾斯　你看到的将不是一条鱼，而是一只振翅翱翔的鸟儿！思维比不上我敏捷！划破天空的飞箭比不上我迅疾！

　　我将飞到大海的彼岸，扑进他的怀里，成为一个抽泣声中绽开着笑脸的妻子。

守护天使　你难道还不明白，应该从心里服从，而不是肉体上忍受被一种障碍所强制的意愿。

堂娜普萝艾斯　我力尽所能地服从。

守护天使　该是我收线的时候了。

堂娜普萝艾斯　不过我会使劲往回拉，把线挣断的！

守护天使　要是我让你在天主和罗德里格之间作选择，你会说什么？

堂娜普萝艾斯　你是,你是一个实在太能干的渔夫。

守护天使　为什么太能干?

堂娜普萝艾斯　在回答还未准备好之前,你让人意识不到问题所在。请问垂钓的艺术是什么?

守护天使　假如我来提出这个问题呢?

堂娜普萝艾斯　我耳聋!我耳聋!一条聋鱼!我就是聋子!什么也没听见。

守护天使　什么,这个罗德里格,我的敌人,谁不让我打他?要知道,我的双手不光光会使钓线,还会使三叉戟。

堂娜普萝艾斯　我将把他藏起来,把他紧紧地藏在怀抱中,不让你找到。

守护天使　你只能使他痛苦。

堂娜普萝艾斯　但他每天夜里都对我说别的事。

守护天使　他说什么?

堂娜普萝艾斯　那是我们的秘密。

守护天使　你的眼泪就足以泄露它了。

堂娜普萝艾斯　我是旷野中的夏甲①!没有双手,没有眼睛,另一人在旷野中苦涩地与我相会!

是欲望拥抱了绝望!是大海之上的非洲嫁给了墨西哥毒化了的土地!

---

①　夏甲是《旧约》中亚伯拉罕的妻子撒拉的使女,撒拉久不生育,就让丈夫与夏甲同房,生下以实玛利。后来撒拉怀孕生子,就把夏甲及其孩子赶走。母子在旷野迷路,后来天神保佑夏甲母子出了旷野。

守护天使　姐妹，我们必须学会走向更适合的气候环境。

堂娜普萝艾斯　我每天夜里举手向他起的誓，我没有权利违背它。

守护天使　鱼儿就这样自以为比渔夫更聪明，

　　　　它反抗挣扎，殊不知它的每一下蹦跳

　　　　都让埋伏在芦苇丛中的渔翁欢欣鼓舞，

　　　　他拖着它，绝不让它脱身逃遁。

堂娜普萝艾斯　你为什么残酷地愚弄它，你若是不把它拖到岸上，你不是给了它自由了吗？

守护天使　什么！你对我来说难道仅仅是个猎物，不还是个诱饵吗？

堂娜普萝艾斯　那么罗德里格呢，你是想把他和我一起逮住喽？

守护天使　这个骄傲的家伙，没有其他办法让他理解他人，并进入他们的肉体；

　　　　没有其他办法让他理解从属、必然和需要，

　　　　让他理解到，仅仅因为他的存在，他之上有另一个，他之上有不同生命体的法律。

堂娜普萝艾斯　什么！这样允许吗？造物互相之间的爱，天主真的不妒忌吗？投在女人怀中的男人……

守护天使　他怎么会妒忌他的创造物呢？他怎么会造出于他一无用处之物呢？

堂娜普萝艾斯　在女人怀中的男人忘记了天主。

守护天使　与天主同在就是忘记他吗？通过耻辱与死亡之门再一次越过伊甸园，

　　　　就真的能在别处，而不是和他一起，了解创造的奥秘吗？

堂娜普萝艾斯　婚外的爱恋不是罪孽吗!

守护天使　甚至罪孽[①]!罪孽也有用!

堂娜普萝艾斯　如此说来,他爱我是好事喽?

守护天使　你教会他的欲望是好事。

堂娜普萝艾斯　对一种幻觉的欲望?对一个永远摆脱他而去的影子的欲望?

守护天使　欲望是存在之物,幻觉是不存在之物。透过幻觉的欲望

　　　　　　是透过不存在之物的存在之物。

堂娜普萝艾斯　但我不是一个幻觉,我存在着!唯有我才能给予他的财富,它存在着。

守护天使　因此,必须给他以善而不是恶。

堂娜普萝艾斯　但是,我被你死死地缠住,什么也不能够给他。

守护天使　你想给他以恶吗?

堂娜普萝艾斯　是的,宁可给他你所谓的恶,也不愿如此不孕不育地待在这儿。

守护天使　罪恶是不存在之物。

堂娜普萝艾斯　让我们将双重的乌有结合起来。

守护天使　普萝艾斯,我的姐妹,天主的孩子存在着。

堂娜普萝艾斯　然而,若是对罗德里格来说我不存在,那么他的存在又有何用?

守护天使　既然普萝艾斯由于罗德里格而存在,她又怎么可能仅

---

① 参见本剧开篇引语第二条。

仅为了他而存在呢?

堂娜普萝艾斯 兄弟,我不明白你的话!

守护天使 正是在他的心中你不可缺少。

堂娜普萝艾斯 噢!多么美丽动听的话语!让我跟随你重复一遍!什么!我对他必不可少?

守护天使 在我钓线的尽头,不是这卑鄙而讨厌的造物,不是这条忧郁的鱼儿。

堂娜普萝艾斯 那又是什么?

守护天使 普萝艾斯,我的姐妹,我要向在光明之中的这个天主的孩子致敬。

众天使看到的这个普萝艾斯,他不知不觉地注视着的正是她,你想造出来献给他的也正是她。

堂娜普萝艾斯 是同一个普萝艾斯吗?

守护天使 连死亡也永远不能毁灭的一个普萝艾斯。

堂娜普萝艾斯 永远美丽?

守护天使 一个永远美丽的普萝艾斯。

堂娜普萝艾斯 他将永远爱我吗?

守护天使 使你美丽之物永不死亡,使他爱你之物亦永不死亡。

堂娜普萝艾斯 我的灵魂,我的肉体将永远属于他吗?

守护天使 我们必须把肉体抛在一边。

堂娜普萝艾斯 什么!他将体味不到我具有的这种情趣?

守护天使 是灵魂制造了肉体。

堂娜普萝艾斯 它怎么会把肉体造成一个会死之物?

守护天使 是罪孽使它变成了会死之物。

堂娜普萝艾斯 在肉体上做一个女子真够美丽的。

守护天使 我将使你成为一颗星星。

堂娜普萝艾斯 一颗星星！那正是他在深夜里呼喊我时用的名字。我的心房一听到它就深深地震颤。

守护天使 对于他，你并不总像一颗星星吧？

堂娜普萝艾斯 分离之星！

守护天使 指路之星。

堂娜普萝艾斯 这一颗已在大地熄灭。

守护天使 我将重新点亮它在天上。

堂娜普萝艾斯 我这盲目的人如何闪光？

守护天使 天主吹拂着你的火花。

堂娜普萝艾斯 我只是灰烬下的木炭。

守护天使 我让你在圣灵的吹拂下成为一颗闪烁发光的明星！

堂娜普萝艾斯 别了，下界！别了，我亲爱的！罗德里格，留在那边的罗德里格，永别了！

守护天使 既然你将比现在更靠近他，为什么别了？为什么那边？在帷幔的另一边，你参与了这一使他存活的事业。

堂娜普萝艾斯 他寻找，但发现不了我。

守护天使 你只在他的心中，他怎么能在身外找到你呢？

堂娜普萝艾斯 你说的是实话？我真在那里吗？

守护天使 你是深深埋在他心中的钓鱼钩。

堂娜普萝艾斯 他将永远渴求我？

守护天使 对一些人，智慧足够矣。精神与精神的纯粹对话。然而对另一些人，肉体也必须渐渐地得到教化与皈依。

要跟男子对话，还有什么肉体比女子的肉体更加强而有力？

现在，如不同时渴求你所裹之躯，他就不能再渴求你。

堂娜普萝艾斯 然而对于他，上天将与我同样具有诱惑力吗？

守护天使（仿佛在收拢钓线） 一会儿你就将为这般蠢事而受惩罚。

堂娜普萝艾斯（叫喊） 啊！兄弟，再让我持续一秒钟！

守护天使 你好，我亲爱的姐妹！普萝艾斯，欢迎你到这火焰中来！

你认识这片我将引你去的海水吗？

堂娜普萝艾斯 啊！我还没个够！再来一些！把这点供我受洗的水还给我吧！

守护天使 那浸泡你渗透你的水无处不有。

堂娜普萝艾斯 它浸泡我，我却不能品尝！这是一道穿透我的光线，这是一柄切割我的尖刀，这是可怕地贴在生命之神经上的一块火红的烙铁，这是剥夺我的一切元素并将其分解再重新组合的沸腾的源泉。这是每当我沉沦其中，天主便在我的嘴上使我复活，超脱于一切乐趣之上的虚无，啊！这是渴念的无情吸引，这开通我又折磨我的可怕渴念！

守护天使 你要求我替你恢复旧的生命？

堂娜普萝艾斯 不，不，永远别让我跟这渴望中的火焰分离！我必须把那可惧的甲壳交给它们去熔化，去吞噬，让我的纽带燃烧，让那火焰摧毁我一切可怕的盔甲，一切天主并未创造之物，一切幻觉与罪孽的硬木，这偶像，这我制造出来代替我皮肉上带着其印记的天主活生生形象的可憎的玩偶！

守护天使 那么，这个罗德里格，你以为你在何处对他最有用，

237

这下界,

　　还是你现已认识的那地方?

堂娜普萝艾斯　啊!把我留在这儿吧!啊!别再拉我啦!当他在黑暗之地结束行程时,就让我像圣母脚下一支蜡烛那样为他耗尽自己吧!

　　愿他不时在额头上感到落下一滴滴炽热的烛泪!

守护天使　够了。你冲破神圣边界的时刻还未完全来临。

堂娜普萝艾斯　啊!这就如同你把我放入了棺柩!!我的四肢再次受到窄地和重物的羁绊。有限与偶然的暴君再一次压在我的头上!

守护天使　只是一会儿工夫而已。

堂娜普萝艾斯　这两个天各一方永不接触的生命,像在天平的两个托盘上一样求取平衡,

　　既然一个已改变了位置,另一个就不会因而也变化吗?

守护天使　说得对。要让他体验到你在天上荷载的重量,我们必须把它放在另一个托盘上。

　　他必须模仿天际遥远距离的运行,在这小小寰球上转完他狭窄的轨道。我们将把凝止不动的天空交给你去吞食。

堂娜普萝艾斯　他只要求一滴清水,你,好兄弟,帮我把大洋给他吧。

守护天使　他不是在这神秘地平线,这古老人类的大洋的另一边

　　长久地等待着它吗?你如此渴望着的海水,难道不正是它在治愈着大地中的他吗?

　　他开辟的那条通道,不是将由他第一个来通过吗?

238

西落的夕阳已经从它中间半缺的道口穿过这道崇高的屏障,

从一极来到另一极,

他步行着重新穿越它去寻求永恒。

堂娜普萝艾斯　在大洋彼端,众多岛屿等待着他,

从这些世界尽头的神秘岛上,我看到你钻出身来。

既然你已经没有我的肉体做钓饵,又怎么能拉住他?

守护天使　我不再用你的肉体,而是用你在流亡地苦涩的海面上的倒影,

你在流亡地翻腾不息的海水上不断消失而又重聚成形的倒影。

堂娜普萝艾斯　现在我看到了你的脸。啊!严峻而威武逼人的脸庞!

守护天使　往后,你还将认识另一张脸。那张脸十分适合于这正义与忏悔之地。

堂娜普萝艾斯　他也将忏悔吗?

守护天使　时刻已经来到,他开始行进在直接通向天主的大道上。

堂娜普萝艾斯　该由我来为他打开门槛吗?

守护天使　他渴望的不可能同时存在于天上和地下。

堂娜普萝艾斯　要让我死,你还等待什么?

守护天使　我等待你同意。

堂娜普萝艾斯　我同意,我已经同意了!

守护天使　但是,你怎么能同意把非你之物给予我呢?

堂娜普萝艾斯　我的灵魂不再是我的吗?

守护天使　你不是已在黑夜里把它给了罗德里格吗？

堂娜普萝艾斯　应该告诉他，把它带回给我。

守护天使　你应该从他那儿获得允许。

堂娜普萝艾斯　放开我，我亲爱的！

　　　　让我走吧！让我成为一颗星星！

守护天使　你同意从他手中获得死亡，那使你变成星星的死亡吗？

堂娜普萝艾斯　啊，我感谢天主！来吧，亲爱的罗德里格！我准备好了！向这属你之物举起杀人的手吧！牺牲这一属你之物！死亡，你给予的死亡是多么甜蜜！

守护天使　现在，除了在天主身边再见，我再没有什么可对你说的了。我的使命完成了。亲爱的姐妹，在永存的光明中再见吧！

堂娜普萝艾斯　别丢下我！神鹰，把我抓在你的利爪中吧。把我带上去一会儿吧！让我看一看包围着我们两种生存的整个寰宇！

　　　　让我把他必须沿经的道路卷在我的胳膊上，让我紧紧贴着他的每一个脚步，

　　　　让我一直走到头，让他把脚步引向我。

　　　　——唉？你手中的这块石头是干什么用的？

守护天使　等一会儿，他的船就要撞在这块礁石上，他将独自一人幸免于难，从白浪泡沫中探出脑袋，爬上这块陌生的土地。

　　　　沉船又有什么关系，他已经到了！他发现的并不是一个新世界，而是一个重新找到的早已消失的旧世界。

　　　　他在土地上留下了他的足迹和手印，他完成了哥伦布的

业绩,他履行了哥伦布的重大诺言。

哥伦布向西班牙国王允诺的,并不是宇宙的一个新区域,而是大地的联合,是向你背上感到的那些民族派遣使节,是让人的脚步声传入黎明前的地区,是打通走向太阳的道路!

通过东升旭日的道路他已联结了万物的开端。

这个人联结了那些在黑暗中等待的民族,那些闭关自守、包罗万象、未及启蒙的王国!

(地球转动着,显出整个亚洲大陆,从印度一直到中国。)

你以为天主会将其创造丢给偶遇吗?你以为他创造的大地的形状毫无意义吗?

当你去往炼狱时,他也在大地上认识这炼狱的形象。

他也是,越过了屏障,

这美洲的双重钱袋,他抓在手中之后又随之丢弃,这一对乳房①,他在你下午的时分提供给你们解馋止渴,

他联结了另一世界,使正面与背面成了一体。在这儿,人们受苦等待,在那如天一般高的峭壁后面,那上面,那下面,展开了另一个山坡,他从中走来的世界,积极活跃的教会。

他将去认识那些匍伏在地的人民,那些被分隔与压抑的不求出口只求中心的国家。

有的形似三角,有的状如圆圈,

再有的是那些受风暴与烈焰无止境地折磨的破碎岛屿。

---

① 钱袋与乳房均指美洲。

印度悬挂着①，在火烫的蒸汽中烧煮，中国在这化水为泥的烧窑中没完没了地踩踏着掺和了垃圾的河泥。

第三个发狂地撕裂了自己②。

这些就是面对着初升的朝阳呻吟着、等待着的民族。

他作为使臣派往他们那里。

他带着足够的罪孽，以便理解他们的黑暗。

天主向他显示足够的欢愉，让他理解他们的绝望。

他们长久以来静坐在虚无的岸边，生灵缺乏的乌有乡，唯有青天倒影嬉戏，给这虚无与乌有之邦带去天主吧，让它们彻底地理解他。

并不是罗德里格带去了天主，但还是应该让他来到，好使人看到：那芸芸众生静静端坐之地还缺个天主。

——哦，天之帝后圣母马利亚，上苍的整串念珠盘绕在你周围，怜悯怜悯那些等待中的人民吧！

〔他回到地球中，它渐渐缩小，变成跟别针头那么大小。

〔整幅天幕是一片青天，中间树立着圣母无玷始胎的巨大形象。

---

① 指地图上的图像。
② 应该指日本。

第九场
总督、秘书、堂娜伊莎贝尔

巴拿马总督府中一间四壁潮湿的宽敞厅房。天花板有一块掉了下来，露出了板条，地上还有一些石灰。家具凌乱不堪，有的富丽堂皇，有的豪华得刺目，有的则完全破败了。透过角落里一扇打开的门，可以看到一座饰有蓝色陶瓷和金色木雕的小礼拜堂，完全以当时夸张而又堆砌的风格雕成。一盏油灯点燃着。下午。天气潮湿而炎热。天低云暗。透过窗户，可见蚌壳色的太平洋。

[总督坐在扶手椅上。秘书离他不远，在一张堆满了文件的桌子前，认真地草拟着什么东西。在一把圆凳子上盘腿坐着衣着随便的堂娜伊莎贝尔，她手拿一把吉他。舞台后面，有一个相当糟糕的小乐队，演奏着某种阿勒曼德舞曲或是西班牙孔雀舞曲。

秘　书（并不抬头）　这乐队太糟糕。在下真不明白殿下居然还能忍受。
总　督　假如它演奏得更好些，我就会听出它演的是什么，那样会很讨厌。

秘　书　至于我，无论如何，我只会精益求精。

堂娜伊莎贝尔（伴随着每一个音节，都在吉他上弹出一个音，形成一个上行音阶，最后停留在一个变音上）　堂罗迪拉尔！……

秘　书　夫人？

堂娜伊莎贝尔　啊！能让我们见识见识你的诗吗？听人说，你常常给你的朋友们念诗！

秘　书（一边继续写，一边谦逊而坚定地）"……一百廿袋金鸡纳，二百口袋洋苏木。"

堂娜伊莎贝尔（半唱半说）　音节计算得多么正确，韵脚又是那么精确地得到衡量、安排和修正，以至于一颗烟草种子就能摧毁这脆弱的奇迹。

总　督　对于我，一首妙诗就像一个封口的瓦罐。

秘　书（交给他一封待签名的信）　我知道，殿下就是喜欢比喻。

总　督（边签字边打哈欠）　谁使我联想起另一个比喻的？宁为玉碎，不为瓦全。

秘　书　这是一句中国格言。

堂娜伊莎贝尔　我猜，那是我们的战船那天在乌龟岛附近打捞起来的落水渔夫们教给你们的。

总　督　他们不是中国人，而是日本人。

　　　　再给我唱唱那首歌，那首他们齐声合唱的歌。

堂娜伊莎贝尔（唱）

　　　　在沧海汪洋

　　　　我划动船桨

　　　　冲向八十岛

嗨哟哟嗨嗨！嗨哟嗨哟嗨嗨！

[以拳敲击吉他的木壳。已开始悄悄伴奏的乐队单独演奏了一会儿，猛然停止。

总　　督　啊！我也在沧海汪洋冲向八十岛，

我什么时候上路？

堂娜伊莎贝尔　怎么，大人，你的美洲使你厌倦了？

秘　　书　如你所说，殿下大人和我对美洲感到厌倦早已不是一天两天的事了。

堂娜伊莎贝尔　当你建筑这座现已遭损的宫殿时，我不是经常听到你唠叨着，

它就像你自己的身体一样？

秘　　书　人们对自己的身体也厌倦了。

堂娜伊莎贝尔　你所创建的事业难道没有成功吗？

秘　　书　我们太成功了。举例说，我们寄予莫大希望的那个阿尔马格罗，真是一头咩咩叫的绵羊！

堂娜伊莎贝尔　你们亲手创建的美洲，它将会脱离你吗？

秘　　书　说得对。它太会脱离我们了。

堂娜伊莎贝尔　大人，你为何这般一声不吭，让你的仆人代替你回答？

总　　督　难道他的回答抵不上另一个回答吗？我喜欢听罗迪拉尔说话。

从我当总督那天起，他就待在了办公室里，写着，抄着，将我的命运从一张纸上

搬到另一张纸上，

245

并且不时地以他的意见和旁注帮助着我。

堂娜伊莎贝尔 你不爱我。

秘　书（尖声一叫） 呀！我发誓，你快要使我出错了！我差不多就要在信封上写下"你不爱我"了。

　　致 Vounemémépaz[①] 的鲁伊斯·塞瓦略斯市长先生。

　　这可不是一个市长待的地方。

　　我不知道殿下是否觉察到这位女士黏上我们到了何等地步。出于内心的好意。发自衷情的殷勤。

　　她爱的是堂罗德里格吗？是总督吗？无以得知。

　　对那些开始步入中年，略显丰满的女士，人们很容易产生兴趣。

　　略微丰满了些，但仍不失风韵。

堂娜伊莎贝尔（低声地唱）

　　遭人遗忘……

　　〔一支长笛持续地吹奏着一个高音，渐弱，极弱，最弱。

总　督（低下眼睛，几乎觉察不出地） 不，不，我亲爱的，我没有忘记你！

堂娜伊莎贝尔 啊！我很清楚我会找到这个词让你的心房颤抖不已！

秘　书 你只有通过记忆之门才能找到他的心。

堂娜伊莎贝尔 若要让他听到我，我只需要装出另一个人的声音。

---

　　① 文字游戏，"Vounemémépaz"与"你不爱我"（Vous ne m'aimez pas）发音相同。

总　　督　说下去，把它说完，我很想听听。

堂娜伊莎贝尔　我忘了。

〔在吉他上拨响几个音符。

（唱道：）

我忘了。

（又说：）

我不知道了。我忘了。我把自己给忘了。

（又唱：）

自从你不再和我在一起，

我把自己给忘记！

〔从墙外传来**极轻弱**极不和谐的音乐。她停住嘴，乐器一件接一件地演奏。

总　　督　我喜欢我们的伊莎贝尔唱歌的方式，那不是五线谱上的音符，而是像森林中人们叫作**里亚莱约**①的鸟儿的鸣啭！

我也喜欢一旦歌声停止便从墙上传进来的连续不断的嘈杂声。这就像一块石头投进了树丛后，便听到其他石头纷纷作响，所有长着翅膀的家伙轰然惊飞。

有时，甚至远处的动物也奔跃逃窜。

堂娜伊莎贝尔　当我和别人在一起时，我就唱得不一样。

大人，为什么强迫我跟跟跄跄地苦行在这条阴暗的道路上？

当我孑然一身时，我宁可反复地吟唱一支我们西班牙的

---

①　音译，原文 rialejo。

古老歌曲。

　　唱一支人们晚上在泉边栗树下听到过的曲子：

　　"Muy más clara que la luna..." "Desde aquel doloroso momento..."①

　　你也好，我也好，我们都再也见不到这个西班牙了。

总　督　对我反正都一样。谁刚才对我提什么回忆来的？

　　我厌恶过去！我厌恶回忆！刚才我以为听到我心中、我身后的这个声音，

　　它不存在于过去中，它召唤我走向未来；倘若它是在过去，就不会有如此的辛酸和如此的甜蜜！

　　这陌生的嗓音，这从未存在过的歌声穿透了我的心！

　　我爱这受伤的节奏和变调的音符！

　　这歌儿道出了歌词的反面，同义与反义！

　　这嗓音想让我理解陌路生人，它想说的却说不出个头绪，它不想说的倒令我高兴！

秘　书　我不知道如何表达殿下的话使我遭受的非议和谴责。

　　〔来自墙那边杂乱无章的音乐慢慢地找到了一个调子。

堂娜伊莎贝尔（听着音乐，唱道）

　　给遗忘，

　　我已把自己给忘记，

　　但谁来关心你的灵魂……

　　〔歌声与音乐声同时中断。

---

　　①　西班牙文，意为"比月亮更为皎洁……""从那痛苦的时刻起……"。

秘　书　咱们应该来一点别的什么，像"既然你让我出门去"之类的。不过这韵脚蹩脚得很。

堂娜伊莎贝尔（一个人唱，音乐停止）

　　但谁来关心你的灵魂

　　既然我已经不在人间

　　既然我不再和你在一起！

　　谁还来关心你的灵魂

　　既然我不再和你在一起！

　　（说：）

　　永远永远。

　　（又唱：）

　　永远永远！

　　永远永远！

　　既然我已永远不再和你在一起！

总　督　（低下眼睛）为了永远和你在一起，我只有一句话要说。

堂娜伊莎贝尔（唱：）

　　永远和你在一起！

　　永远和你在一起！

　　（说：）

　　但是，这句话，谁知道她说了没说？

秘　书　殿下或许从未听说过罗德里格的信？

总　督　没有什么致罗德里格的信。

堂娜伊莎贝尔　确实有一封致罗德里格的信。

　　我们身后，那边，大海的彼岸，

有一个女子十年来一直等待着回音。

（她唱着，受到墙外边乐队的干扰。）

从午夜到黎明，

我独宿孤眠，

时光多么漫长，

钟点多么难熬！

你可知道？告诉我你可知道？

秘　书　殿下或许能允许我来替你回答：他知道。

〔黑夜来临。有人在桌子上放上一支点燃的大蜡烛。

总　督　伊莎贝尔，这封信在哪里？

堂娜伊莎贝尔　就在这桌上。我交给了你的秘书。

秘　书　请殿下原谅。我本想过一会儿就给你。等你签完文件。

总　督　把信给我。

〔他瞧着信封上的字。

正是我的姓名，正是她的笔迹。普萝艾斯十年前的字。

（他打开信想读。双手颤抖不已。）我读不下去。

第十场
堂卡米耶、堂娜普萝艾斯

摩加多尔，海边的一个帐篷中。地上铺着一层层地毯。外面似乎阳光炫目，炎热异常。

〔堂卡米耶身披阿拉伯呢斗篷，手持伊斯兰小念珠。堂娜普萝艾斯斜倚在长躺椅上，也穿着阿拉伯人的服装。

堂卡米耶（垂着眼睑，低声地） 恐怕只有我才能捏住这只赤裸的小巧玲珑的脚。

堂娜普萝艾斯 它是属于你的，就像其他部分一样。我不是有幸成了你的妻子吗？

堂卡米耶 我起誓不再碰你了。我屈从于你那带凌辱的冷漠。上面那鸡窝里，我从来不缺女人，非洲和海外都源源不断地为我提供。

堂娜普萝艾斯 我很得意，现在我能独占鳌头了。

堂卡米耶 承认吧，我若不在那儿瞧着你，你就会怅然若失。

堂娜普萝艾斯 确实，我已习惯了从我脸上转到手上的这道痛苦而又讥讽的目光，习惯了这种咄咄逼人的发问。

　　　　　　多么的惬意啊！我们共同度过的下午,

　　　　　　一言不发。

堂卡米耶　　为什么嫁给了我?

堂娜普萝艾斯　　军队背叛了我,我不就在你的权力之下了?

　　　　　　我丈夫死了。我们为何不好好利用一下这位刚刚被我们俘虏的方济各会修士?

堂卡米耶（冲着他的念珠微笑）　　是我处在了你的权力之下。

堂娜普萝艾斯　　这种寻求爱抚的虚假微笑又浮现在你褐色的脸膛上,

　　　　　　令堂大人对它又爱又憎,我也一样,这种微笑令我心中难受,对,令我难受。

堂卡米耶　　我真的处在你的权力之下。

堂娜普萝艾斯　　此言仅有一半真实。自然,若是我不自信对你具有某种权力的话,我怎么会嫁给你呢?

　　　　　　堂卡米耶,国王并没有免除他曾托付予我的对非洲海岸的责任。

　　　　　　是我在这儿制止你随心所欲地作恶造孽。

堂卡米耶　　真的吗?夫人,我经常向你恳求珍贵的忠告吗?

堂娜普萝艾斯　　我给你忠告了吗?我们之间并不需要说话。光猜你就能猜出一切。

　　　　　　你的所作所为,没有一项我不参与其中,没有一项不冲着我来,

　　　　　　你或是阴险地取悦于我,或是从中作梗让我难堪,我敢肯定,我能看到你目光贪婪地匆匆跑来!

告诉我，你有没有发现我的差错？

我洞察你的内心，你对我一无所得。

堂卡米耶　至少我还可以做一件事，那就是替你招来攻击。

堂娜普萝艾斯　我的肉体是在你的权力之下，但你的灵魂却在我的掌握之中。

堂卡米耶　当你折磨我的灵魂时，难道我没有权利也折磨一下你的肉体吗？

堂娜普萝艾斯　重要的是你应做我所愿意的事，十年来，对了，除了你野蛮的性情导致偶然的可笑行为外，

总的来说，对你我无可指责，我相信国王是满意的。

堂卡米耶　多么幸运啊！如此说来，要为他效力，我只需不服从他就成！

堂娜普萝艾斯　要不服从我，可就不那么容易喽。人们不容易忘记时时在场的人。

堂卡米耶（温柔地）　但是谁又能知道，等一会儿这赤裸裸的肉体对你还可不可能存在？

堂娜普萝艾斯　倘若你是想用这高雅的词语对我宣告死亡，那大可不必绕弯子。我早已准备好了。

多亏你，这想法始终没有远离我的头脑，连鸟儿的啁啾声，银器落地的当啷声，还有手指头在地上描出的白字以及那缓缓燃尽成灰的炷香，

都不足以给我以提醒。

堂卡米耶　从我口中接受警告吧。

堂娜普萝艾斯　昨夜，我已从另一个人那儿得到了警告。

堂卡米耶　无疑,他是你的常客,我孩子的父亲喽?

堂娜普萝艾斯　谁会到我的囚牢深处来看望孤苦伶仃的我?

堂卡米耶　罗德里格会。晚上,每天晚上他都会,高墙深壁,大海汪洋都不能够阻挡他。

堂娜普萝艾斯　你知道,奥齐亚里①,只有你才让我见识了你赤裸裸的肉体存在。

堂卡米耶　但是我知道,只有他才是你替我所生女儿的唯一父亲。她只像他一个人。

堂娜普萝艾斯　真的?在这可爱的孩子身上,集中了我们三重的遗传!

堂卡米耶　也有我的吗?普萝艾斯,你不怀疑我会伴随你到天涯海角?

堂娜普萝艾斯　你在想什么,你自己?

堂卡米耶　我想,罗德里格的信不会永无止境地四海飘荡,总有一天它会落入收信人的手中。

堂娜普萝艾斯　我在绝望之际紧闭双目抛掷到海里的那份召唤吗?

堂卡米耶　十年前,它从佛兰德跑到中国,又从波兰跑到埃塞俄比亚。

好几次我甚至知道它回到了摩加多尔。

但我满有理由地相信,最后,罗德里格终于收到了它,他正准备回信呢。

---

① Ochiali,这是卡米耶的阿拉伯新名字。

堂娜普萝艾斯　躲藏的魔鬼①和他的非洲小王国的末日到了！

堂卡米耶　普萝艾斯和她在地狱的小小总管权的末日到了！

堂娜普萝艾斯　国王与苏丹之间，天主教与非洲大地，

以及在非洲的所有这些亲王、司法行政官、伊斯兰隐士、暴动首领、私生子、背教者之间

复杂的仲裁以及微妙的平衡完结了，

你在他们中间办银行，卖火药，这种财源对哪一方都是既偶然又共同，谁都既害怕又插手。

可是，在选中的这些点上，

突然又迅雷般地插入了你曾对我解释过的那些重大计划。

堂卡米耶　在我荣幸地与你进行的这次会面之前，他们就已开始失去兴趣了。

从海那边构成西班牙看不见的边界的可可树、白沙和泡沫中，我得不到任何消息，

对平衡的敏感已成为我的小小特点。

这种类似万向联合节的补偿，就像航船上罗经的校正，

需要一颗灵敏聪颖的脑袋，一双上下打量的眼睛，一副左顾右盼的耳朵，

然而在对立的力量中，采取以速度代替质量的做法已然无济于事，它在我的危急时刻已不能发动进攻，用凌厉的牙齿咬住对方。

我心中的欲望渐渐让位于好奇，这好奇本身也悄然受损。

---

① 原文为"Cacha-Diablo"，应该是卡米耶的外号。

人们提防着我。他们不再理解我。

甚至有一大群白痴也开始粗野地密谋反对我,

就在这儿,还有大门之外。反正有人不时地给我通风报信。

但是什么也毁不了这半小时等待的魅力。所有这些土耳其人都举起了军刀,而我却在棕榈树下跪在你的脚边拨数着念珠,

这一切构成了一幅活生生的画图,魔术师的魔棒一点,给观众带来的快感顿时荡然无存。

堂娜普萝艾斯 说到底,我们周围所有那些貌似存在的东西,它们是不是已经过去了?

堂卡米耶 你没感觉到,你与我已经神秘地分离到什么程度了?

堂娜普萝艾斯 我不太喜欢*你和我*。

堂卡米耶 一纹涟漪为我们传到海面,顷刻之间它将我从这"你,我的玫瑰"声中彻底治愈。

堂娜普萝艾斯 倘若你抬头望着我,我会从你眼睛中读到别的话。

堂卡米耶 当我事先知道从你眼睛中能读到什么时,为什么还要抬起头?

堂娜普萝艾斯 有必要看一看整个宇宙中还能引起你兴趣的唯一地方。

堂卡米耶 这只小巧的赤脚于我就已足矣。

堂娜普萝艾斯 别了,大人!我抽回我的脚吧。有人来找我,我自由了。

堂卡米耶 我么,我也自由了。

堂娜普萝艾斯　我很高兴我自由了，但我不喜欢你也自由。我活到现在，总觉得你没有权利自由。

堂卡米耶　死神前来夺走你。

堂娜普萝艾斯　我不知道。把你抛下我很不安。谁知道我的肉体是不是没向你转达连我的灵魂都不知晓的什么秘密？

堂卡米耶　真的，你并没能阻止我们产生某种结合，
　　　　　没能阻止我们继续暗中来往。

堂娜普萝艾斯　一会儿工夫后，我就没有肉体了。

堂卡米耶　但你的宗教告诉我说，你身上得留着重新滋润它所必需的一切。

堂娜普萝艾斯　到那儿，你的权力就不灵了。

堂卡米耶　你那么确信吗？难道十年来我迫使你接受我强加于你的习惯，竟也白费了工夫？

堂娜普萝艾斯　你有没有非分地想象我身上有什么特地为你而造的东西？

堂卡米耶　将我吸引到你的脚下，
　　　　　十年来迫使我静听你心脏怦怦而跳的力量又在哪儿呢？

堂娜普萝艾斯　另一个人占据着它。

堂卡米耶　他占据了你的思想，但占据不了这颗时时刻刻忙于造你的心。
　　　　　这颗造你的心，不是罗德里格创造了它。

堂娜普萝艾斯　它是为他而造的。

堂卡米耶　我听得一清二楚。那不是你身上比你更古老的这个跳动着的东西对我说的，这跳动从开天辟地起就存在着，你是

257

从另一个人身上继承下来的。

　　它说不出任何凡人的名字。

堂娜普萝艾斯　我知道,我心中已开始有了一个名字,

　　大海彼岸的罗德里格将和我一起来完成它。

堂卡米耶　我宁可说,他将帮助你窒息你心中叹息着的精神。

堂娜普萝艾斯　难道不是由于罗德里格我才来到了这儿和你在一起?难道不是他教我牺牲整个的世界?

堂卡米耶　只需替换它就行了。

堂娜普萝艾斯　他自己,我不是已向他拒绝留在这世界上?

堂卡米耶　为了在另一个世界上更好地占有他。

堂娜普萝艾斯　我就这样没有报酬吗?

堂卡米耶　啊!我就等着这句话!天主教徒的嘴里吐不出别的东西!

堂娜普萝艾斯　要是他可以帮助我镇住背教者的嘴,那才好呢。

堂卡米耶（秘密地）　你这个留在家中的人,告诉我,我渴望知道我那辉煌的出征所产生的效果,

　　我是不是真的让旧主人感到为难了?

堂娜普萝艾斯　谁若真正是一切欢乐的原因,他人就不能使他为难。

堂卡米耶　得了!得了!你说话就像跟着人的口哨学舌的八哥一样!

　　我么,我相信另外的东西。好好跟随我的推理。救救我吧,我学生时代的记忆!施动者——对,我寻找的正是这个词。

（学究气地。）

凡违反施动者意愿的一切均使施动者遭受一种与其本质相适应的痛苦。

假若我拍一下墙壁，我的手就疼，假若我用力拍，我就疼得厉害。

堂娜普萝艾斯　是的。

堂卡米耶（两个拳头互相撞击）　假若我使出无限大的力气来拍，我就感到无限的疼痛。

这样，我完了。假若我挺住了，我止住了万能的力，无限在我身上忍受着束缚与反抗，我让它违背本性地忍受这些，我会给他带来疼痛和无限的痛苦！

就像你们天主教徒对我们说的，一种激情发作起来，可以从父亲怀中夺走儿子！

堂娜普萝艾斯　我们说的是无偿的恩泽而不是被剥夺的恩泽，是仁慈而不是苦难。

堂卡米耶　随你怎么说吧。假如我根本就不要这种仁慈，天主怎么办？

堂娜普萝艾斯　天主不会关心弃教的人。他完了，他活着就同不存在一样。

堂卡米耶　我说造物主不会放弃他的造物。他们受苦他也受苦，是天主造成了他们受苦之躯体。

我能做的就是阻止他把我变成这副脸庞。

我知道我不能换作他。你若是想到，任何造物都永远不能被别的造物所代替，你就会懂得，在我们心中，我们有权向喜人的艺术家①剥夺一件不可代替的作品，即他自身的一部分。

啊！我知道，他心中永远会有这一棵刺！我寻找到了通向他心底最深处的道路。我是一头迷途的羊，一百头别的羊也永远不足以补偿②。

我在有限之中受他的苦，而他则永远在无限中受我的苦。

一想到它，我在这非洲，在这个受惩挨罚之地也就得到了一丝慰藉。

堂娜普萝艾斯　多么可怕的凶恶！

堂卡米耶　凶恶也好，不凶恶也好，

我是在和一个麻烦的人打交道，他远没有你所想的那么简单。我不能再失去什么了。

我占据着一个重要位置。我掌握着某种基本的东西。人们需要我，我在这儿。

我的地位可以向他剥夺某种基本的东西。

（冷笑。）

凡事只会念诵**阿门**的无知的仰慕者人数再多，也抵不上一声振聋发聩的批评。

堂娜普萝艾斯　如果天主需要你，你不以为从你这方面来说你也需要他吗？

---

① 指创造万物的天主。
② 典出《新约》的一个故事。《路加福音》和《马可福音》中都有记载。现今一般用"迷途的羔羊"比喻误入歧途的人。

堂卡米耶 有时，我确实抱有这种谨慎而有益的想法。我们为何不和神甫告诉我们的危险老头子①和睦相处呢？

这本不费什么劲，他不怎么碍人，也不怎么占位！

稍微脱帽行个礼，他就高兴了。外表的敬重，甜言蜜语的谄媚，老人们对此从不会无动于衷。我们都知道，实际上他是一个瞎子，有些糊涂。

我们很容易把他置于我们这些人的队伍中，利用他安排我们的小小安乐窝：

祖国，家庭，财产。富人得财宝，病人得疥疤，小户人家挣小钱，穷光蛋喝西北风。我们捞一把，荣誉归于他，我们大家一起分享荣誉。

堂娜普萝艾斯 你如此亵渎神圣，真让我听了心寒。

堂卡米耶 我忘了。真是这个世界或另一世界中痴情女子们的一个漂亮情人。

主教们说的所谓永恒的真福，

不过只是将普通女子在尘世间享受的快乐到那个世界赐给贞洁女子。

我这还是在亵渎神圣吗？

堂娜普萝艾斯 无论如何，你嘲弄的这些粗野的东西会在那人的心中燃烧，会变成一声声祈祷。

你愿我以什么来祈祷？

正是我们所缺少的一切，可以被我们用来提要求。

---

① 指天主。

　　　　　　圣人们用希望祈祷，罪人们用罪孽祈祷。

堂卡米耶　　而我，我根本就没什么可要求的。我和非洲还有穆罕默德一起相信天主的存在。

　　　　　　先知穆罕默德前来告诉我们，天主的存在就已永远足够。

　　　　　　我愿他仍然做一个天主。我不愿他有任何乔装改扮。

　　　　　　为什么他把我们想象得那么坏？为什么他以为只能用馈赠礼物来赢得我们？

　　　　　　为什么他需要改头换面让我们来认识他？

　　　　　　看到他如此卑躬屈节，主动靠近我们，真让我感到揪心。

　　　　　　你还记得那位大臣的故事吗？他领头参加他官府侍者的婚礼，结果只引起了众人的一片惊愕声。

　　　　　　愿他仍然做一个天主，愿他将我们的虚无留给我们。因为，假如我们不再完全彻底成为虚无，

　　　　　　那么谁来代替我们完全彻底地证实天主的存在呢？

　　　　　　让他留在他的位置，我们留在我们的位置，永远如此吧！

堂娜普萝艾斯　　爱只要求有一个位置，而绝非两个。

堂卡米耶　　既然他不能使我们看到他就是原来的那样，既然他仍让我们留在原来的地方，我也就不需要别的了。

　　　　　　我不能成为天主，他也不能成为一个人。我不高兴看到他披上我们凡夫俗子的外表。

　　　　　　我们的肉体仍是那样。但是，如果看到我们制作的正派服装

　　　　　　变成了他人背上一件伪装时，谁不会被触怒呢？

堂娜普萝艾斯　　钉在十字架上的绝非一件伪装。

　　　　　他和女人结的亲是真的，那是他一直到女人怀中去追求
　　　的虚无。

堂卡米耶　这么说，天主在女人怀中渴望的是虚无？

堂娜普萝艾斯　除了这个，他还缺少什么呢？

堂卡米耶　照你这么说，这虚无本身从此后便不是我们的，便不
　　　属于我们了？

堂娜普萝艾斯　唯有当它以我们的供认使天主更明显地存在时，
　　　这虚无
　　　　　才属于我们。

堂卡米耶　祈祷不是别的，只是我们的虚无的供认喽？

堂娜普萝艾斯　不光光是供认，它还是虚无的状态。

堂卡米耶　刚才我说过：我是虚无，那么我就是在祈祷喽？

堂娜普萝艾斯　正好相反，因为天主唯一缺少的东西，
　　　你却想自己保留着，你喜欢它胜过别的，
　　　你满足于自己的基本特点。

堂卡米耶　就这样，我像一个精明的渔夫，
　　　渐渐把你钓上了钩。

堂娜普萝艾斯（仿佛想起了什么，显得慌乱不安）　为什么你要说
　　　渔夫？
　　　　　一个捕鱼的人……一个捕人的人……好像已经有人向我
　　　显示过一位。

堂卡米耶　普萝艾斯，当你祈祷时，你全身心都交给了天主吗？
　　　当你把这颗充满了对罗德里格柔情的心奉献给他时，还有什
　　　么位子能留给他呢？

堂娜普萝艾斯（嘶哑地） 不行恶即足矣！天主会要求我们为了他而弃绝一切情感吗？

堂卡米耶 可怜巴巴的回答！有的情感为天主所允许，也是他意志的一部分。

但你心中的罗德里格根本就不是他意志的结果，而是你意志的结果。你胸中的激情也是如此。

堂娜普萝艾斯 激情与十字架连接在一起①。

堂卡米耶 什么十字架？

堂娜普萝艾斯 十字架就是罗德里格，我永远和他连在一起。

堂卡米耶 那你为什么不让他完成他的事业呢？

堂娜普萝艾斯 为了完成它，他就不从世界之尽头归来了吗？

堂卡米耶 然而，你从他手中接受死亡，只是为了通过死亡使你的灵魂离他更近。

堂娜普萝艾斯 我身上能忍受十字架的那一切，我还没有把它给抛弃吧？

堂卡米耶 然而，只有当十字架获得了你身上所有非天主的意志时，它才将满意。

堂娜普萝艾斯 多么令人心寒的话语！

不，我不放弃罗德里格！

堂卡米耶 但是这样我就遭了罪，因为我的灵魂只有靠你才能得以赎救，唯有在这个条件下我才能把它交给你。

---

① 激情的原文为"passion"，这个词还可以指"耶稣受难"，所以说它与"十字架"有联系。

堂娜普萝艾斯　不，我不放弃罗德里格！

堂卡米耶　死去吧，基督在你心中已被窒息，

　　　他向我发出可怖的呼叫，而你却拒绝把他给我！

堂娜普萝艾斯　不，我不放弃罗德里格！

堂卡米耶　普萝艾斯，我相信你！普萝艾斯，我干渴极了！啊！不要再做一个女人了，让我在你的脸上看到你心中无法容留的这位天主，

　　　让我在你的心灵深处，在天主已把你造成的这个水罐中探到那股水流！

堂娜普萝艾斯　不，我不放弃罗德里格！

堂卡米耶　那么，你脸上闪烁的光辉又是来自何处？

第十一场
总督、堂拉米尔、堂娜伊莎贝尔、堂罗迪拉尔

墨西哥湾达连湾①海面上的西班牙船队正准备起锚驶向欧洲,旗舰的艉楼上。

总　　督　副长官大人,很遗憾,在这关键时刻我从你手中带走了舰队。

我很清楚,海盗们正准备对卡塔赫纳②冒险进犯。

假如你们要问,没有舰队,没有弹药,没有金钱,

最精锐的部队全被我动用带走,应该提供的军需也一无所有,你们怎么来抵抗这帮先生们,

那我就告诉你们,你们尽力而为吧。

堂拉米尔　我会竭力尽忠的。

堂罗迪拉尔　殿下一旦起程,伤风败俗、耸人听闻之事就会接踵而至。

总　　督　(含混而轻松地)国王在召我。

---

① 达连湾在巴拿马和哥伦比亚的北面。
② 卡塔赫纳,哥伦比亚港口城市,玻利瓦尔省省会。

堂罗迪拉尔 这神秘之中发出的无声召唤,一个臣仆的职责不仅仅要猜度它,还要预见它。

总　　督 我有很多很多金银财宝要带往西班牙,我不放心让别人护送。

　　必须让人们看到我在马德里。

　　趁此机会,我要了结那些非洲的海盗,他们每年都袭击我的船队。

　　我必须保证两个西班牙之间的航线畅通无阻。

堂罗迪拉尔 如同那一天市镇上的雄辩家所说,

　　在安第斯山的头顶,在两大美洲之间锁闭着世界的这具魔怪般的肢体上,

　　也要有一条畅通无阻的航线,

　　将殿下那如朱庇特战车一般的舰船

　　从太平洋平静的海面一直拖到波涛汹涌、恶浪翻滚的水域。

总　　督(用脚狠狠地跺着甲板) 这早已做了,才子先生!我成功了!我所构思的在高山峻岭之上的巨大机械工程进展得很顺利!

　　所有理智的头脑都愤愤加以排斥的这东西,它存在着,它进行着!这所有的缆索、滑轮、平衡锤,都带着胜利的荒谬,嘎吱作响地从一个海岸来到另一个海岸!希腊人和罗马人从未见过如此壮观的场面!

在汉尼拔[①]的军队和他的象队中人们会说什么呢？我，率领着十二条舰船，翻越了巍巍高山，鹦鹉在缆索绳股之间穿梭飞翔！在我的艏柱下，我划开了一道深山老林的浪花！

我修的这条道路，两侧的黄土下安眠着十万劳工，他们可以作证：全靠我，他们才没有虚度此生。

我不是作为一个工程师，而是作为一个政治家在指挥。

我们创建了中心通道，共同的器官使分散的美洲成为一个整体。

我占据着中心，纵连前后两大陆地，横骑左右两面山坡，

这道屏障阻止着任何一股敌人与别人会合，它距离各点的路程最短，真是一把时时刻刻保障统一阻止分裂的金钥匙。

正是这把钥匙，现在我要去交到西班牙国王的手上。

到时候了，要把我在这道金、银、香料的屏障另一边发现的另一海洋的好消息捎带给他，我该掉转马头了，

像在驯马场里跳障碍一样，我要让它跳过时间停止于其中的这条界线，

我要重新看到它盖满泡沫的前胸陷入在这被非法囚禁的海水中！

（堂罗迪拉尔伸出手到眼前，仿佛在手中辨读什么。）

秘书先生，你在手上读什么？

[①] 汉尼拔（前247—前183），迦太基将军、政治家。

堂罗迪拉尔　　查理曼大帝①的历史，殿下。

总　　　督　　查理曼大帝的一生中可有什么有趣的故事？

堂罗迪拉尔　　每年春天，当驯马师将一切准备就绪时，查理曼大帝都要骑马外出狩猎。

　　　　他教化那么多撒克逊人，为他们洗礼，他把穆罕默德的一串串崇拜者带回马赛，充作他皇帝陛下的苦役。

　　　　鼓乐喧天，陈辞慷慨，焰火腾空，凯旋门一座座竖立，捷报一片片飞来。到秋天，皇帝回到阿尔克伊－卡尚②。

　　　　罗兰留下断后；

　　　　在小人书上，我们看到了他拼命地吹响他那小小的号角。

　　　　——从此留下了著名的谚语：查理曼大帝的一招③。

总　　　督　　如果我也来查理曼大帝的那一招，忠实的拉米尔就是罗兰了，要提防撒拉逊人④前来骚扰！

　　　　我的罗兰，毫无畏惧毫无微笑的骑士，好好管理着美洲，努力保卫它。

---

　　① 查理曼大帝（742—814），法兰克王国加洛林王朝的国王，800年被教皇加冕为"罗马人的皇帝"。

　　② 阿尔克伊－卡尚，法国一地名。

　　③ 关于罗兰的故事，可见法国中世纪的武功歌《罗兰之歌》。查理曼大帝南征撒拉逊人得胜回国后，留功臣罗兰将军在尾断后，罗兰在经过比利牛斯山某峡口时，遭撒拉逊军队的伏击，他不愿吹响号角向查理曼大帝求援，就率领数量不多的后军拼死抵抗，在一番殊死搏斗后，终因寡不敌众而牺牲。谚语"查理曼大帝的一招"意思为：赌钱一赢就溜走。

　　④ 撒拉逊人，中世纪时欧洲人对阿拉伯人（尤其是对在西班牙等地的穆斯林）的称呼。

　　　　我留给你一本罗迪拉尔亲手抄的小书本,当你遇到棘手的难题时,你只需向它讨教。

　　　　书末有字母索引。

堂拉米尔　我恳求殿下不要出发。

　　　　以这新世界从北到南一切信赖你、祝颂你为首领的人们的名义,我庄严郑重地请求殿下不要出发。

总　　督　为什么我不能走呢?代理长官先生?

堂拉米尔　你已经将整个身心奉献给美洲了。

总　　督　伟大的天主,假如这话当真,那你给了我多大的欲望去背叛它啊!

堂拉米尔　别在那些热爱你的人们心中毁灭你的形象。

总　　督　这形象并不有趣。

堂拉米尔　不要为了一个女人而离开人们托交你坚守的岗位。

总　　督　一个女人?什么样的女人?让我出发的不是一个女人。

堂拉米尔　大人,你敢说不是由于女人你才出发的吗?

总　　督（轻松而讥讽地）　不是的,盘问家先生。只是为了尽责任,(几乎像唱歌:)只有责任在召唤我。

堂拉米尔（深深地鞠躬）　请恕我只能向殿下提出我的辞呈。祝殿下一路顺风。

总　　督　别了,先生。

　　　　〔堂拉米尔下场。

堂罗迪拉尔（也深深鞠躬,交给总督一卷书）　请允许我把我的

*Obras completas*① 交给你，它可以证明我对你的尊敬。

总　督　别了，心爱的罗迪拉尔。只有你理解我。

　　　　［堂罗迪拉尔下场。

堂娜伊莎贝尔　大人，只有罗迪拉尔理解你吗？

总　督　只有罗迪拉尔理解我。

堂娜伊莎贝尔　那你为什么要对罗迪拉尔撒谎？

总　督　有时候撒个谎，在这个我搁在一条拐棍上的假罗德里格的保护下忙着事务，也是很有趣的。

堂娜伊莎贝尔　他爱你。

总　督　我憎恨不拘礼节。

堂娜伊莎贝尔　在出发前，你就不对我说一句动听的？

总　督　别了，有时候，我会想着你的。

堂娜伊莎贝尔　我憎恨你。

总　督　那更好。我的性格就是这样，我更容易忍受别人的仇恨和蔑视，而非他们的仰慕。

---

①　西班牙文，意思为"全部作品"。

第十二场
总督、船长

两个月以后，西班牙船队来到摩加多尔海域，下午时分，天低云稀，没有一丝风。

〔船长上场，把手中的望远镜递给总督。

总　督　（望着陆地）　完了，摩尔人抱头鼠窜。该死的，他们受够了。今天他们不会再进攻了。

船　长　没错，奥齐亚里是个花岗岩脑袋，假如他不是在天主教的绞索下送的命，那可真有点遗憾了。

总　督　也许你更愿意我们帮他一起去打那些异教徒？

船　长　是的，没错，我们全军会兴高采烈地去援助这个躲藏的魔鬼。

总　督　但就这样不发一炮地看见他死在我眼前，倒是更有趣。每天早上，当我望着大海，望着这日日夜夜把地平线甩在身后的我阴沉沉的舰队，我就想象到了。

我不需要带来堂拉米尔的所有部队。完全可以预见，一旦了解了我们的意图，摩尔人可不愿意把这样一块肥肉留给

  我们，让摩加多尔重归西班牙。

船　长　但是对我们来说，让摩尔人待在摩加多尔难道不是比卡米耶更好吗？

总　督　我们血液中流淌着的这个非洲老梅毒，这是一个我已经打消的企图。

  我已停止一切肮脏的花招，重新酝酿堂塞巴斯蒂昂[①]式的征伐，

  我看不到西班牙有什么必要对非洲产生兴趣。新世界于它就已足够。

船　长　可是西班牙国王会说什么呢？

总　督　（干笑）先生，我什么也没干。我没有打一发炮弹。

  如果这不合时宜的静默十五天来一直把我们留在摩加多尔海域，难道也是我的错？

  那些愚蠢的野蛮人对我们的来临所做的解释，难道该由我来负责吗？

  我能够猜度到背教者的军队正在准备叛乱吗？

船　长　那么对被强盗俘虏的堂佩拉日的遗孀你也无动于衷吗？

总　督　不是俘虏，先生，我知道得很清楚，她是他尊敬的妻子。

船　长　假如我们应允他一些条件，或许他会放了她。

总　督　我没有什么可应允的。我等待着他的建议。

船　长　（抓住望远镜，瞭望陆地）一个信号！我看见城堡的旗

[①] 塞巴斯蒂昂（1554—1578），葡萄牙国王，在讨伐摩洛哥穆斯林的战争中战死。

杆上有一面白旗在上下晃动。他们在要求向我们派一个谈判代表。

（沉默。）

我该怎么回答呢？

总　督　我根本不想回答。

船　长　大人，我恳求你倾听一下这些不幸的西班牙人要说的话。

总　督　好，让他们派代表来吧。

［一位军官前去转达命令。静默。

船　长　我看到一条船驶离了港口。

船上有一个女子。是一个女人。对，有一个女子和一个小孩待在船上。

总　督　把望远镜给我。不，你比我看得更清楚。你能绝对肯定是一个女子吗？

第十三场
总督、堂娜普萝艾斯、众军官

旗舰的甲板上用帆布搭成了一个大帐篷。一盏大油灯照亮了挂在艉楼墙上的圣雅各的画像。

〔总督坐在一把镀金的扶手椅上。身后簇立着各船的指挥官和一些高级军官。

一军官（进入） 摩加多尔统帅的来使到。
总　督　请他进来。
　　　　（堂娜普萝艾斯领着一个小姑娘进来，沉默。）
　　　　你就是奥齐亚里大人的来使？
堂娜普萝艾斯　他的妻子和使节。这就是我的职权。
　　　　〔她递呈给他一封信，他看都不看一眼地就交给了身后一位军官。
总　督　你说吧，我听着。
堂娜普萝艾斯　就这样当着众位的面说吗？
总　督　我要让整个船队的人都听到。
堂娜普萝艾斯　请你走开，让堂卡米耶留守在摩加多尔。
　　　　想必你也已经看到，我们完全能够依靠自己的力量自卫，我们的斗士不乏聪明才智。

总　　督　不管你们称他奥齐亚里或是其他背教的名字，反正，是由堂卡米耶还是由别人来留守摩加多尔，

对我没什么关系。

堂娜普萝艾斯　列位大人，请你们听着你们的将军所作的回答。

我问你：你来到这里是西班牙国王的意志吗？

总　　督　（微微冷笑）是一封信让我赶来的，那是一声召唤，一个意志，对它我无法抵抗。

堂娜普萝艾斯　你听到它太晚了。

总　　督　我一接到它，就抛开了一切，赶往这儿。

堂娜普萝艾斯　这么说，比起为你的君王效力，你更喜欢听从一个女人的召唤？

总　　督　我为什么不能为了自己的利益而打一次仗呢？

就像我的主保圣人，人称熙德的另一个罗德里格[①]那样呢？

堂娜普萝艾斯　这么说来，你为了跟我们打这次特殊的战争就放松印第安人了？

总　　督　既然你的召唤已经像占星术图一样确定了宇宙的方位和顺序，

既然你邀请我出发前来作出决定，

为什么我不把摩洛哥也归于这新的版图之中呢？

堂娜普萝艾斯　已经没有人召唤你了，走开吧。

[①]　西班牙史诗《熙德》中的主人公名字就叫罗德里格。

总　　督　你说，没有召唤了？这可不是我正在倾听的心所说的话。

摩加多尔前面一片凝止的海水滞固了我沉重的舟楫。

堂娜普萝艾斯　列位大人，若是西班牙国王想毁灭奥齐亚里，你们不以为他自己会有办法吗？

既然他长久以来一直就宽恕我们，内中不是有其原因吗？

这王国大门的非洲，这蝗虫的巨大谷仓，在塔里夫①、优素福②和阿尔摩哈德人③的时代曾经三次失而复得④，

你们以为能对它不加监视放任自流吗？你们以为在其内部安插钉子以便观察与干涉竟是无用之举吗？

背教者奥齐亚里比起执法官堂卡米耶对西班牙国王更加尽忠效力。

总　　督　我永远不允许说什么西班牙国王需要一个背教者的尽忠。

堂娜普萝艾斯　而我，我知道要反对作恶总有一些事要做，

我要说，如果忠诚的牧羊人不信任我这条在此当了十年的牧犬，

---

①　塔里夫（Tarif），疑为塔里克（Tarig）。塔里克·伊本·齐亚德（689—720），柏柏尔将军，711年与西班牙的最后一个西哥特国王贝蒂克·罗德里格作战，攻破直布罗陀海峡的防线。

②　优素福·伊本·塔什芬（1061—1106），穆拉比特王朝的统治者、将领，原为柏柏尔人，他于1086年10月在阿萨加尔（今巴达霍斯附近）击败西班牙卡斯蒂利亚国王阿方索六世的军队。

③　阿尔摩哈德人（又译穆瓦希德人），阿拉伯语意为"信仰真主独一教义者"，是柏柏尔人的一个联合体，1149至1269年期间统治北非和西班牙大部。

④　历史上所谓的三次进犯，是711年塔里克在直布罗陀海峡的登陆，1086年优素福的战胜和1172年前后阿尔摩哈德王朝的军事胜利。

　　　　　　恶狼恐怕早就吞食了更多的绵羊。

总　　督　　不是一条狗，而是一个令人敬佩的忠诚的妻子。

堂娜普萝艾斯　　他的妻子，没错，我同意了做他的妻子！

　　　　　　既然我丧失了军队，丧失了其他一切办法在摩加多尔继续行使国王赋予我的大权，在整整十年中约束并控制这只凶狠的野兽。

一军官　　这是真的，我可以作证。多少俘虏被释放，在她的命令下，多少船只从海盗的虎口中得以解救，多少沉船遭劫的水手不赎而释，

　　　　　　一切都表明，堂娜普萝艾斯十年里的所作所为皆是在为王朝尽忠。

总　　督　　奥齐亚里的罪行单也许可以开列得更长吧；从我美洲来的一切都成了他最心爱的猎物。

堂娜普萝艾斯　　我不能制止一切，然而我却是最强的。

　　　　　　多少次他鞭笞我，折磨我。但是他服从我。

总　　督　　你说他鞭笞你，折磨你？

堂娜普萝艾斯　　头一次，是我给你写信时，写这封致罗德里格的信的时候。

总　　督　　啊！千不该，万不该，我不该留下你和他在一起！

堂娜普萝艾斯　　为什么？被征服者的打击是不痛的。

　　　　　　而你，你也折磨了他。

总　　督　　我应不应该这样想，只有你的肉体曾和他在一起？

堂娜普萝艾斯　　罗德里格，我每天晚上向你发的誓都是真的。在大海彼岸，我和你在一起，任何力量都不能拆散我们。

总　　督　多么苦涩的结合！

堂娜普萝艾斯　你说苦涩？啊！如果你听得更真切，如果你的灵魂离开我的怀抱时未在遗忘之海饮水，

　　它会向你倾诉多少东西啊！

总　　督　肉体对灵魂享有权力。

堂娜普萝艾斯　灵魂对肉体享有更多的权力，

　　你的形象充满我的心房时所创造的这个孩子就能证明这点。

总　　督　你来就是为了把这个孩子带给我吗？

堂娜普萝艾斯　罗德里格，我把我的女儿交给你。当她再没有母亲和你在一起时，请把她好好留在身边。

总　　督　这么说，我猜，你还想回到奥齐亚里那儿去？

堂娜普萝艾斯　我现在只等着听你拒绝我受命向你作的最后建议。

总　　督　说吧。

堂娜普萝艾斯　如果你撤走舰队，他提议让我和你一起走。

　　［沉默。

总　　督　先生们，你们说，怎么办？

一军官　我看不出我们有什么不可答应的。不管怎么说，这个女子曾是高贵的佩拉日的妻子，我们要救她。

另一军官　依我之见，我们应该将我们业已开始的事业完成，不要和这个背教者签订什么契约。

堂娜普萝艾斯　首先，他想摆脱我。他想重新生活，是我阻止了他继续下去。

　　大人，我还要说一说他补充的话吗？

总　　督　说什么呢?

堂娜普萝艾斯　他很高兴让你为他担起这小小的责任。

　　　　他说，他把我托给了你。他重又把我置于你的双手之中。
他把我托付给你的荣誉了。

　　　　他就是想让我们互相出丑。

总　　督　我来这儿是为了响应你的召唤，就是把你从那个人手中解救出来，

　　　　我一定要解救你。

　　　　我不愿让锁链把你跟这下贱无耻的人联结在一起。

堂娜普萝艾斯　亲爱的罗德里格，除了死亡，没有其他解救我的办法。

总　　督　怎么!正当摩尔人在那边帮我摆脱卡米耶时，谁能阻止我将你留在我的船上?

堂娜普萝艾斯　荣誉能够阻止你。我已经向他起誓，如果他的条件不被接受，我就回去。

总　　督　我不同意这个允诺。

堂娜普萝艾斯　你不会让我食言的。你不会把这优势让给他，而让你我甘居下位的。

总　　督　我应该把你送到摩尔人手中去吗?

堂娜普萝艾斯　一切都准备好了，城堡今晚就要炸飞。到午夜，将升起一股熊熊烈火，待它熄灭时，将是一声炮响。

　　　　你走吧。事儿完了。

总　　督　什么完了，普萝艾斯?

堂娜普萝艾斯　对于普萝艾斯，一切都完了，一切阻碍着我从头

　　　　开始。

总　督　军官们,伙伴们,身佩武器聚列此地的男儿们,你们站在我身边,在黑暗中呼吸着,

　　　　你们大家都听说过致罗德里格的信,听说过这女子与我之间经历十年之久的、两大世界中家喻户晓的长相思。

　　　　请你们看着她吧,就像那些人闭上眼睛也能够看到克莉奥佩特拉、海伦、狄多[①],或者苏格兰的玛丽[②],

　　　　以及一切被派到大地上,用来毁灭帝国和统帅,断送城市与船队的女人们。

　　　　我心中的爱人,爱情在你身上完成了它的杰作,你脸上的笑容换成了痛苦,褒奖你的黄金变成了积雪神秘的颜色。

　　　　然而,你心中曾对我作出的这一允诺没有一分一秒不留在心外之地,

　　　　虽然你的外表不久就将形销影散。

　　　　在你我心灵间的允诺面前,时间也曾停止了流逝,

　　　　你作出的许诺,你担当的保证,你承允的职责,

[①] 克莉奥佩特拉(约前69—约前30),埃及女王,因其与恺撒、安东尼等罗马领袖的爱情而闻名于后世。狄多是希腊神话中的迦太基女王,传说她曾嫁给自己的叔叔,叔叔被杀后,她逃到非洲,与特洛伊王埃涅阿斯相爱,当众神命令埃涅阿斯离开她返回祖国去时,她因对爱情的失望而自杀。

[②] 玛丽(1542—1587),苏格兰女王。她从小在法国宫廷中长大,美貌,喜爱音乐和诗歌,后来嫁给弗朗索瓦二世。1558年伊丽莎白即英国王位,但天主教徒认为,伊丽莎白是私生女,玛丽才是合法继承人。1559年,玛丽成为法国王后,次年即为寡妇。1561年,她返回苏格兰即王位时遇到种种困难。1565年她再婚,苏格兰贵族反对她,将她废黜,囚于一小岛。囚禁十八年后,玛丽最终还是被处死。

死亡也绝不能

为你把它解脱,

你若不信守诺言,我在地狱深处的灵魂也将永远永远在天主的权杖前责怪你。

既然你想死,那就去死吧,我不阻碍你!奔趋安宁吧,把你的立足点从我身上永远撤走吧!

耗尽不守本舍的心神吧!

既然这一天来到了,你要终止生命,而我——不是别人,正是我——要顺从天意,

阻止你从此成为对道德、对社会的危害,

那么你就在已作出的这一诺言之上,再加上将使你一去不复返的死亡吧。

一句诺言,我说过,这是陈旧而永恒的诺言!

对于恺撒,对于马克·安东尼,对于我刚才提到名字的那些伟人,

对于肩与我一般高,

眼睛、笑容、嘴巴突然显出威力,以前似乎从未亲吻过女子脸颊的那些伟人,

意外降临的真福如果不是来自完全受世俗力量支配的他们的生命,又是来自何方?

一道电光为他们而闪耀,整个世界则从此被它击倒而亡,失去了他们,

世界上任何东西都不能满足一个诺言,甚至连这一个一时为我们充当花瓶的女子,

而占有别人的承诺到头来只能徒得一个虚幻的空名。

让我表达得更清楚吧！让我摆脱这团思想的乱麻！让我在众位眼前展现出这匹多少个夜晚里我苦苦织出的布料，

它就像黑奴手中的梭子一般，从这苦涩的游廊的一壁墙上转射到另一壁墙上！

一个生命物的快乐不就在于它本身的完美吗？假如我们的完美就是维持我们原样，而这个人确实是生命补塞给我们的，

那么这深深的狂喜又从何而来？当一个囚犯被死亡的阴影笼罩，战战兢兢束手待毙时，突然听到挖掘坑道，墙脚松动的声音，他又怎么不会欣喜若狂？

对于我，看到这个天使就像是死亡的阴影！啊！这简直夺走了你死亡的时间！人活再久也不够用来学会与这耐心的召唤打交道！

我身上的这伤口就像渐渐熬干了灯油的一团火焰！

如果眼睛的完美不在于本身的几何图形，而在于它见到的光线和显现的每个对象，

如果手的完美不在于它的指头，而在于它完成的工作，

那么为什么我们生存、我们物质内核的完善总是和昏暗与抵抗联系在一起？

为什么它不能是仰慕、渴望、希冀别的东西，为黄金而舍命，为永生献让时光，趋身于透明之中，在无以名状的分解状态之中最终熔化自己，开启自身？

我们知道，靠自己是做不到这神秘的解脱和献身的，在这一点能力上，如同在优美雅致的能力上，女人远远胜过

我们。

你现在真的不留半句山盟海誓就要离开我了？女人关闭的天堂，你真的不能将它重新打开？只给了你一人的掌我灵魂的钥匙，你带在身上真的只是为了

向我展示你创造的天堂，是为了

永远替我关上通向地狱的大门？

堂娜普萝艾斯 哦，罗德里格，正是为了这个我才来的，如果说，我真的向你承诺过什么保证，

那我正是为此而来的，亲爱的罗德里格，来要求你把它还给我。

总　督 十年来，越过高山，跨过汪洋，日日夜夜不知疲倦地寻找着我，不让我有一时一刻安宁的竟然就是这样的一声召唤！

堂娜普萝艾斯 亲爱的罗德里格，我已经无力履行我的肉体曾向你作出的允诺。

总　督 怎么，你要让我相信它是一派谎言吗？

堂娜普萝艾斯 你自己怎么想的？

总　督 你可以撒谎，但我深深地相信，你的肉体是不会撒谎的，它曾答应给我快乐。

堂娜普萝艾斯 这肉体就将冰消瓦解了。

总　督 它可以冰消瓦解，但它作出的允诺却永不消失。

堂娜普萝艾斯 这样，我就可以给你快乐了？

总　督 我知道，如果你愿意你就可以，永恒只不过是一秒钟而已。

堂娜普萝艾斯　但是，亲爱的罗德里格，拿什么愿意呢？当我将我的意愿献予另一人时，我怎么能够愿意呢？当我被束缚被捆绑时，我怎么能够动弹一下手指呢？当爱情主宰了我的灵魂和我的舌头时，我拿什么说话呢？

总　　督　是爱情禁止你在这个现实世界里碰我，
　　　　　又在另一个世界中对我禁绝一切允诺吗？

堂娜普萝艾斯　是爱情拒绝从永恒的自由中脱身出来，我已经成了这自由的俘虏！

总　　督　但是这苦涩无果、对我一无益处的爱情又有什么用？

堂娜普萝艾斯　别问我它有什么用，我，一个幸运的造物，我不知道，只要我对它有用就够了！

总　　督　普萝艾斯，无论你在哪里，你都听到我十年来从未停止过召唤你的绝望叫声！

堂娜普萝艾斯　我听到了，但是，除了为在我这被制服的女人心中增加永恒的光芒而一声不吭之外，我又怎么能给予另外的回答呢？

　　　　　当我成了俘虏时，我又怎么能说话呢？

　　　　　怎么才能装作自己身上还有不少属于自己的东西而大加许诺呢？

　　　　　占有我的那人所愿意的，也是我所愿意的，我消身其中的那人所愿意的，正是你该为我重新找到的！

　　　　　罗德里格，指责你自己去吧！任何女子都不能提供的东西，你为什么要求我做到？

　　　　　为什么这双贪得无厌的眼睛死盯着我的灵魂？它们要求

我的，我都已竭力设法给予你了！

现在为什么还抱怨我呢？难道因为我不再许诺了，而只会给予？难道因为幻象与天赋到我身上只成了这唯一的一道闪光？

假若我现在未和无限之物结合在一起，你就会很快摆脱我了！

假如我不再成为无缘无故的人，你很快就会停止爱我！

谁若诚而有信，就不需要承诺担保。

为什么不相信这快乐的话语，而追求别的东西？我的生存就是让你听明白这句快乐的话，是我，而不是任何许诺！

是我，罗德里格！

我，我，罗德里格，我就是你的快乐！我，我，我，罗德里格，我是你的快乐！

总　督　这话语不是快乐的，而是失望的。

堂娜普萝艾斯　可怜的倒霉鬼，当你绝望地信着我时，为什么要假装不相信我呢？

哪里有更多的快乐，哪里就有更多的真理。

总　督　如果你不能把这快乐给予我，那它于我有什么用呢？

堂娜普萝艾斯　打开大门，让它进去。假如你不向它打开这道我可以进来的唯一大门，我又怎能把快乐带给你呢？

不是人占有快乐，而是快乐占有你。人不能向它提条件。

当你自身发出光芒，显得井井有条，当你变得能被人包容，到那时它就包容你了。

总　督　那要等到何时呢，普萝艾斯？

堂娜普萝艾斯　　当你向这亲爱的快乐让位，当你自己退到一旁向它让出位子！

当你为了它本身而要求它，而不是为了在你自己身上增加它的对立面。

总　　督　　哦，我流亡中的同伴，我在你的口中只听到这一声"不"，永远只这一声"不"。

堂娜普萝艾斯　　高尚的罗德里格，怎么，你愿让我把一个淫妇投到你的怀中吗？

当堂佩拉日死去，我向你发出这声召唤时，

也许你最好听不到它。

我只能是一个在你心中行将死去的女人，而绝不是你渴望获得的这颗永恒的星星。

总　　督　　这颗永远不能见面的星星又有何用？

堂娜普萝艾斯　　哦，罗德里格，是这样的，这段分隔你我的距离，光靠我们自己的力量不足以跨越。

总　　督　　这条位于我们两人之间的道路，它在哪里？

堂娜普萝艾斯　　哦，罗德里格，当它自己上门来寻找我们时，干吗还去四处找它？对这股在我们身外召唤着我们的力量，我们为什么不

信任它，跟随它？为什么不相信它，依靠它？为什么还要不厌其烦地试探它，反复折腾地束缚它，强加条件限制它？

大方一点吧！我所做的，你就不能也做一做？抛弃一切吧！丢掉偏见吧！为了接受一切，先给予一切吧！

假如我们在走向快乐，那么，这快乐是不是在人世间，

对我们肉体是不是不太实在又有什么关系？

假如我在走向快乐，我怎能相信它会给你带来痛苦呢？你真的相信我来到这世界给你带来了痛苦？

总　督　不是带来痛苦，普萝艾斯，而是快乐！不是带来痛苦，普萝艾斯，我的爱，普萝艾斯，我的乐趣！

堂娜普萝艾斯　我愿将快乐献给你！毫无保留！我愿整个地沉浸于这一甘美之中，不再成为我自己，而要让你得到一切！

怎么能够相信，哪里有最多的快乐而会没有我在？哪里有最多的快乐，普萝艾斯就会在哪里最常见！

我想和你一起处在原则中，我想嫁给你的事业！我想学会同天主一样毫无保留地给予，成为至善至美的奉献物，让人们从我身上获得一切！

拿吧，罗德里格，拿吧，我的心，拿吧，我的爱，拿走这充满我心的天主！

使我爱上你的力量与使你生存的力量并无两样。

这给了你永恒生命的力量，我已永远和它结合在了一起！

天主让我感到你胸腔中这颗心的每一下搏动，血和肉从未如此紧密地结合在一起，在无限幸福和永恒中的每一秒里，它都

聚合而又分离。

总　督　超越了死神的话语，我简直捉摸不透！我瞧着你，这就够了！噢，普萝艾斯，别离我而去，活着，留下来吧！

堂娜普萝艾斯　我该走了。

总　督　假如你走了，就再没有星星为我指引方向，我就只剩孤

独一人！

堂娜普萝艾斯 绝不是孤独一人！

总　督 由于在天上再也见不到它，我会忘了它的。谁向你确保，我会不断地爱着你？

堂娜普萝艾斯 只要我活在世上，我就知道你和我一起生存着。

总　督 只要你答应这一诺言，我也就严守我的诺言。

堂娜普萝艾斯 我已无能为力。

总　督 我仍是这儿的主人！假如我愿意，我能阻止你离开。

堂娜普萝艾斯 你真的相信能阻止我离开吗？

总　督 是的，我能阻止你离开。

堂娜普萝艾斯 你以为吗？好吧，只要你说一句话，我就留下来。我起誓，只要你说一句话，我就留下来。不需要什么强迫。

只要一句话，我就留下和你在一起。一句话，就那么难开口吗？只要一句话，我就留下和你在一起。

〔沉默。总督低下头，抽泣起来。堂娜普萝艾斯从头到脚都蒙上了布纱。

孩　子（突然大叫） 母亲，别扔下我！

〔一艘长长的、两舷排列着看不见面孔的桨手的小船驶来，与想象中的大船混在一起，两个黑人奴隶走下船来，夹着普萝艾斯的胳膊，把她带到死气沉沉的小船上。

（孩子发出撕人肺腑的叫声：）

母亲，别扔下我！母亲，别扔下我！

——第三幕完——

第四幕

在巴利阿里群岛①的大风里

整幕戏的故事都发生在巴利阿里群岛附近的海上,

〔十二件乐器的乐队构成了天边的地平线。

---

① 巴利阿里群岛,西班牙岛屿。

第四幕出场人物

阿尔科切特

博戈蒂略斯

马尔特罗皮略

曼贾卡瓦略

卡洛斯·费利克斯

堂罗德里格

日本人大佛

堂门德斯·莱亚尔

堂娜七剑

屠家女

西班牙国王

侍从

女演员甲

女演员乙

掌玺大臣

众廷臣

教授比丁塞

教授伊努鲁斯

侍女

迭戈·罗德里格斯

副官

堂阿尔辛达斯

甲、乙、丙、丁、戊、己

众士兵

雷翁修士

修女

第一场

渔夫阿尔科切特、博戈蒂略斯、马尔特罗皮略、曼贾卡瓦略和少年卡洛斯·费利克斯

〔渔夫阿尔科切特、博戈蒂略斯、马尔特罗皮略和曼贾卡瓦略,这最后一位肤色黧黑,遍体浓毛,一副愚笨样。小卡洛斯·费利克斯手中拿着一根钓竿,待在他们身后。

阿尔科切特(将手指浸在海水中,然后专注地吮吸着) 有甜味!

博戈蒂略斯(一手舀水,倒到另一只手上,然后使劲揉搓双手,凑到鼻子前嗅闻) 要是这里头没有那么一小股葡萄酒味,就让我滚进间接税堆里玩不转。

马尔特罗皮略(翻着白眼,用一只水杯汲来海水,漱了一阵口,然后像品酒者一样哗的一声吐了出来) 告诉你们,要说这玩意儿像什么,那天晚上修道院看门老爹让我喝的玛尔瓦西亚酒[①]差不多就是这个味。

阿尔科切特 曼贾卡瓦略,你来尝尝。

[①] 希腊拉考尼亚地区莫尼瓦西亚地方出产的一种葡萄酒。

曼贾卡瓦略（犹豫不决，但已经弯下了腰） 你帮个忙，拖住我的腿。

博戈蒂略斯（把他脑袋摁在海水里） 尝一尝，艺术家！

曼贾卡瓦略（湿淋淋地连打喷嚏） 啊嚏！啊——嚏！

马尔特罗皮略 涩的，还是香的？

曼贾卡瓦略 混账东西！从来就没尝到过那么咸的玩意儿！没错，这块儿就是个货栈！

阿尔科切特 注意！我们的卡洛斯·费利克斯察觉到了什么。

曼贾卡瓦略 竟让一个十岁的孩子来碰海探险！

阿尔科切特 你呢，你那比鲨鱼皮还厚的爪子触到了啥没有？你不是能手抓火炭不烫皮吗？

博戈蒂略斯 那玩意儿，细极了！朋友们，那根线是用马尼拉麻搓成的，比筋丝还细！活脱脱像条水蛇。这水底到处都有东西，什么手表啦，鞋子啦，铜钱啦。不过想要拿到手，就得要有小巧柔和的身板和玫瑰叶一样新鲜的双手。当心，匕首[①]！

马尔特罗皮略 这一切都没啥。不过我倒要问，谁曾想到过把手安在线头上？

曼贾卡瓦略 什么手？

马尔特罗皮略 他还啥都不知道！他啥都没瞅见！他啥都没瞧！傻蛋儿子，你没有看到线头上有一只手吗？

曼贾卡瓦略 我看到有一截蜡黄的东西。

马尔特罗皮略 一截蜡黄的东西，那是珠宝商莱维的手，上个月

---

① 原文为 cuchinillo。

才绞死的,因为制造假币。

　　刽子手正大光明地把他的手卖给了我,换走了一斤半鲜鱼。这玩意儿我是盼了多年啦。

　　高利贷商的一只手,自个儿就能追着走。哪里有金银财宝,它就直挺挺奔哪里直去。它会自个儿伸到你兜里掏钱包。

　　要是海底有啥玩意儿,莱维的手就会准确无误地把它们抓到。

阿尔科切特　不过事情既然涉及到酒,珠宝商的手恐怕不管用,你还不如把酒鬼的鼻子安到钓线头上呢。

马尔特罗皮略　这么说来,我的鼻子就行了。谁都知道这儿的海水总有那么一种奇怪的颜色。可说是,一种

　　发酸的颜色。

　　有一天,博戈蒂略斯给我捎来一桶从这儿汲上来的水,

　　那水的味道与希腊的卡那利酒根本没法比,根本不一样,不是一个玩意儿。

曼贾卡瓦略　它和盐水倒是完全相同,是一个玩意儿。

博戈蒂略斯　你,你别在这里插嘴。你是雇来划船的,好好划你的船吧,啥时候需要你开口,会告诉你的。

　　大伙儿都知道这附近有一个酒源,有一个拔了塞子的酒桶。

马尔特罗皮略　酒源,比起在巴西找到的酒源,没啥了不起的。那酒源上还有火苗苗呢。

阿尔科切特　马尔卡尔扎多就是在这里找到冷女人的吗?

曼贾卡瓦略　谁是马尔卡尔扎多?

马尔特罗皮略　看得出,你不是本地人,真是撒丁岛上的一条沙丁鱼!

　　谁不认识马尔卡尔扎多呢,他又高又黑,穿的衣服露皮露肉,老婆常揍他,

　　他总咧着大嘴装出一副笑模样,像是要用牙咬住裤子不让它往下掉。

　　有一天,他潜到水下去摘锚,不料一脚踏在海底一条沉船的甲板上,

　　当他在船舱里摸索时,他突然觉得抓住了一个冷女人,

　　一具精赤条条的女人尸体,同石头一般僵硬。

　　从那一刻起,他就只想着去找她,弄得神经都错乱了。

博戈蒂略斯　就在这儿。

阿尔科切特　他跟我说的,不是一个女人,倒像是一个大罐或是大壶之类的玩意儿,大得他都没法抱过来,

　　像女巫的肚子一样又翻又滚,活灵灵的!

博戈蒂略斯(指着一条驶近的船)　当心!假装干别的活!有人来了!大伙儿都要装得跟没事儿一样。

〔舞台深处飘过一片轻帆,那是堂罗德里格的船撑着一片三角帆驶过。两条桅杆之间,拉着一条条绳索,上面挂着一排排重彩浓描的大幅画像。

马尔特罗皮略　这是堂罗德里格的船。

阿尔科切特　哎哟哟!他把满箱子的画像都抖落出来了!天堂中

所有的圣人全都聚在那里喽！瞧这满船的旗！打了三天渔回来的船也不比它挤塞更多的帆布和干网。

博戈蒂略斯　正是好戏开场的时候。从美洲来的满载秘鲁金银宝藏的船队到了，跟随奥地利的胡安①出发攻打土耳其人的舰队

正在这里准备出发。为咱们攻打英格兰的无敌舰队提供军需的船队也在那儿。国王带着满朝的廷臣，

财政部，外交部，司法部，凡此种种都在那儿。

整个西班牙都在这美丽的海面上跳舞，人们终于发现，他们只有在水上才能真正地活着。朋友们，

咱们渔夫就在这一切中间！看哪，军需船来来往往，仆人们，演员们，艺人们各就各位，神甫们在船上敲钟作弥撒，宪兵们在船上巡逻！

到处都看到黑乎乎的一点一点，就像粘在粘纸上的苍蝇。

马尔特罗皮略　到了夜晚，这海景更为壮观，

处处的灯火，烟火，炊火，晃忽闪烁，

船舷之间，人们呼来唤去，舞蹈声，音乐声，枪炮声，男人女人混成一体的唱歌声，那可不是每天都能见到的景象。

海上一支庞大的沮丧的船队，像那一天海军上将先生的舰队一样，

---

① 胡安（1547—1578），神圣罗马帝国皇帝查理五世的私生子、西班牙国王腓力二世的异母兄弟。作为西班牙军队司令，1571年他率领由西班牙、威尼斯和天主教教廷结成的神圣联盟的海军，在东地中海与土耳其人作战，在勒班陀海战中，消灭了土耳其军队，打破了土耳其人不可战胜的神话。

整个西班牙的赖买丹月①都在海上,

海上,我说,就像一个巨大的乐队,怎么也不能叫它静下来,它不断地低声嘟囔,低声打着节拍,在下面舞动不止!

没有人想再回到陆地,船只将去马略卡②寻找该寻的东西。

〔当他们说话时,一个乐队的幻影出现在一边演奏起来。

阿尔科切特 我要是西班牙国王,我可不高兴看到堂罗德里格拖着一条断腿在这中间晃来晃去。

博戈蒂略斯 他断了一条腿,可不能说是西班牙国王犯的错。

阿尔科切特 说来已经有十年了,西印度的总督失宠后被派到菲律宾,在那儿他与日本人开战,结果当了人家的俘虏。

眼下,他不得不靠向穷渔夫卖圣像糊口度日。

博戈蒂略斯 这海洋,一点不错就是沉船之地,西班牙国王用不着去关心所有那些沉船,那些在这儿结束渡越两大水域的沉船。

阿尔科切特 不过,这一艘孤孤单单在他鼻子底下航行,倒像一艘三层甲板楼船一样威风凛凛。

博戈蒂略斯 要是换作我,我倒很高兴让所有那些披金挂银的朝臣睁开眼看看,一个失去了我的恩宠的人会变成什么样。

马尔特罗皮略 可是,瞧他那副脸色,好像倒是西班牙国王失去

---

① 赖买丹月,伊斯兰历的九月,为斋戒的圣月,每天日出至日落之间禁食,待新月出现时方结束斋戒。

② 马略卡岛,西班牙巴利阿里群岛中最大的岛屿。

了他的恩宠！瞧瞧，他站在木头假腿上的那副神气样，还用那条假腿敲着他舰船的甲板，

又干，又硬，是我呢！

就好像他像那些人一样，嘴里说没啥可说了，啥也甭说了，实际上就那样又说了！就好像他紧紧追着你们，要跟你们说话！

博戈蒂略斯　我倒是在想，他不会有好结果的。

阿尔科切特　大家都买他的圣像画。从来就没有个够。在各岛上各家各户的墙上看到的只有这个，一直到阿尔及尔的苦役监狱，还是这个。赎救会①的神甫们成包成包地把它们送到可怜的囚犯们手中。

马尔特罗皮略　最可笑的是，他从来不试着动手画或是描，他只解释自己的想法，他从日本带来留在身边的一个日本人照他的话在一片木板上做版。用墨和颜料一印，想要多少张就有多少张。

博戈蒂略斯　那天，他给了我一张非常漂亮的圣雅各画像。人们看到他到了西班牙。

他有一把黑色的颊髯，没有眼睛，巨大的鼻子如一把铁刀，像一个水手一样把裤子一直卷到腰上，浑身只有四肢和肌肉。

他的右腿踏在船头上，膝盖与胸脯一般高。

---

①　赎救会，1223年在巴塞罗那创建的一个教会组织，旨在赎回因战争和海难而被穆斯林俘虏的基督徒。

　　　　他向西班牙投出一股螺旋形的缆绳，这绳没完没了地在天上旋转、溜放，

　　　　套向一个被他发现的石柱，

　　　　海格立斯擎天柱①——一根拦腰穿越西班牙的桩柱，一颗拧紧的不让欧洲挪动的螺钉。

马尔特罗皮略　我么，我有另一个圣雅各。他顶天立地高大无比。

　　　　他从海里出来，一只脚还浸在海水中，海面一直淹到他的脚踝，为了不碰翻云彩，他不得不弯下腰来。

　　　　他的巨大胳膊从右肩膀下长出，那不断摆动的手掌就像一个铁锚，

　　　　那下面的海滩上，有他的一座雪白的小城，洁白洁白的，如面粉一般，里面有商店，钟楼。

阿尔科切特　在亚拉腊山②上，还有圣约瑟③，人们把挪亚方舟让给了他。但是我买下的方舟是圣犹大④，绝望事业的主保圣人。

　　　　人们看到，在地下矿井中有一个十字通道，三四条坑道蜿蜒几里路长。

　　　　有一个人孑然一身坐在桌子前，双手紧抱着脑袋。

　　　　从一条坑道中透出一束光线，像是一盏信号灯越靠越近。

博戈蒂略斯　还有别的！人们在他家里时，总是看个没够。人们

---

① 见第二幕中第一场注释。
② 亚拉腊山，土耳其东北部的死火山，即大阿勒山，高5185米。传说挪亚方舟于大洪水退后曾在此山停过。
③ 圣约瑟，雅各与拉结所生的儿子，犹太人十二列祖之一。
④ 圣犹大，耶稣的十二门徒之一，与出卖耶稣的犹大不是同一人。

301

说，有人向他提供形象，他再把它扔给总在他身边的日本人，他俩形影不离，就像厨师离不开火上的油锅。

曼贾卡瓦略　说了那么多，还没说到正题呢，一旦把水下的大酒坛子捞上来，我们拿它怎么办？

阿尔科切特　我们就只有去开旅馆，让整个西班牙喝个醉。

博戈蒂略斯　神圣的宗教裁判所会说什么呢？还有海关总督和税务官呢？我的意见，必须把它献给西班牙国王，这样，国王陛下将会封我们做大官。

　　　　［这时，钓线突然绷紧，在卡洛斯·费利克斯手中抖动。

卡洛斯·费利克斯　来人啊！来人啊！我钓着了！我钓着什么东西了！

第二场
堂罗德里格、日本人大佛、堂门德斯·莱亚尔

堂罗德里格的船中的一间舱房。

〔他拖着一条假腿站着,头发苍白,衰老了许多;身旁一张铺满纸张、画笔、颜料的桌子前,日本人大佛正在作画。一角有版画印刷机,堂门德斯·莱亚尔脑袋冲下地待在另一角落。这是黑布上剪出来的一个身子轮廓而已。

〔如有可能,不妨在舞台深处挂一幅银幕,以便放幻灯,当演员讲述故事时,观众们可以不浪费时间地看到相应的风景和绘画。

堂罗德里格(描绘道) 最上面,是两条仿碧玉花纹的大石柱,带有大块蛋黄色的罗马人像饰柱头。

圣母靠坐在右边石柱旁,穿一身深蓝。整个胸脯上没有一丝颜色,只看到一只画得很细巧的孩童的小胖手。

她的脚下是一排台阶,一直通向画的底端。上面画两位

博士①，再给我画一个你们国家的那种贵人，身穿朝服，头戴一顶巨大的 *Kammori*②，躯干和四肢缠上十二层丝绸，背上有一大堆绸料包在里面。

再给我画一个欧洲大傻个儿，像正义一样僵硬，乌黑一团，戴一顶尖顶帽子，硕大无比的鼻子，木头的腿肚，脖子上长着金羊毛。

再往下，左边，画一个黑人国王的背影，戴一顶阿比西尼亚的狮鬃王冠，脖子上套着带有爪形钩脚的颈圈，一只臂肘撑在什么东西上，另一条胳膊伸得长长的，抓着一杆标枪。

底部要画一头骆驼的半个身子，只露一个驼峰。鞍辔、坐垫，头上佩戴红色的羽饰，下巴上挂着铃铛。

在石柱后面的高处，是从北京城里望出去那样的崇山峻岭，蜿蜒曲折的城墙和塔楼如项圈一般套在漫漫的山岭上。可以感觉到那后面还有蒙古人。

*Wakarimaska*③？

日本人 *Wakarimass*④。

堂罗德里格 这一切只能在长条纸上占左边的一半，右边和下面留出一大块地方写上西班牙小诗，让那些"y"和正反的问

---

① 博士，基督教传说中的人物，据说有三位。他们在巨星指引下，携带黄金、乳香、没药等礼物，从东方来到伯利恒，朝拜刚降生的耶稣基督，尊他为犹太人的王。三博士朝圣是基督教艺术中常见的题材。

② 日文的拉丁字母写法，意思为"帽子"。

③ 日文，意思为"明白了吗"。

④ 日文，意思为"明白了"。

号^①去占领它。一定要写得恭恭敬敬,多加方括号,多来点拼写错误。

  我以前有一个秘书,特别憎恶这一类天真善良的诗歌。当我想到这个可怜的罗迪亚尔时,我就有一股冲动,老想作诗。

日本人 (指着堂门德斯·莱亚尔) 这位好心的大人别别扭扭地待在那里等着我们,岂不是要等得烦躁不安吗?

堂罗德里格 趁着咱们俩还都暖和,快把你的活干完吧!我觉得一定会很不错的!我感到灵感从我脑子里飞出,一直钻到你的十指尖端!

日本人 阁下怎么从来不会干其他事,只会画画?

堂罗德里格 我也经常问自己。多少时间浪费过去了!用一条腿站在地上还嫌多余呢,长久以来我怎么就会一直凑合着用两条腿笨拙地走路呢?

  现在,用一条腿和一只翅膀一瘸一拐地行走于天地之间是多么有趣!

日本人 另一条腿已永远留在桑地戛哈拉^②的战场上了,在我的照料下,已为它修了一个小小的纪念碑。

堂罗德里格 我毫不为它遗憾!日本人,我太爱你了!为了进入你们的国家,丢一条腿也值得!

---

 ① 西班牙文中有很多的"y",疑问句用正反的问号表示,分别放在问句的开头和结尾。

 ② 原文 Sendigahara,可能是作者虚构的一个地名。

日本人 你非要以炮声来向我们解释你的同情？

堂罗德里格 人们往往是有什么就用什么，我手头从来就没有鲜花与温柔。

你们待在大海中搁浅的小洞里，在封闭的小花园中，捧着小茶碗小口地呷着清茶，真是太幸福了。

看到别人幸福我就觉得厌烦，这是违背道德的，我迫不及待地要将自己引入你们的礼仪中去。

日本人 不管怎么说，在我们中间，你得花点儿时间好好学学修性静气。

堂罗德里格 我似乎仍看到自己身居名古屋城堡最高层的那间囚室中！何等的囚室啊！好像我通过那总活节的接缝，横向地支撑起整个日本国，我透过七十孔窗户，占有的是整个日本国！

天主，多么寒冷啊！

一边是严冬中的乡野，粉红色的土地龟裂着，小小的黑树林，连最细微的毫末都巧妙地勾画出来，就像精致的细瓷上一根野猪毛那么显眼，

另一边，城市充塞了我朝西的一半窗户，我回想起那在鳞次栉比的灰屋顶上由染匠涂上的唯一一片阴沉沉的蓝色。

我的大佛老弟，我就是在那里认识了你！我们一起展开了多少幅神圣的图画！多少长长的画卷在我手指间缓慢地滑过，真是一条形象与性格的长河！

日本人 若是你愿意，我就教你学我们的那种绘画法。

堂罗德里格 我永远也不会的。我没有耐心！我的手就像一副木手套。

我不能把自己的意志赋予像一张白纸、一个空肚货那样的自然，

　　阴影本来会渐渐地显现在这白纸上，用各种各样的颜色染上去，描上去。

　　这只能说说，而不能做出来永远留在无以名状的光线的乐趣与秘密中，

　　就像波面浮着莲子的池水，就像在大洋中充作四五块巨礁的你们的岛屿。

　　我来这儿不是为了让自己迷惑的。

日本人（说着话，似乎正在将自己的每一个想法都用象形文字写到纸上） 有书写道，真经只有通过沉默才能传播。如果你想驯服自然，就不要出声。就像水润土中细无声。如果你不愿意去听，你就听不见。

堂罗德里格　你以为在那些无限漫长的冬日里，当我辨读着你们的和尚与道士的藏经时，我什么都没听到吗？

　　他以为在你把我关起来的那间房里，当我一块接一块玩赏画版时，我什么都没听到吗？一个囚犯，并非高墙与铁栅的囚犯，而是高山、大海、田野、鲜花与森林的囚犯，

　　我周围，这一切不断地在虚幻的纸上变化无穷。

　　我听到了！我已经听到了。

　　在这神妙无比的瞻仰拜谒中，两句话语一刻不停地伴随着我，一步接一步行走在纸的路上，

　　其中一句是：**为什么**？

　　为什么？这个像从思想深处猛然冒出的水泡一样的、与

象形文字的纽结一联再联的关于自身的秘密是什么？

伴着风，伴着海，伴着黎明与傍晚，伴着人类居住的大地的一切细微末节，有某个东西在说：为什么？

松树说："为什么风儿没完没了地猛烈摇晃着我？我必须紧紧抱住什么？"菊花说："什么在心醉神迷中死去？"

"哪儿有如此乌黑的东西，能使我一棵柏树生存下去？""什么东西称得上湛蓝如碧，好让我也变得那么蓝？""什么东西那么甜蜜，以至我如此粉红？""我遭受了什么样看不见的打击，竟使得我的花瓣一片片失去光彩？""水是多么厉害，值得我甩动尾巴，身披鳞片！"岩石说，"我是哪堆废墟的瓦砾？我的腰身将刻上什么样的碑文？""金色的烟雾掩遮着巨大的环礁湖，在它神秘的微笑中，一切都升了起来，浮了起来。"

日本人　第二句话是什么呢？

堂罗德里格　所有这些画中没有任何人！艺术家白白地在海上画了这些船，使这黑暗的小海湾上的一个大城市扬起浮尘。

这样反而显不出那些高低不平，蜿蜒起伏的山脉的等待。

蛙鸣蝉嘶的大合唱也消除不了无人的寂静。

日本人　对，画家在我们周围悬挂的正是沉默的一课。甚至这一群玩耍嬉戏的孩童，一旦画纸逮住了他们，一瞬间里就会在笔尖上变得

安安静静，纹丝不动，成为一幅永恒的景象。

堂罗德里格　大佛朋友，我可不是为了变得安安静静、纹丝不动才拦腰劈开了一块陆地，接通了两片海洋，

因为我是个天主教徒，我要让全人类都联合在一起，不让任何人认为有权力与他人分隔

　　而生活于异端邪道之中。

　　对，你们鲜花与奇景的障栏也该像别的障碍一样拆毁，我，就是为此而来的，我是撞破门，扫清道的开路先锋！

　　你们不能再自成一体了！我为你们带来了世界，带来了天主的全部训语，带来了所有的兄弟，他们全是一个传种者的后代，不管喜欢与否，你们都得与他们交往。

　　既然你们斩断了我的腿，既然你们把我的身躯关在牢狱中，

　　我唯剩下灵魂与精神可以行走，大佛兄弟，我只能通过你的十根手指

　　来完成这些形象，是你促使我利用了在纸片上描绘我自己的可能性。

日本人　你说所有这些圣像都是你自己的形象？

堂罗德里格　比起我用这枯萎的躯体和流产的灵魂为我自己塑造的形象来，它们更加像我本人！

　　是我身上的东西获得了成功，取得了光辉的地位！

　　它们全都活着！它们之中没有抗力与惰性！它们全都向激活它们的精神致答。这是一位登峰造极的艺术大师的神来之笔，就像雪舟①挥毫在京都的板壁上画下的这个圆圈，一件

---

①　雪舟（1420—1506），日本画家、僧人，擅长画人物、山水花鸟。1468年至1469年来中国。

流芳百世的完美之作。

你们别无他事可做，唯有精心打扮你们的监牢。然而我，我用我的画建造了某种穿透一切牢房之物！

我把某些适应你们心脏运动之物绘入画中，像水冲木轮之类的！谁能用眼睛在灵魂中掏出这种永不枯竭的引擎——运动与渴望——的形状，他就从此

获得了一种与一切城墙不相容的强力！

就像在南方岛上被人折磨，用硫黄液从头浇下的牺牲者所体现的那样！

日本人 罗德里格大人，你的话妨碍了我作画。我已明白你的意思。我已安下了你的标志。这东西不再属于你了，如果你允许，我就一人来完成它吧。

堂罗德里格 至少，你别给我弄糟了，上次画圣乔治[①]时就弄糟了。我可怜的老弟，你什么也没明白。

我就将就着使用你吧，虽说不尽如人意，至少也还说得过去。——别装一本正经的样子了！

——赶快干完你的活，因为我脑子里又有了一个主意。播种一个圣人无疑比亲手制造他更加有趣。

日本人（指着堂门德斯·莱亚尔） 我们拿这位好好先生怎么办？他可是待在这里苦思冥想，焦虑不安。

堂罗德里格 他就再费些时间把国王赋予的对我行使的使命多思考思考吧，考虑成熟了，对他毫无害处。这样可以产生一些

---

① 圣乔治（约260—303），基督教殉教者，英格兰的主保圣人。

想法。

我发现多数人头脑中都有一片空白，霉菌就在那儿开始滋生。

要治愈他们，就得像酒瓶一样，把它们倒置着在地窖深处待上一段日子，

让那酒浆浸顶着瓶塞。

日本人　你难道不想知道国王通过这位堂门德斯·莱亚尔要转告于你的话吗？

堂罗德里格　太想了，我渴望得要死，你倒使我想起来了。这位好心老爷急得不耐烦，我看到他的腰身都抖了起来，一门心思要活过来。起来吧，先生！（他把他拽起来。）你好，先生，敝人悉听吩咐。

日本人　但是，在这扁扁的平面上他又怎能说话呢？

堂罗德里格　我来替他捏住鼻子，你会看到他马上就充满了气，这就是他的物质。

日本人　但是请问，这口气，这股物质的风从何而来呢？

堂罗德里格　我可怜的大佛，我看，你太不懂现代科学了，

科学告诉我们，一切皆来自虚无，是空洞渐渐地造出了准则。

正是如此的一个原始变形虫，

靠着"进化"女神的德行，不断膨胀它的细胞，到最后终于成了一头大象，我们不必怀疑，一个更加美好的未来正在向大象招手呢。

瞧我们老好人的肠腹已经轰然作鸣！

瞧阁下受着心中精灵的折磨，像是受到地下源泉喷发的灵气的感染，开始挺立起来，踢起腿来，想挣脱我给夹上的那要命的画夹子。先生，稍等一下。

我要给他安上鼻子，这样更保险。把你的鞋带递给我。

［他用一根鞋带为他安上鼻子。

日本人 为什么要给他安上鼻子？

堂罗德里格 我给他安上鼻子，好让他讲实话。一切谎言都是从鼻孔里钻出来的。正因如此，我们有时会对孩子说：你的鼻尖又动了。

日本人 他说得对。鼻子就像我们脸中间的桩杆，它表示着确定的地点。在我们老家，当一人想说："是我"时，他就指着自己的鼻子。

堂罗德里格 好吧，我就在他的"是我"上打一个结，他就不会像一股煤气那样跑掉了。瞧他渐渐地充实了身子，变得丰满起来，有了体形。

乌有造出空虚，空虚造出凹洞，凹洞造出气息，气息造出气泡，气泡造出鼓包，

这位使臣先生就是一个明证，他像薄膜吹成的小猪一样，气鼓鼓，胖嘟嘟，紧绷绷，圆溜溜。

——堂门德斯·莱亚尔，谨向你致以我最诚挚的敬意，并请求你原谅这地方的种种缺陷，你已经无所畏惧地

将你忠实的、总走在你前面的女伴带到这儿。

阁下，我是说夫人，不然就是小姐。

堂门德斯·莱亚尔（齉着鼻子轻轻地说） 堂罗德里格，尽管你精

神失常，孤苦伶仃，尽管你对所有人都抱有恶意，我还是对你很有兴趣，我愿意向你伸出一只宽宏大量的手。

堂罗德里格 谢谢，先生。

堂门德斯·莱亚尔 等会儿再谢吧，首先，当我向你说话时，希望你能听着我。

堂罗德里格 请你原谅。

堂门德斯·莱亚尔 昨天，国王陛下不是还准备任命你为安达卢西亚最美丽的城市里一处烟草货栈的看护人吗？

堂罗德里格 烟草使我落泪。

堂门德斯·莱亚尔 哭吧，哭吧，先生，哭你的蛮横无理，哭你的忘恩负义吧！你在摩洛哥违令后，你在日本遭难后，长期以来，本该由一个监牢来让你销声匿迹。

堂罗德里格（指着他的腿） 不可能把我整个儿投入监牢，总有一部分东西会留在外面的。

堂门德斯·莱亚尔 在我的恳求下，国王同意念及你曾在西印度为他尽的忠，效的力。

有人坚持认为，事实上，是你首先构思了，我可以说，是你先描绘了巴拿马王家大道的草图，就是后来
　　由堂拉米尔完成的那项大工程，它永远标上了那个伟人的名字。

堂罗德里格 我的名字能与它联系在一起，是我极大的荣耀。

堂门德斯·莱亚尔 国王陛下只在寻找一次机会对你广施恩泽，请问，你是怎样感谢他的？

堂罗德里格 听到它我战栗不已。

堂门德斯·莱亚尔 正当国王在海上召见群臣隆重聚会之时,你竟在他眼皮底下如此横冲直撞,真是闻所未闻的放肆,

  昔日里在另一世界

  代表国王陛下本人的重臣,今天怎么变成了衣衫褴褛的一堆破旧货?

堂罗德里格 等会儿我回答你。但是我要问,你的名字不是福安①吗?

堂门德斯·莱亚尔 我不叫福安,我叫伊尼戈②,出身于阿斯图里亚斯③最高贵的家族。

堂罗德里格 我对你说这些,是因为我刚刚完成福安的画像,牧人与饲养者的主保圣人圣福安。绿上加绿,令人赏心悦目,看着它真是一种纯粹的乐趣,请你继续说吧。

堂门德斯·莱亚尔 我记不得刚才都说到哪里了。

堂罗德里格 你说到"闻所未闻的放肆",我就问到你的名字。

堂门德斯·莱亚尔 对,我想起来了,一个贵人兜售乱七八糟的画片,你就不感到羞耻吗?

堂罗德里格 先生,这可是圣人的画像啊。

堂门德斯·莱亚尔 圣人可不是普通人,这样把他们画在肮脏的纸片上,让渔人或木匠钉在棚屋的墙上,与令人作呕的恶臭为邻,岂不太放肆了吗?

---

① 原文 Foin,有"干草"的意思。
② 见第二幕中第五场注释,影射罗耀拉。
③ 阿斯图里亚斯,西班牙西北部的一个大区。

这难道不是对圣物的极大不恭吗？

让这些可敬可亲的尊严形象留在祭坛与祈祷室里，让人们只在缭绕的香烟中依稀辨认他们的尊容。

假如要把它们描绘出来，那也需要有一杆由教堂艺术财产管理委员祝圣过的画笔来完成，

一个委拉斯开兹，一个莱奥纳多·达·芬奇，一个卢克-奥列韦埃·梅尔森[①]。

堂罗德里格 先生，我必须向你承认，我选择美术的基本理由是渴望

不要跟莱奥纳多·达·芬奇太相像。

堂门德斯·莱亚尔 当然，一个圣人，既然他是许多人的保护人，他就得有一副众人首肯的形象，

他要有端庄得体的姿态和毫不怪诞的动作。

堂罗德里格 这一点上，你就相信画家先生们吧。并不是想象力窒息了他们。

（他吐痰。）

——而我，我厌恶这些咸鳕鱼一般的嘴脸，这些不成其为人脸，而只是小小的一种德行展览的面目！

圣人只是火焰，凡不发热、不燃烧之物，都不像他们！

尊敬！永远是尊敬！尊敬只能给予死者，给予那些我们并不需要、并不使用的东西！

[①] 梅尔森（1846—1920），法国画家和艺术评论家。是近代的人物，当时人不可能预知他。

圣伯尔纳①说得好："*Amor nescit reverentiam.*"②

堂门德斯·莱亚尔 举例说，是圣伯尔纳建议你画这个仰天躺在那里的骑士：他的头缩在大衣下，别扭透顶，

双腿夹紧了这匹头冲天直立着的马，

从来没有一匹马像它那样待着过！

堂罗德里格 我想描绘的是圣保罗。只有骑着这样的一匹马，人才能升到天上。

如果你喜爱绘画，我建议你买一幅大佛精心绘制的金色的十四圣徒漂亮画像吧。

这里还有圣徒达米安和科斯马斯③的画像，他们是医生与智者的主保圣人，我们就是通过这些人的手，慢慢战胜疾病，恢复健康的。

堂门德斯·莱亚尔 我们看到的一切都是对传统与高雅趣味的侮辱，都是出于同一种邪恶的愿望，得罪和激恼正派人！

堂罗德里格 有可能，不过如果有人支配你的人间天堂，你该怎么办？

堂门德斯·莱亚尔 人间天堂？

堂罗德里格 一点不错，人间天堂。如果有人这么要你在纸里造

---

① 圣伯尔纳（1090—1153），天主教西多会修士，神秘主义者，在政治、文学、宗教等方面对西方文化有重大影响。1115年他创立了明谷隐修院。

② 拉丁文，意为"爱情不懂得尊敬。"

③ 达米安和科斯马斯兄弟（？—约卒于303），小亚细亚基督教殉教者，医生的主保圣人。据传，他们曾在叙利亚学医，后在西里西亚施医济众，劝人信教。后来被罗马皇帝戴克里先杀害。

一个人间天堂呢？

堂门德斯·莱亚尔　我不知道。我想我可能会竭力造出一个莽莽丛林，或是一团乱麻似的混合体。

堂罗德里格　你没明白，你没有好好考虑。

　　人间天堂，它是一切的开端。由此而言，内中没有乱七八糟的混合体，而是一个精心建造的各类事物的样板，每人在他的一小块天地里受到适当的教育。真是一片智慧的花园！

　　它应该和巴塞罗那药剂学校里的植物一样，挂有漂亮的陶瓷的学名牌。那是一个古典派诗人的乐园。

堂门德斯·莱亚尔　真没办法跟你严肃地谈问题。

堂罗德里格　我只求听你说。

堂门德斯·莱亚尔（友好而信任地）　堂罗德里格，我蔑视你，但谁又能了解国王的心呢？谁能钻入在动荡不定的大海上召集满朝大臣的这位君王肚子里，探测他的心计呢？

　　谁知道是否可以认为，你备受重用地凯旋而归，我已不是第一个人，来此惊人之地证实你沐浴着圣上的恩泽？再也找不到更令人厌恶的东西了，

　　当你有了权势时，我希望你能给我许多钱。

　　哦！我是多么渴望得到你能给我的一切啊！

　　国王一天之中两次谈及你。这是个信号，不是要把你吊死就是要任命你当掌玺大臣，

　　听明白者自有好运！

　　〔他做出想溜走的样子。

堂罗德里格　临走之前,请喝一杯酒吧。

堂门德斯·莱亚尔　原谅我,你的船太晃,我胸口有些难受。

堂罗德里格　那么,至少请允许我送你一幅小小的画。这加百列[1],使臣们的主保圣人。瞧他多么金碧辉煌!

　　因为怀念他,这些先生们才在他们的帽子上插上一根白色的羽毛。

---

[1]　加百列,基督教传说中的大天使。曾向圣母马利亚预告她的受孕与耶稣的降生。

第三场
堂娜七剑①、屠家女

海上一叶小舟。

〔屠家女在船头。堂娜七剑在船尾掌舵，听着她说话。两人都是年轻姑娘，女扮男装。天刚蒙蒙亮。

堂娜七剑（往屠家女脸上撩水） 屠家女，别再哭了，要不然，我就把从离开马略卡起你抛洒在大海中的咸水全都撒到你脸上。

屠家女（唉声叹气） 我爹会说什么？我娘会说什么？我哥会说什么？公证人会说什么？还有哺育我长大的修道院院长嬷嬷会说什么？

堂娜七剑 我的未婚夫，"进步"肉店的好掌柜会说什么？

屠家女 啊！只有想到我的对象，我的思想才能长出翅膀！我觉着，为了逃避他，我愿意和你一起走到天涯海角！

堂娜七剑 假如我愿意，你就可以与我同行，一旦我对你厌烦了，我就用桨在你头顶猛击一下，把你打落海中。

---

① 七剑，是堂娜普萝艾斯的女儿。带七剑的圣母像在西班牙的画集中常可看到。刺穿她的心的七把短剑是耶稣基督七处伤口的象征。

屠家女　好吧，小姐，你愿怎样就拿我怎样好了，我很高兴。自打我见到你和蔼的笑容，自打你瞧了我一眼，冲我咧嘴一笑，我就明白：我只有张开翅膀跟你走了，不论走到哪里都成！

堂娜七剑　我们快点吧。屠家女，天气真好！要让世界一直像现在这样美好，我们一分一秒都不能浪费！这不可能！也许只能持续一秒钟！小飞蚊一刻不停地径直向着刚点燃的美丽火光冲去！而我们不是一只小飞蚊！我们是两只结伴而飞的小云雀，歌唱着飞向太阳！

至少，我是一只云雀，你只是一只食肉的肥苍蝇。不过这没关系，我还是爱你的。

屠家女　你要带我到哪里去？

堂娜七剑　瞧，我的屠家女，我多么幸福啊！和我在一起，一切是那么美丽，那么有趣！别的姑娘总是有漫长的令人厌烦的生活在等着她们：丈夫，孩子，每日要围着锅台团团转，要没完没了地洗涤碟盘，她们只想着这个！

人们艰难地行走，他们发觉不到，飞翔要远远容易得多，只需不再想到自己就行！

这颗美丽的太阳，天主将它安在那里不是毫无目的的！只需要飞向它，升腾吧！但是，别这样，那不是太阳！那是芬芳的气息在吸引我！哦！假如我能永永远远呼吸到它！刚刚有时间死去，它又重新在那儿了！我要的不是可见的太阳，而是这种催人发笑的精神，这种令我心脏衰弱的芬芳的香味！

屠家女　这芬芳的香味在哪里？

堂娜七剑 我亲爱的妈妈在哪里,它就在哪里发出香味!多少次,她在黑夜中前来找我,紧紧地拥抱我,我是她亲爱的女儿,我必须去非洲把她解救出来。

屠家女 但是,你不是对我说,十多年以前她已经死在那儿了吗?

七剑 她死了,但她没有完成她在非洲应该做的事!正当众多的天主教徒在蛮人的苦役监狱里痛苦呻吟时,她能说是得到了解救吗?

我不能去她那儿了,但我可以去他们那儿。

当我们到处和这众多被折磨的灵魂联结在一起时,我们是自由的吗?

当只有靠我才能解救整整一群被俘的人们以及跟他们在一起,和他们一样的妈妈时,我能懦弱地待在西班牙无所事事吗?噢!我恨不能早就出发!

屠家女 你是要去解救俘虏们吗?

堂娜七剑 是的,小姐,如果你已开始变得不够意思,我就只有给你一木棍,把你带回到"进步"肉店去。

屠家女 给我讲讲,我们将做些什么?

堂娜七剑 一旦我们凑足了三百人(喔,再没有比聚集三五百人更容易的了,因为在西班牙,没有一个真正的天主教徒会不愿参加这样一个崇高的事业),

我们就立即出发,我们要打着圣雅各和耶稣基督的旗号,一举占领布日伊①。

---

① 布日伊,现称贝贾亚,是阿尔及利亚北部港口城市。

得先攻占布日伊,我们必须理智,阿尔及尔太难对付了。

八天以前,我碰到一个水手,他很熟悉布日伊。他的同胞兄弟在布日伊的监牢里。他说再没有比攻占布日伊更容易的了。

屠家女 我们什么时候攻打布日伊呢?

七 剑 如果你想知道我的想法,那我就告诉你吧,我们打不下布日伊,我们会全部被杀死的,我们会升天的。但是,这样一来,至少所有可怜的俘虏会知道,我们为他们做了事。

所有的基督徒看到我们英勇牺牲,将会纷纷起来解救他们,并赶走土耳其人,

而不是卑鄙地相互残杀。

而我,我将升天,投入亲爱的妈妈的怀抱,这就是我所要做的!

屠家女 我,我永远跟你走,紧紧跟着。每当你口渴时,我会递上满满一大瓶子水,让你喝个痛快!

七 剑 如果我父亲愿意,我们就不光攻打布日伊,还要攻打阿尔及尔和其他城市!你会见到我父亲的!他什么都知道。他没有什么不能做到。在他身边是什么东西?特拉古和棕胡子[①]?

屠家女 那个只有一条腿、会画渔人们都要买的漂亮圣像的人,就是你父亲吗?

[①] 棕胡子是欧洲人对两位土耳其兄弟赫伊尔丁(1476—1546)和阿鲁吉丁(1474—1518)的称呼,他们原是西西里人,后在北非建立阿尔及尔国家,成为苏丹。特拉古(1514—1565),土耳其的海军统帅。

七　剑　我父亲是西印度的总督,是他使远洋大船通过巴拿马地峡。还是他,后来发现了中国和日本,他一个人和十二个勇士一起,攻下了由三千弓箭手守卫的大岛①的城楼。在那儿他失去了一条腿,后来,在名古屋城楼的最高层上,他学习了佛教,研究了哲学。

　　　　现在,他回到这儿,在画纸上建成了圣者的大军。他用画笔把所有的圣人从天上请下来,当他们全体来到时,他就在前头率领他们,我就站在他身边,你就抱着大水瓶子跟在我后边,我们为了耶稣基督的荣耀一起攻打布日伊和阿尔及尔!

屠家女　堂娜缪西卡的儿子奥地利的胡安,是个比你父亲还要大的将军。西班牙国王把舰队交给他指挥,他明天就要出发去征伐土耳其人了。

七　剑　这不是真的,屠家女,你撒谎!我永远都不许任何人说,世界上有比我父亲更大的将军。

屠家女　一个断了腿的老头!当人们看到一位年轻英俊的将官引导我们走向胜利时,有谁还愿去听一个断了腿的老家伙发号施令?

七　剑　你的小堂胡安,他干了什么?然而非洲和两大世界都留下了我父亲的姓名。

屠家女　如果你是个男子,如果你不是堂罗德里格的女儿,
　　　　恐怕你自己也说不出相反的话,

---

① 大岛,日本地名。

你只会满怀激情飞速投奔到堂胡安的旗帜下。

七　　剑　（深深叹息）我的屠家女，真是这样，啊！你不知道你说得多么有理！

屠家女　说吧，我觉得你有话要说。

七　　剑　你能保守秘密吗？

屠家女　我起誓，你对我说的一切，我绝不向任何人透露一句！

七　　剑　堂胡安爱着我。他从我的眼中看到，我可以为他而死。这就完了，我再也不愿意听见他了，啊！他可以折磨我！我的心是他的。

屠家女　你在哪儿见到过堂胡安？

七　　剑　昨天夜里，当我来到你家，把一架梯子放到你家花园的墙上，好帮你逃走时。

我在火油街拐角的路灯下看到了什么？一个身穿黑袍的英俊青年，脖子上挂了一根金链条，正跟三个打手英勇地搏斗。

而我，我正好有一支从父亲那儿偷来的手枪，我闹着玩在枪里装满了火药，当时我闭上了眼睛，"呼！"地放了一枪。

这一响惊天动地，烟雾弥漫，好像是开了一炮，我什么都看不见了，

我的手腕脱了臼。

当我再一次能看清东西时，三个强盗早已逃之夭夭，只剩下风度翩翩的黑衣美少年，一再向我致谢。

啊！我是多么羞涩，羞得无地自容，他会怎么想我呢！

屠家女　他说什么了？他说什么了？

七　　剑　　他让我和他一起去他的船上,他说我可以做他的副官和助手,他后天就出发去征伐土耳其人,他的名字叫奥地利的胡安,他将在三十岁以前死去。

屠家女　　也许他想嘲笑你。

七　　剑　　他嘲笑我,我还嘲笑他呢!他叫作奥地利的胡安,我叫作七剑的马利亚,西印度总督的女儿。就好像弥撒结束,当福音书中读到"有个人名叫约翰①"时是在说他似的!

　　我属于我的父亲,而不是属于这个对他对我都那么自信的卑鄙的小伙子。

　　他对我说必须马上就来,他说别人说他会在三十岁之前死去。难道我怕死吗?

　　难道因为我是个姑娘,他就认为我不能为他效劳,为他而死吗?

　　啊!对于他,我可以做一个兄弟,我们可以身子挨身子地一起睡觉,我可以永远留在他身边保护他,啊!我会马上认出他的敌人!

　　啊!假如他死了,我也准备和他一起去死!

---

① 英文中John(约翰)、法文中Jean(让)、西班牙文中Juan(胡安),都是同一个名字。

第四场
西班牙国王、侍从、掌玺大臣、女演员

西班牙国王的海上浮宫。一个很大的金碧辉煌的大厅,由数根螺旋形柱支撑着,从半开的大玻璃窗中透入光线。一丝暗金色的光由海面反折从低处射入房间。

［西班牙国王,身材高大,端肩缩脖,脸色苍白,眼窝深凹,浓眉、瘦脸,不露一丝笑容,颇像扑克牌中的黑桃王,而他的先王,前两幕中的国王则更像红心王。

［他直瞪瞪地盯着由一块水晶岩雕成的死人头,它放在桌子中央一块黑丝绒的垫子上,在落日余晖中熠熠发光。

国　王　有什么权力能阻止我立即将这可咒的石头,罗德里格从墨西哥的坟墓深处掘出来的这一智能器官,嘲弄一般摆到我面前的这个透明的脑壳从窗口扔出去?

才智横溢的海绵,在我的思想与被大地的曲弧挡住的东西之间,有一个极不公道的中间媒介。

一秒钟……一无所有。一秒钟……一切都抹去了,不知是这水晶还是我可怕的绚丽多彩的思想被抹去了缤纷的色彩。

一刹那，在十里雷霆风暴中，在疯狂的太阳照亮的怒浪惊涛里，我难道没有看见"罗莎里奥号"吐着火舌，尾舵冲天沉入大海，国王的旗帜在巨浪的泡沫中消失得无影无踪？

眼下，这死气沉沉的黑夜里，飘着鹅毛大雪，小小的光点到处狂舞。

我的眼前呈现出漂满了沉船残骸和被刀剑刺死的水手的海岸。

在先知般虚无的海里固执地不断上浮下沉的这具尸体，我不用细看，只看肩膀，看他绕挂着金线与花边服饰的颈脖，

就能认出海军统帅本人，英俊的梅迪纳·西多尼亚公爵来。是你吗，费力浦？

谁能阻止我把这块石头，这颗精心雕成的脑壳从窗口扔出去？除了一颗贪婪的心，一颗没有任何灾难能使其满足，只有在大福临头时

才打开自己扉门的心。

我身上发生的一切都在意料之外么？我曾产生过什么幻想？

我真的疯狂到相信能用两万兵士，用这战船充足，装备精良的无敌舰队去征服英格兰吗？

所有这些纠纷，四面八方约定日期揭竿而起的造反，苏格兰，爱尔兰，所有这些野心，竞争和亟需调解的利益，还有要在荷兰的炮火下在佛兰德装上船的帕尔马①的军队，

---

① 帕尔马，意大利城市，当时是一个小国。

这些难道不是众多洞开的通向厄运的大门？谁能信任机遇，谁有权利等待？

在漂荡的大海上建立军队，并把珍宝和士兵托付给不测风云之人，怎称得上国王？

然而我别无他择，必须干些什么事。动手干就是了，用不到等待什么希望。

对于基督教国家，异端是一股污水秽气，对于一颗普遍的心，它是一个可怕的、令人憎恶的怪物。

我仅有一次机会，一个天主教国家的职责就是利用这机会，去粉碎克兰麦和诺克斯①，把这个残酷的斯库拉，这个长着人面的哈耳皮埃②，吸血鬼伊丽莎白③，钉在岩石上。

我尽力而为，我堵塞此洞不让反对我的人通过，我敬仰天主，他在我的信仰周围筑起神奇的围墙。

［他用黑丝绒毯子的一角盖住死人头。侍从急冲冲闯入。他长得漂亮，一把金色的小胡子，穿一条填得胖鼓鼓的黑套裤，四肢和关节都离奇古怪地歪斜着，构成了不同的角，就像木匠的曲尺。

侍　从（急速而笨拙地闯入）陛下！好消息，陛下！捷报！无比

---

① 托马斯·克兰麦（1489—1556），新教徒，坎特伯雷的第一个大主教，被当作异教徒烧死。约翰·诺克斯（1505—1572），苏格兰宗教改革的主要领袖，创立长老会。

② 斯库拉，本是希腊神话中的六头女妖，住在意大利墨西拿海峡的岩礁上。哈耳皮埃，希腊神话中司暴风的鹰身女妖。

③ 指英国女王伊丽莎白一世（1533—1603），1558 至 1603 年间在位。

荣耀的喜讯！

  赞美护佑着西班牙的天主！谁会产生半点怀疑，一场如此精心部署，有着如此崇高目标的远征，在一个如此出类拔萃的统帅指挥下，难道不会有一个绝对卓越、绝对完美、令人满意的结局吗？

国　王　（目光沉重地打量他）先生，安静一下，先把头脑清静下来，再把你要禀告我的有条有理地细细报来。

侍　从　恳请陛下宽恕！在整个西班牙充满喜气的今天，谁能克制住自己的欢乐？甚至连大海也在我脚下低吟悄舞，宫殿也连同它的那些镜子，那些绘画，翩翩起舞，兴然作响，
  仿佛刚刚拍打着多佛和南安普顿①峭壁的不可抑制的浪涛
  又对王家宫船龙骨下深深的涡形根蔓萦绕不已，
  这根蔓在天主保护下的西班牙四处怒放开三瓣的花冠。

国　王　抛弃这诗意的语言，明告我以实情。

侍　从　光荣的无敌舰队在天使们一路顺风的推进下，
  不费吹灰之力到达了加莱和格拉夫林②，
  在那儿，在准备好的舰船上，它装载了帕尔马的军队。

国　王　弗罗比歇和德雷克③的舰队又在哪儿呢？

---

 ①　多佛，英国港口，在多佛海峡（即加莱海峡）。南安普顿，英国港口，在英吉利海峡。
 ②　加莱，法国港口，与多佛遥遥相对。格拉夫林，法国港口。
 ③　弗罗比歇（1535—1594），英国航海家，1588年曾与西班牙无敌舰队开战。德雷克（1540—1596），英国航海家，曾作第二次环球航行（1577—1580），与西班牙海军作过战。

侍　从　他们的碎片残骸撒布在英吉利海峡，爱尔兰海岸，赫布里底群岛和布里斯托尔海湾①上。

国　王　在地图上可不是这么回事。

侍　从　没有丝毫可疑之处。

国　王　是从海军统帅那儿直接传来的消息吗？

侍　从　不是，不过在巴约讷②，人们只谈论这件事。

国　王　谁告诉你巴约讷的消息的？

侍　从　一个犹太商人，今天早上刚到，巡捕询问了他。

国　王　感谢天主给了我们这样巨大的成功。

侍　从　我们的舰队鼓足风帆，在泰晤士河溯流而上，已在猛轰伦敦塔了！

国　王　我们该安排"感恩赞美诗"的庆贺，并开会讨论我们将对大不列颠采取的对策。

侍　从　在你的胜利中只有一个阴影，我应该告诉你。

国　王　说。

侍　从　也不知是怎么回事，可怜的梅迪纳·西多尼亚公爵溺水身亡。

国　王　愿他的灵魂归属天主！（听到外面有争吵声。）怎么这般乱？

〔进来一个内臣。

内　臣　大人，有个女人自称陛下要召见她，请求带她来面见

---

①　赫布里底群岛和布里斯托尔海湾均在英国。
②　巴约讷，法国港口城市。

陛下。

国　王　等一下。（对侍从：）你找到堂罗德里格没有？我早就明确暗示过你，我非常想见他。

侍　从　堂门德斯·莱亚尔已担负了这项使命。

国　王　那么，他怎么回答呢？

侍　从　他什么都没有回答，但是他在门德斯·莱亚尔的背上别上了天使加百列的画像，他还用鞋带拴住了他的鼻子毫不让他撒谎。

　　　　可怜的贵人还在为这一凌辱而战栗不已！

国　王　好的。先生，现在请你暂时回避一下。

　　　　（侍从消失。国王对内臣：）

　　　　请夫人进来。

　　　　〔内臣下场，女演员上场。

女演员　大人！大人！我跪拜在陛下的膝下！

　　　　〔她照自己说的跪拜，姿势十分优雅。

国　王　请起，夫人！

女演员　大人，我的国王！怎么说呢？从何谈起呢？啊！我知道我是何等的大胆鲁莽！然而国王们的仁慈不是像埃斯科里亚尔花园里的大水盆一样吗？充足的水源虽然不知何时从遥远的山峰上流来，但云雀永远可以在此痛饮解渴。

　　　　〔她站起身来。

国　王　夫人，不要害怕，说吧，我听着。你和我，我们不是从事着同一个职业，每人都在自己的戏剧中吗？

女演员　（以嘹亮的嗓音）　啊！万一，哦，我的国王，我的嗓音能

把洛佩①和卡尔德隆②的独特风格一直送入你的心底,

　　万一,看到西班牙化身于皱纹满脸的我跪倒在塞多留③膝下,你的心还会激动不安,

　　那就请屈尊细听我一个女子的苦苦哀求吧!

　　因为,假如我真的将自己纯朴的感情融入这些伟大词语并将它们变得十分敏感,

　　那么理所当然,我在舞台上创造的所有这些形象,这些只有我才能赋予他们生命力的造物,就会反过来

　　围绕着我,像一根根粗大的支柱一样供我倚靠!

国　　王　　我听着你。

女演员　　堂费力浦·德·梅迪纳·西多尼亚……

国　　王　　我早已料到你会说这个名字的。

女演员　　大人,堂费力浦,我的小费力浦,

　　啊!没有人比我更清楚地知道,他生来就不是一个统治英格兰的人!

国　　王　　夫人,谁人对你说,我有个英格兰可当礼物送予他?

女演员　　谁都知道陛下刚刚征服了英格兰,天主驱散了他的敌人。

　　消息一下子就到处传开,就像干草着了火一样。

　　听听,这四面八方都回荡着歌声和欢呼声。

---

　　① 洛佩·德·维加·卡尔皮奥(1562—1635),西班牙诗人、剧作家。
　　② 卡尔德隆·德·拉·巴尔卡(1600—1681),西班牙剧作家。
　　③ 塞多留(前123—前72),古罗马将军,参加反对苏拉的活动,企图在西班牙搞独立,被庞培打败,遭人刺杀。高乃依于1662年以他的事迹写过一出悲剧。

国　王　没错,今天是西班牙的大喜之日,这个重大日子要给西班牙留下美好的回忆。

女演员　陛下,把费力浦归还给我。没有人比我更清楚,他不是统治英格兰的人!

　　啊!我把他制服得那么厉害,他从此根本就不能拥抱我身外的一切。我比英格兰更有价值!

　　当他投入我的怀抱时,拍击着异端分子巢穴的永不止息的汹涌澎湃的海浪声就不再妨碍他入睡了!

　　藻类的气味、泥炭的烟味和雨中橡叶的气息,都永远不能使他忘记把他引到我这儿来的玫瑰与茉莉的醉人芳香!

国　王　你对他这般放心,还怕什么呢?

女演员　我害怕被篡位的女子打入囚牢的这个玛丽①。

　　我漂亮的费力浦解救她,她立刻就答应嫁给他。他就在浓雾与冰雪之中成了英格兰的国王。

　　我演过的所有历史故事中事情就是这样。可怜的费力浦!完了,我对他已不值一钱。

国　王　玛丽女王现在已不在英格兰。

女演员　她在哪儿?

国　王　就在此地,在我脚下,我不相信她竟有如此漂亮。

女演员　陛下,我不明白你的话。

国　王　没有哪个玛丽如此漂亮如此诱人,正因此,我喜欢看到她来到我面前。

---

① 见第三幕中第十三场注释。

女演员　陛下，我怕你！请向我敞开你的思想！

国　王　我的女儿，堂费力浦属于你！抓牢他，我把他给你了。再次见到你是多么快乐！

女演员　哦，陛下，你是多么仁慈，我亲吻你的双手！怎么，你将对他说回到西班牙来？

国　王　我怎么与内心的冲动斗争呢？
　　　　我将把费力浦给你，但你要找一个替换他的人给我，好去统治英格兰。

女演员　陛下，不要嘲笑我！你身边有的是文臣武将，在他们中随便挑一个不就行了？

国　王　我已选择的那位令我难堪，他拒绝去我愿他去的地方。

女演员　怎么，有人竟敢违抗你的命令？

国　王　我并未颁布命令。对于服从我的人，并不需要命令，我的意志会像一股激流从四面八方包围他，驱使他。然而他却处于一个我无法左右的地位。

女演员　啊！我若是你的掌玺大臣该有多好！我会找到充足证据，一下子打他个措手不及，立足不稳！

国　王　你比我的掌玺大臣更加厉害！

女演员　那个人还很年轻吗？

国　王　他老了，只剩下了一条腿。

女演员　你说的是堂罗德里格？

国　王　正是他。

女演员　是堂罗德里格，那个卖画的人，拒绝当英格兰国王吗？

国　王　他若看到泪汪汪的玛丽跪倒在他脚下，他就不会拒绝了。

女演员　那么，我就是玛丽喽？

国　王　我不知道你还会反常到固执地想成为别的角色。

女演员　刚从伊丽莎白的监牢中逃出来？

国　王　受到西班牙国王的秘密接待。

女演员　那么，万一发觉是个骗局，他会怎么办呢？

国　王　老鼠落入陷阱时，它会怎么办呢？这时，责任就是一只围住它的捕笼，它将无法逃脱。

女演员　在你所有的臣仆中，你需要的真是罗德里格吗？

国　王　除他以外，没有一人配得上占有英格兰。

女演员　要不要我去恳求他接受英格兰？

国　王　我只等待着他自己的请求。

女演员　你将把费力浦还给我？

国　王　在这海上，在这军队中与费力浦的名字相应的一切，我都送给你。

女演员　我一定把罗德里格给你带来！

〔她诺诺拜谢，下场。这时，大厅里站满了各种人物，有文臣武将，达官贵人，外交使节，构成了一幅可称为《西班牙国王的宫廷》的生动画面。有那么一股《夜巡》①的味道。这种很难的造型一旦完成，众人就如泥塑一般纹丝不动。

国　王　（拍手）诸位爱卿，我需要你们，请注意听。

众　人　（齐声回答）悉听陛下吩咐。

〔众人皆装出一副所能想象的最虚假最得体的聚精会神的

---

① 这是伦勃朗的一幅名画。

　　　　　模样。
国　　王　我想众卿都已闻知传来的特大喜讯，
　　　　　敌军被暴风雨打得四处逃散，我们的人马重新聚集、联合，异教徒四分五裂，互动干戈，我们强大的军队乘坐在舰船上，正齐心协力地向伦敦进军。
掌玺大臣　让我们感谢天主，是他以非凡的聪明才智在我们身上神奇地完成了他的杰作。
国　　王　荣耀只归于他一人，只归于那看不见的巨大星体，它引导世间万物的进退消涨，它使
　　　　　对它所爱的民族而言，失败并不比胜利更不利，接受并不比给予更不利。
掌玺大臣　有消息说堂费力浦·德·梅迪纳·西多尼亚死了。
国　　王　是的。对此最好保守秘密。
掌玺大臣　谁将代替我们英俊的公爵去统治英格兰？
国　　王　你自己，掌玺大臣，如果这对你合适的话。
掌玺大臣　我的职责是监察而不是管理。
国　　王　（对群臣）假如你们中有谁向我要求英格兰，我就给他。
　　　　　（众人纹丝不动，鸦雀无声。）
　　　　　怎么，你们中谁也不想要英格兰吗？
掌玺大臣　他们害怕的是陛下你，是你藏于深不可测的心底的计划。
国　　王　好吧，我已经确定将那些罩在浓雾中、阴沉而潮湿的岛屿交给谁了，
　　　　　透过狂风暴雨，我们天主教太阳的一丝光线终于照到了

那儿。

掌玺大臣　我们等着知道他的姓名。

国　　王　我等待着他来向我们自荐。

　　　　　长久以来，他一直逃避到天涯海角，自豪地在我们未曾到达之地开创业绩，以他的发明创造为我们赢得他自身影子的长度。

　　　　　你们不时看到他在西方和东方的城门前碰得鼻青脸肿。

　　　　　现在，曾将他送往天南海北的波纹涟漪，又将他不可抗拒地带回到我们身旁，他的船队均已沉没，

　　　　　他脚下只剩下这条破裂的舰船，

　　　　　然而在那船上，他仍肆无忌惮地向我们的王家大舟挑衅。好吧，我担保，如果他不是拿我的旗帜在倒影的水面瞎闹着玩，而是直接来找我，那么，他要求的一切我都会给他，我将会起用他。

掌玺大臣　为什么当他年轻有为、身强力壮时抛弃了他，而现在他又老又残时却要重新起用？

国　　王　不是我，而是时势抛弃了他，他当时真是不识时务；

　　　　　可以说，他与它们不再共命运同呼吸，而是互不期待，互不理解。

　　　　　我的责任不就是立即卸下卡死的和吱嘎作响的齿轮吗？

　　　　　要不，如他以前在美洲所做的那样，将自己的意志强加于人，赋于可塑性物质以某种形态，

　　　　　要不，以万无一失的耳朵恰到好处地干预，跟存在之物和解，那远不是同一回事，

因为事物提供了运动，而我们提供了智慧。
一切看似不协调的事物会十分自然地走向和谐。
既然他老了，我想他也明白，他现在应该多听少干，
应该将人类的兴趣和激情引向他们命中注定的政治婚姻。

掌玺大臣 这么说，你将把绘有豹子与竖琴的纹章的继承权赐予他，这个拖着一条木头腿的商贩吗？

国　王 为此事，我只等待一个信号。

掌玺大臣 哪个信号？

国　王 我不会去找他，我不会向他颁布任何命令。我要让他来求我，我将把英格兰给他。你们从来不敢向我求什么，除了那些贵族称号，一些绶带头，几袋钱，几顷土地，
然而，这个全部家当只有海上三块木板的乞丐，
愿他向我要求英格兰，我将把它给他。

第五场
比丁塞带领的第一队人、
伊努鲁斯带领的第二队人

置景工在大海中央马马虎虎地安放上一个岩洞,像松糕一样轻。第一场的人物上场,分成两队,伴随着大量的哑角,等一会儿就会看到,这一点很有必要。

﹝在松糕的一侧是曼贾卡瓦略、阿尔科切特和比丁塞教授。另一侧是博戈蒂略斯、马尔特罗皮略和伊努鲁斯教授。这些人正在推船,船舷下露出他们的腿脚,因为大家知道,没有腿脚,这些船是不会行走的。

比丁塞的第一队　这就是我们的浮筒。这儿,我们在上面插了小红旗,我认识它。

伊努鲁斯的第二队　这就是我们的浮筒。这儿,我们在上面插了小红旗,我认识它。

比丁塞　哦!我实在太激动了!

伊努鲁斯　哦!我实在太激动了!

﹝喊叫声。每一队都在船头上拴绳索,将绳索固定在浮标上。

第一队　当心！大伙齐心用力拉。成功与否在此一举。

第二队　当心！大伙齐心用力拉。成功与否在此一举。

比丁塞　为什么在此一举？

〔伊努鲁斯做着哑剧动作，让人明白他也在说着同样的话。

第一队　你们没有听说吗，整个英格兰舰队都去了海底？

〔第二队也以动作手势说着同样的话。

比丁塞　怎么？

伊努鲁斯　怎么？

第一队　看来，有什么东西快升上来了！每当什么东西沉到水底时，总有别的东西要升上来了。

第二队（说着同样的话，并且补充）　这就是平衡，怎么！

第一队　这就是平衡，怎么！

比丁塞（好像要拿松糕对面的伊努鲁斯做证人似的）　多么奇怪的迷信！

伊努鲁斯（同样请松糕作证）　多么奇怪的迷信！

比丁塞　现在拉吧！

伊努鲁斯　现在拉吧！

第一队　拉喽！

第二队　拉喽！

〔他们并没有真拉。

第一队　你给大伙儿每人半个杜罗，我们就会好好拉的。

第二队　只要给每人一个小杜罗，我们就会使劲拉的。

比丁塞（高高举起双臂）　真是可怕的敲诈！

伊努鲁斯（高高举起双臂） 真是可怕的敲诈!

　　［他声嘶力竭地叫喊。

比丁塞　我已经给了十个杜罗，要是我们捕到雌鱼，再给十个杜罗。

伊努鲁斯　我给了已有十个杜罗啦。假如我们拉出瓶子，还有十个杜罗。

比丁塞　加把油啊，要知道，我总担心会碰上伊努鲁斯。多蠢的长耳驴！他竟以为你们系住的是一个瓶子。

伊努鲁斯　要是碰上比丁塞这个该死的家伙，我不能不害怕。多笨的绵羊脑袋！他硬说你们叉中的是一条雌鱼！

　　［他声嘶力竭地叫嚷。

第一队（谨慎行事） 像这样的酒瓶，很少有在海里游荡的。不管怎么说，我们总算把它捆住了。但对我们来说，它实在太沉了，它自己跑去卡在松糕洞里了。

第二队（同时） 像这样的雌鱼，我们不敢说曾经见到。这次见它，也只有那么一眨眼工夫，不过这已经够了，我们扔出绳索套住它，它再也跑不了啦。但它实在太厉害了，竟跑去躲进了一个洞里。

比丁塞（跺脚） 这不是个酒瓶，是条雌鱼！

伊努鲁斯（跺脚） 这不是条雌鱼，是个酒瓶！

比丁塞（狡诈地） 这条雌鱼，它是什么样的？

第一队　我们只看见它一小会儿工夫。

比丁塞　是不是滚圆的，闪着光亮，像个粗酒瓶？

第一队　我来说，是这样的！滚圆闪光像个粗酒瓶。

比丁塞　你们看到没有,它像一道光线那样,一会儿熄灭,一会儿又重新燃亮?

第一队　正是这样,嗳,曼贾卡瓦略?一道光线,像他说的那样熄了又亮。

伊努鲁斯　那个酒瓶子,是什么样的?

第二队　那是一个粗瓶子。

伊努鲁斯　好!那瓶子里有些什么?

第二队　请原谅,我们只看见它一会儿工夫。或者还不如说是借着正在落山的红日看见它在水底白沙地上留下的影子。

伊努鲁斯　你们没有看到一大堆东西在里面动吗?

第二队　酒瓶里总是有一大堆东西的。

比丁塞　别废话了!现在我们干吧!

伊努鲁斯　现在我们干吧!

比丁塞　拉吧!

伊努鲁斯　拉吧!

第一队　一起拉喽!

第二队　一起拉喽!

〔两队分站在松糕的两边,各拉一边的绳开始拔河。

第一队　来了!

第二队　来了!

第一队　真沉!

第二队　真沉!

〔他们住手。

阿尔科切特(阿谀奉承地)　教授先生,在重新开始之前,能不能给我们解释一下，你执意来采集的动物是用什么做成的？

比丁塞（庄严而神秘地） 开天辟地之时，在里阿斯统[①]和白垩纪[②]，沸腾的大海中游行着有光泽的坚皮鲸。

阿尔科切特 真有趣。

比丁塞（做出拿粉笔在黑板上画的动作） 我们追捕的动物是那些幼稚时代的幸存者。我在一本德文书中见过它的画像，我还在各地零零碎碎地搜集到它的残骸碎块。

阿尔科切特 真有趣。它是什么样的？

比丁塞（简单明了地） 它只有一只眼睛构成镜头，镜头上面是一盏开闭自如的聚光灯或是航标灯。

嘴巴？嘴巴是什么样的？它没有嘴。它完完全全堵住了嘴。

但在胃中央可以看到有一对轮子，轮子上一条皮带或是细带永不休止地沿8字形转动着，

在皮带上印下了由镜头摄下的图画。

阿尔科切特 很有趣。

比丁塞（*cantabile con molto espressione*[③]）：第二个轮一动，这些图画就进入了某种经过适当冲洗的像钳子或刷子之类的东西里，它将图画清楚地显示出来，再把它们送交给消化机械。

[①] 地质年代，是中生代第二个纪侏罗纪（距今一亿九千万年到一亿三千六百万年）的下统，又称黑侏罗。

[②] 地质年代，距今一亿三千六百万年到六千五百万年，是中生代最后的纪。

[③] 意大利文，意为"满带表情地吟唱"。

自从 peutétroptère[①] 以来，还从来没有过更漂亮的东西呢！

阿尔科切特 我们怎么来称呼这样的鱼呢？

比丁塞（热情地） 我们管它叫**乔治发热**[②]，**乔治**是我的名字，乔治·比丁塞，

发热就是鱼的意思。所有的雄鱼雌鱼都这样称呼。

阿尔科切特 很有趣，你说，这种畜生真的存在吗？

太有趣了。

比丁塞 当然存在！它有权存在！这是恰当的假说。

它比实在还更实在，它是不可缺少的。

伊努鲁斯（好像是紧接着这番对话） 但是，如果你们能照你们说的把酒瓶带到船边，你们肯定能看到一些东西。

博戈蒂略斯 当然啦，我们看到了一些东西。

伊努鲁斯 你们看到了什么？

博戈蒂略斯 好吧！猜猜看。

伊努鲁斯（抑制住激动） 假若你们想知道我的想法，我就告诉你们，这个瓶子不会是别的，正是提亚纳的阿波罗尼奥斯[③]扔在海里，庞大固埃[④]寻求的那只神瓶。

---

① 这是作者臆造的一个词。
② 原文 Georgeophage，phage 这个后缀有"吞食"之意，此词可理解成吞吃乔治。
③ 阿波罗尼奥斯（16—97），希腊神秘派哲学家。提亚纳，希腊的一个地名。
④ 庞大固埃是拉伯雷小说《巨人传》中的主人公巨人国王，为寻神瓶而周游世界。

博戈蒂略斯　谁是阿波罗尼奥斯？

伊努鲁斯　阿波罗尼奥斯是过去的一个大学者，他找到了把时间装进瓶子的办法。人们把瓶塞塞紧后就万事大吉了，时间不会流逝了。

博戈蒂略斯　真是一个好主意。

伊努鲁斯　就给我们讲讲你看见什么了。

马尔特罗皮略　说不上看见，雾太浓，只不过听见什么罢了。

伊努鲁斯　你听见什么了？

马尔特罗皮略　一头毛驴叫？

伊努鲁斯　那是西勒诺斯[①]的毛驴。在酒神节的月光下，它爬 *ad Parnassum*[②]。

　　　〔他声嘶力竭地叫喊。

马尔特罗皮略　普拉什！普拉什[③]！好大的鱼儿跳出了水面。

伊努鲁斯　那是普洛透斯[④]在四支长号的伴奏下喂他的海豹！

马尔特罗皮略　就像骏马奔驰在滚动的石头上的蹄声。

伊努鲁斯　那是人头马怪在基塞隆[⑤]的乱石坡上滚进了夹竹桃丛中！好！

　　　〔他声嘶力竭地叫喊。

---

① 西勒诺斯，希腊神话中的山林之神，酗酒常醉，以毛驴代步。

② 拉丁文，意思为"向着帕耳那索斯"。帕耳那索斯，希腊山名，据说，那是阿波罗与众缪斯住的地方。

③ 这是马尔特罗皮略说"发热"时的讹音，他是发现了鱼。

④ 普洛透斯，希腊神话中变幻无常的海神，能预知未来。

⑤ 基塞隆，希腊山名。

第二队 （仿佛只等待着这一声号令，随着一声吆喝，一起往十二只手心上吐唾沫，在音乐声中威风凛凛地挺直了身子，音乐声一直延续到这一场结束） 好！向前喽！

第一队　向前喽！向前喽！

　　　［他们都向后拉。

比丁塞和伊努鲁斯　拉呀！拉呀！

第一队和第二队　拉喽！拉喽！（他们拼命拉，Tug-of-war①。）来了！来！——加油！——太沉了！太沉了！——向前哟！向前哟！——向后哟！向后哟！

　　　［绳索断了。众人都摔了个四脚朝天。

---

① 英文，意为"拔河"。

第六场
女演员、堂罗德里格、侍女

女演员站在前台幕前，穿着短上衣，露着胸脯和臂膀。可以想象，她正在化妆室里涂脂抹粉准备上场。她面前有一面大镜子。桌上化妆品堆里有几张揉皱的纸。所有的家具和小道具都用清晰可见的细绳系在大幕上。

侍　女　（递上一只装黑颜料的小钵）夫人忘了眼睫膏了。
女演员　你说得对。用一点眼睫膏，我的眼睛只会更亮。发暗的弧形眼皮能让人物的容貌更加焕发。

〔她用一支小描笔画眼睑，然后缓缓地将眼珠从左转向右，又从右转向左，睁开，闭上，再睁开，再闭上。

侍　女　折腾了老半天，竟是为了去求一个半死的卖花生老头，让他从我们手中接受一个王国！
女演员　玛丽艾特，别说这个！你不明白，玛丽艾特。这是个绝妙的场景！我一生从没演过如此漂亮的角色！一个金子般的角色。多么遗憾啊，没人看到这场戏！等我到马德里时，我还要在演出季节中再演，这满可作为在王宫演的 *sketch*①，你瞧着吧！

脸上不要抹红。只要在两个耳垂上来一点点胭脂红。你看怎么样？

侍　女　（拍手）　行了！光彩照人啊！

女演员　在简单中开始，在简单中开展，导出种种色彩来。十分平静，十分柔和，十分完整，带有一个痛苦的实质。简单！简单！充满尊严的屈从和投降。（平稳地发声：）啦—啦—啦啦！小小黄油罐！小小黄油罐；音调微微有些沉浊。

要简单，但是也要宏伟！我要在崇高的简朴中开始："先生，我谨邀请你……"

〔她参看一下纸条。

侍　女　夫人要不要我去把剧本找来？

女演员　没有剧本，玛丽艾特，这样更好。该由我把一切创作出来，台词和音乐。看配戏者的眼神，我就会接上台词。

只需安排情节进展就行，台词自会接上。

我用一段叙述来开场，自报家门，一大篇哀婉动人的无聊话，以最富音乐感的嗓音背诵出来。

然后，渐渐地，是雄辩与激情的重大进展，泪流满面的王后跪在那无赖的脚下，字字声声皆有调，我希望这一切显得狰狞可怕，粗暴不堪，随时随地插入提问，一句话，一个感人的小问题。就这样！这里来一段插曲，那里来一段烟火，

---

① 英文，意为"短剧"。

明亮,明亮,温柔,感人,一只可爱的**小母鸡**!

而背后,自然,总要有女人的秘密,一些有所保留的、心领神会之物。

侍 女 噢!我会躲在某个旮旯里看你的!噢!要是夫人像那天晚上一样漂亮,那就太精彩了!我当时真不知往哪儿躲!整夜我都为此而哭泣!

(这时大幕徐徐升起,把镜子、化妆台和行头道具都带到了半空中。)

噢,我的老天,出了什么事?

女演员 我们到了幕的另一边了!神不知鬼不觉,我们就到了幕的另一边,没等我们参与,剧情就发展了!噢,我的老天,有人夺走了我的角色!我感到自己是这样的赤身裸体!赶紧躲到里边去,我们最终总可以从这一头或那一头出来的。

〔她们下场。二幕升起,露出(另一个演同一角色的)女演员,裸肩袒背,正在一张桌上作画,画前有只盛脏水的玻璃杯,罗德里格在她身边指点。

堂罗德里格 陛下允准我指点你作画,使我感到十分荣幸。

女演员(不抬头) 你最好告诉我,你想把这把雨伞画成绿色还是蓝色。我认为该是蓝的。

堂罗德里格 我嘛,我看它是红的,一种近乎于黄色的红。那下面顶着大风的福音传道者圣路加①正聚精会神地在写作。那是

---

① 圣路加,《路加福音》和《使徒行传》的作者。

阿维尼翁①的一条小街，沿着教皇的宫殿，那上面湛蓝的碧空中，画一根雪白的系艇杆，把它画成粉红色吧，好让它显得更白，它直冲云霄，好不自在！

在圣路加和这高杆之间画一只凌空飞翔的鸽子，它想停栖在那根系艇杆上。

女演员 我更喜欢圣马太②。

堂罗德里格 是呀，我怎会产生这么个可怕的想法，在他身后放上这座红石砌成、开着两道门，并刻有罗马大写字母与公牛头的高大的凯旋门。

女演员 这是个天使，他是马太的象征。

堂罗德里格 我很抱歉，不过公牛更好。你完全领悟了背景处的天空和长条云彩该有的色彩差异。

税吏圣马太升上降下，忙碌于两项贸易事务之间。

对，不过他太小了，看都看不到。

快，换一张纸！我们再画一个，刻在一座抛物线形的窗户上。

他长着一副罗马人的大脸，胖嘟嘟的脸颊刮得干干净净，下巴有两层垂肉，

披着一件黄色的托加③，就像佛僧披在肩上带铜扣的袈裟。

---

① 阿维尼翁，法国地名，曾为天主教教廷圣地。

② 圣马太，耶稣的十二门徒之一，原是罗马帝国的税吏。《马太福音》的作者。

③ 托加，古罗马人穿的一种宽长袍。

桌子下，一只巨大的穿着铅制凉鞋的脚

踩扁了加尔文，使他的口中吐出了魔鬼！

女演员 你真有运气，那个日本人对你撒手不管以后，你就遇上了我。

堂罗德里格 是的，他突然弃我而走。想必是寻机重返故国了。我肯定触犯他了。他们都那样！

不过我并不后悔，你比他干得还好，我们俩在一起融洽无间。但是，不管怎么说，总归有些事不能让男人和女人掺和在一起。

我不知怎的，当初灵机一动就问你会不会画画！那时，你正滔滔不绝地向我讲着毫无意义的一大堆啰唆话。

女演员 你没有征求我意见，你一下子就把我吞并了。

堂罗德里格 麻烦的是你不会刻板，但我相信你会很快学会的。日本人留下了所有的木头和工具。

女演员 这太好了，但是我必须回英格兰去。

堂罗德里格 根本没影的事。我已经对你说过，我丝毫不想认识英格兰。

我熟悉马略卡附近一个古老的小修院，里面有一个种满了柠檬树的**内院**，那黄黄的柠檬耀眼地发着光。

你将在那里好好地学画。你可以从早到晚在那儿清静地作画，没有人会来打搅。

女演员 好的。不过英俊的梅迪纳·西多尼亚公爵刚刚为我征服了英格兰。

堂罗德里格 我真想不到，美男子梅迪纳·西多尼亚公爵居然能

351

征服如此难以征服的东西。

女演员 谁知道？也许我的心不是属于他的。

堂罗德里格 好吧！嫁给他吧！我将在英格兰与你们开战！

女演员 堂罗德里格！为什么你对待我总是那么粗暴，那么凶狠？

堂罗德里格 快嫁给美男子梅迪纳·西多尼亚公爵！我只是又老又穷的老实人，而且只有一条腿。

女演员 我若要嫁人，就要嫁西班牙国王的儿子。

堂罗德里格 我没有别的要求，只想继续做你的朋友。

女演员 我更喜欢的人是你。

堂罗德里格 你能这么说，真好，尽管这不是真话。是的，这样说让我听了舒服。

女演员 我谁都不嫁！还在伦敦的狱中，我就发觉我有一个灵魂，一个活生生的灵魂，它不是为蹲监牢而活着。

我就起誓，我绝不听任别人把我关在牢中。

我就起誓，我绝不忍受一个男人的躯体安插在太阳与我之间！

我不愿生活在面团里！

我愿有人帮助我，不愿有人吞食我！

人活着，和你一起！我活着，和你一起，已经有两天了！可你对我什么要求都没有，你就像音乐，它什么都不要求别人做，但它一下子就抓住了人，使人与它和谐一致。

自从你来到这儿，这儿就有了音乐，我怀着热忱、信赖与节制将自身交出，就像投入一个强有力的舞伴的怀抱，我感到我满足了你的精神需要！你一在这儿，我就变得强健而欢愉，我感到自己光彩照人，清脆洪亮！

就像涤荡一切的号角，就像鼓舞士气，点燃勇敢之火的军乐！

同时，我们俩都是自由的！我对你没有丝毫权力，你对我也没有丝毫权力。多么媚人啊！只要我们在一起，音乐就一直持续不断。

堂罗德里格 好吧，我们就制作再制作，没完没了地制作画像吧。

女演员 不过，也许我很愿意和你一起做些别的什么，不是画像，也不是沙土蛋糕。

堂罗德里格 你是遵循西班牙国王的意愿前来找我的吧？

女演员 我为何不承认呢？梅迪纳·西多尼亚别的不会，就会让一个弱女子经历幸福与苦难。

国王需要跟我一起派往英格兰的人是你。他只等你去向他表个态。

堂罗德里格 我不去表这个态。

女演员 什么，你不愿帮助我？

堂罗德里格 我不明白国王陛下为何又突然想起了我！

身强力壮之时为何不需要我，等我肢残体缺了又要把我捡起来呢？

女演员 他的信赖是你的荣幸。

堂罗德里格 他冒犯了我，他不畏惧我了。

对一个残废人，没什么可害怕的。我将很荣幸地执行他的命令。

那美男子梅迪纳·西多尼亚对你或许会产生巨大影响，

而对我，他是什么也不用担心了。

女演员　是真的吗，亲爱的罗德里格？

堂罗德里格（愠怒地作笑）　不完全真。

女演员　你的君主是个伟大的政治家。我猜他在利用我们，坐山观虎斗。

　　好吧！我们为什么不像他要求的那样组织一个联盟呢？是他自己愿意的嘛。

堂罗德里格　有可能和你建立一个联盟吗？

女演员　亲爱的罗德里格。你我在一起已有两天了，我觉得在此之前从未有人了解过我，

　　想到这我不禁感到不好意思。

　　你唤醒了我心中未知的力量，当我听到你的声音时，一切都改变了位置，寻求异样的秩序，我仿佛感到有什么新颖而深刻的东西在我心中，我不能做别的，只能回答你的恳求。

　　啊！那么你呢？你不觉得我已经有些了解你了吗？

堂罗德里格　实在太对了！

　　这张全神贯注听我说话的脸孔真是妙不可言！

　　这双专注地凝视着我的美丽眼睛中透出智慧的光芒，对于我，它就像一个洁白的肉体！

女演员（用一块头巾盖住肩膀）　我不喜欢这地方，

　　假如我在毒辣的骄阳下再待下去，我恐怕会像卵石上的海藻一样枯萎干缩。

堂罗德里格　然而，你那阿拉贡人母亲已把你从头到脚变成了一个西班牙人。

你的脸是苍白的，但我不知是什么使它熠熠生辉。

女演员 眼睛吧，也许？不！是我涂在耳垂上的这一点胭脂。

堂罗德里格 正是它！这就是画龙点睛的重要性！嗐！我们说到哪儿了？

女演员 说到了英格兰，明天你将和我一起去英格兰。

堂罗德里格 是我将担负起那个舒适的使命，管理这被征服的人民吗？

在鞭子下劳动，每星期天都乖乖去听主教的布道，每月都为你把钱装进口袋，每年都替你把兜底腰头的最后几块铜板运送给马德里的国王，

这就是你交给我，让我用西班牙语向那些可怜的行政官解释的任务。

这倒使我想起了我以前的朋友阿尔马格罗在他种植园里说的话。

女演员 你要我们怎么办？

堂罗德里格 夫人，请问谁更能制服一匹马，

是骑在它背上拿马刺刺它的人呢？还是牵着缰绳拿鞭子催它的人？

女演员（拍手） 我明白了！啊！你就是我需要的人！

一匹需要主人的马不会想把他掀下地来，它不来什么哲学和神学！

必须给它事做！

啊！你成了瘸子，但我将把一个高级动物的腰背安在你的胯下！我的人民，我多么热爱他们！

你将和我一样热爱他们。

你和我将向这一国人民启示他们的使命。

堂罗德里格 你认为西班牙国王对这一小计划会高兴吗？

女演员 他有的是时间去慢慢习惯。

堂罗德里格 这么说，你想叫我欺骗我的君主？

女演员 是的，我们稍微欺骗他一下，对，对！

堂罗德里格 你将重新置我于四壁之中，家具之间，纸张之上？长期的假日与明媚的阳光都将与我绝缘吗？

那长久以来活在我心中的，伴随着我的海洋，那在我身躯下的帝国之床，我必须摆脱它们吗？

女演员（乐队奏起了《芬加尔岩洞序曲》的改编曲） 但在英格兰，我们从不远离大海，它一直在我们各郡的腹地摇荡。

海岛是一把巨大的竖琴，从中可抽出歌声与乐曲。

它一日两次引源接流，一直来到我们国家的腹地，滋润我们，哺育我们。

有它环绕在身边，与外界的一切隔绝，关闭在这布满食草类动物的大花园中，在这彩虹落脚到草丛的牧场之中，该是多么的幸福！

这就是对你这样的爱好者的必需之物！除此之外，要有办法轻易插手欧洲事务而绝不让他人干涉我们的事，要永远半包在神秘与迷雾之中。

可笑的无敌舰队的征服将不再重演。

啊！我将狠狠地惩罚不知自卫的叛徒和白痴！

你们其他人，大陆上的人，

你们无法想象地球上除了陆地还有别的。不，首先有的，是海洋，陆地只是在海洋之中。

这片汪洋，你们西班牙人视而不见，闭着眼急冲冲地想穿越它，快快到达彼岸，好在那边的土地上尽情地作威作福。

可我们英格兰人，整个大海属于我们，不单单这一小水洼，你们的地中海，

而且是整个大海，

包括在里面的陆地，只要这儿那儿架几座浮桥就够了。

我们浸透在里面！我们与什么都不沾！我们是自由的！所有的端头都是我们的出口！从四面八方涌来的无量的海水在亲吻我们城堡的台阶！

和我一起来到这欧洲的高空，到这由扇动的翅膀紧紧包围着的鸽笼吧！这里将无休止地飞出我的海鸥，我的鸽子，它们四面偷食，飞向世界各处的汪洋大海！

我们所在的这里，甚至没有潮汐！然而在伦敦，日日夜夜，我们的手指将摸到世界跳动着的脉搏！

当你在公事厅办公时，白日突然被人拦截，那是一艘巨大的四桅帆船驶行在泰晤士河上！

堂罗德里格　当云开雾散之时，红日放光之际，人们看到泥浆水也生气勃勃，化作千百万闪闪发光的小金片，那是不列颠神盾。

女演员　你将和我一起来英格兰了。

堂罗德里格　我若愿意我就来，不过，我想首先和你一起实现这个呢绒设想，

它叫作和平神之吻。看到咏诗班僧侣互相传递着由第一位从祭台上主祭那儿领受的吻时,我就有了这个念头。

他们以自己投下的影子彼此相接。

不过我们不要僧侣,我们用裹在长围巾里的妇女们代替。

她们互相传递着和平之神。

我有一块大呢毯,我们叫小水手裹藏在里头,要不,还是让我自己来干,我这就为你们摆好姿势。

第七场
迭戈·罗德里格斯、副官

一艘千孔百疮,破烂不堪的旧船鼓着风帆,艰难地驶向港口。(如果表演起来太复杂,那么迭戈·罗德里格斯手中一只装有帆船的普通酒瓶子就行。)

〔甲板上,站着统帅迭戈·罗德里格斯和他的年轻副官。

迭戈·罗德里格斯 从午夜起,我就闻出了马略卡的气味,好像一个女子用黑扇子一扇一扇地把这气息送了过来。只有科西嘉才有同样好闻的气息。

副　官 还有马赛城。
　　我可以交出科西嘉和巴利阿里三岛,而去呼吸帝汶岛海岸上湿木燃烧的气味!

迭戈·罗德里格斯 再要听到你说这种大逆不道的话,我就把你四脚朝天送到海底去。

副　官 啊!我刚拿舌头舔了舔,你就马上把它抽了回去!我还未用这有毒的酒杯畅饮呢!

迭戈·罗德里格斯(拿起望远镜瞧) 什么都没变!那是公证人的

事务所，那是大法官的殿堂，那是松柏丛中圣克莱尔修会的女修院！真可笑。

副　官　指给我看看，哪里是堂娜奥丝特蕾赫西莱的房屋。

迭戈·罗德里格斯　现在看不见。它在海岬的另一边。

副　官　趁此顺风，过几分钟我们就能到。今天晚上你就能下船。

迭戈·罗德里格斯　不，坐在这条龙骨上结满了藤壶①的破船上，我们已前进不了啦。太晚了。我这就让水手们抛锚。

副　官　你害怕了，船长？

迭戈·罗德里格斯　我害怕了，我害怕！是的。

副　官　害怕这等着你的快乐？

迭戈·罗德里格斯　什么快乐？堂娜奥丝特蕾赫西莱有的是时间结婚，并且一而再再而三地当寡妇，至少，我没有想入非非！我不是黄口小儿，会相信她在逝去的十年中一直忠实地恪守誓言。

副　官　我也不会相信。

迭戈·罗德里格斯　假如她爱我，她就会设法给我来信。

副　官　当然啰。

迭戈·罗德里格斯　说真的，她并不知道我在何方。但是，四海之上万物皆相连，一封信最终总能寄到。

副　官　我也这么说。

迭戈·罗德里格斯　谁能相信一个女人的誓言！没有一本书上可以找到例证使人产生联想。解释得很清楚了。

---

① 藤壶，一种附在岩石、船底上的甲壳动物。

副　官　敢情。

迭戈·罗德里格斯　为了试探她，我有什么可送她的呢！我老了，这艘千孔百疮的只配当柴烧的破船，便是我的全部家当。行商也好，从伍也好，我在陆上海里尝试的无一成功。

副　官　话也只能这么说了。

迭戈·罗德里格斯　我甚至没能发现任何新东西。其他航海者拥有了人丁兴旺、地大物博的国家，那里的人们分享了他们的姓氏。

　　而我，迭戈·罗德里格斯，是生活着海豹与企鹅的大西洋中一块红色的熔岩。

副　官　如你所说。一个可咒之地，连淡水都没有。

迭戈·罗德里格斯　她很美。她有土地，有金钱，马略卡的大户人家之一。求婚的人肯定不会少。

副　官　很可能，很可能。

迭戈·罗德里格斯　不是可不可能，这是肯定无疑的。

副　官　肯定无疑，肯定无疑。

迭戈·罗德里格斯　不，这不是肯定无疑的，你太放肆了！我说这太可耻了！

　　我为什么出发，还不是为她？为了能配得上她！把世上所有的金子拿来放在她脚下我都嫌不够！

　　啊！我从不曾相信她会如此背叛我！啊！我从不相信她跟其他女人一样。

副　官　彻头彻尾的一丘之貉。

迭戈·罗德里格斯　你要再拿这种口气说话，小心我揍扁你的嘴！

副　官　船长，你怎么啦？你不是一直和我谈着堂娜奥丝特蕾赫西莱的！

　　　　起先我还想为她辩护，但你回答了一切，你说服了我。

迭戈·罗德里格斯　学着点吧。我走过的桥比你走过的路还要多。你就等着见识见识什么叫女人，什么叫生活。

　　　　［堂阿尔辛达斯上场。

堂阿尔辛达斯　向**圣塔菲号**船长堂罗德里格斯致敬。我是堂阿尔辛达斯。

迭戈·罗德里格斯　你好，阿尔辛达斯先生，你就是海关关务员吗？

堂阿尔辛达斯　不，我不是关务员。

迭戈·罗德里格斯　我以为只有关务员才会如此迅速地让我们停泊呢。

堂阿尔辛达斯　在马略卡有的是明亮的眼睛注视着大海。有的是强劲的记忆惦记着**圣塔菲**。

迭戈·罗德里格斯　我明白了。你是我债主的代理人。好吧！我不会付钱的，你可以把我抓进监狱。

　　　　十年前你借我的钱，你可以在上面立一座十字架。

　　　　我只有这条破船了。要是行，你就自个儿往这上面贴钱吧。

　　　　货物不是我的。

堂阿尔辛达斯　堂迭戈，你侮辱了我。你在此地没有别的债主，只有一个人，你无权向她中止自己债务人的身份。

迭戈·罗德里格斯　你说的都是乱七八糟什么玩意儿？我不懂你的意思。

堂阿尔辛达斯　怎么!你竟忘了堂娜奥丝特蕾赫西莱?

迭戈·罗德里格斯　堂娜奥丝特蕾赫西莱还活着?

堂阿尔辛达斯　还活着。

迭戈·罗德里格斯　快说,她现在姓什么?她的丈夫姓什么?

堂阿尔辛达斯　你以为她十年里一直等待着你吗?一个如此美貌、具有魅力的女子?你是谁,来享受这样一颗赤诚的心?

迭戈·罗德里格斯　我是迭戈·罗德里格斯,我在大西洋中央发现了一颗崭新的宝石,谁都没见过。

堂阿尔辛达斯(上下打量他)　我越看越难相信,你竟能赢得马略卡岛上最美丽最贞洁的女子的心。

迭戈·罗德里格斯　她嫁给你了吗?

堂阿尔辛达斯　得了!她回绝了我跪在她膝下提出的彬彬有礼的请求。

迭戈·罗德里格斯　那么谁是她选中的如意郎君?

堂阿尔辛达斯　没人。她还没有结婚。

迭戈·罗德里格斯　这样一位美丽、富有、贞洁的女子,马略卡最高贵的女子,竟找不到丈夫?

堂阿尔辛达斯　怎么?堂迭戈,你还没猜到吗?

迭戈·罗德里格斯　不,我不知道!不,我不知道!

堂阿尔辛达斯　等一会儿她自己会来告诉你的。是她认出了你的船。她每天都登上高塔眺望大海,是她派我来的。

迭戈·罗德里格斯　为什么她不给我写信?

堂阿尔辛达斯　她不怀疑,你的忠诚与她同样坚贞不渝。

迭戈·罗德里格斯　堂阿尔辛达斯,我该怎么办呢?

堂阿尔辛达斯　我不知道。

迭戈·罗德里格斯　我要让这条船沉没，把我们全都掀下海去！这事不能这样做，我不配舔她的鞋底！

堂阿尔辛达斯　说得是。

迭戈·罗德里格斯　她知不知道我落得个什么模样？一个衰老的、一事无成的征服者，精疲力竭的水手，倾家荡产的商人，西班牙海上帝国最可笑而又最可怜的人。

堂阿尔辛达斯　你不穷，你不在时，有堂娜奥丝特蕾赫西莱照看着你的家产，你已经成为马略卡岛上最富裕的人了。

迭戈·罗德里格斯（对副官）　这就是女人，先生。可你却不断地说她们背信弃义！

副　官　请你原谅。

堂阿尔辛达斯　堂迭戈，快跪下，摘下帽子，为故土祝福，有一个忠诚的妻子在等待着你这位海外游子的回归。

第八场
堂罗德里格、堂娜七剑

堂罗德里格的船上。

〔堂娜七剑坐在桌前,双手托腮。

堂罗德里格(缓缓靠近七剑身后,把脸贴在她脑袋上) 我的小羊羔在想什么?

(七剑不回答也不动身子,胳膊伸过去搂住父亲。)

你有伤心事?不想对你可怜的爸爸谈谈吗?

堂娜七剑 我要把想法对你说了,你肯定不会像我希望的那样回答我。

堂罗德里格 你希望什么?

堂娜七剑 我希望你不要跟那个什么英格兰女王见面。

堂罗德里格 英格兰女王陛下。她不是玛丽,英格兰女王吗?你没见到我们的西班牙国王是那样对待她的吗?

她来跪拜在我脚下,我能撵她走吗?我能随便拒绝这项任何人都代替不了的使命吗?

我的良知要求我聆听她的话。

对我个人来说,她愿成为一个听话的学生。我们军队所征服的一切,她都让我尽情享受。

她身上有一种说不出的专注与顺从,使我深受感动。

在雪白的纸页上庄重地写下她的姓名是多么有趣。

堂娜七剑 我什么也不是,只有她才能按着心思改变你。

堂罗德里格 我的小女儿,你嫉妒了?

堂娜七剑 是另一个人嫉妒了。

堂罗德里格 对,我知道你说的是谁,从你的眼里我就看出来了。

堂娜七剑 母亲把我交给你就是为了让你永远属于她。

堂罗德里格 对,我知道你始终不断地属于她,成为她的一部分。

堂娜七剑 假如没有她和我在一起,我就不会那么感受到你了。

堂罗德里格 这么说,就无法踮起脚尖,一声不响地溜走?

堂娜七剑 我不仅仅是她,我还是你,我的灵魂里就有你,它窥伺你的行动。

你逃脱不了你的小七剑。

堂罗德里格 你的母亲,我习惯当她不在时跟她说话。

当她不在时,我跟她说话说得最好。

堂娜七剑 说吧,亲爱的父亲。她死了,她不在。

堂罗德里格 但是,她的守护天使也许在偷听我们的话?

堂娜七剑 他跟随你已经太疲劳了。他睡了,他听不见你的话。他辛酸地睡去,就像一个绝望的路人在旅店里熟睡,因为他早已不能动弹。

堂罗德里格 我是独自和我亲爱的孩子在一起吗?

堂娜七剑 是的,父亲!

〔他蠕动嘴唇,并无一言。她深情地凝视着他,随后转过脸把手放在他的眼睛上。

堂罗德里格（低声地，两手交叠放着） 我心中的泪流哟，大海都容纳不下……

堂娜七剑 怎么，你还没有得到安慰？

堂罗德里格 我的灵魂空空如也。只因她不在，沉重的泪水，我的泪水可以注满大海。

堂娜七剑 不过，她过一会儿就在了。很快。你爱的人，你爱的那个人，你很快就能重见她了。

堂罗德里格 我想总有这一天！这必不可少的分离，对，我亲爱的，即使在你活着时，在我张开双臂

把你紧紧抱在怀中

占有你而令希望干涸时，

有谁知道这一必不可少的分离

不是别的，竟是无底无望的贫困的始端，

我的命注定

落于这贫困之中，

完全彻底，毫无补偿？

堂娜七剑 你说的这是地狱！起源于无所事事的罪恶思想就在那儿。

只要人们相爱就有事要做。

为什么就不能不想你，而去想想她呢？

她本人，谁知她还需不需要你？谁知她还在不在呼唤罗德里格！谁知她是不是还困在一个我们不知晓的地方，只有你一人才能解救她呢？

堂罗德里格 我比哥伦布更大胆,一直奔向她身边,

然而我够不够强壮,能不能越过分隔开这个世界与另一世界的门槛呢?

堂娜七剑 只要是必行之事,就不要去考虑够不够强壮,再简单不过了。

为什么说门槛,就像有一道界线似的?当事物像鲜血与脉管合而为一时就没有什么界线。

死者的灵魂像一丝气息钻入我们的心房和脑子中。

深夜,我听到母亲在跟我说话,那么温和!那么亲切!那么充实!我们之间不需要什么话语就能相互理解。

堂罗德里格 七剑,告诉我,她说什么了?

堂娜七剑 没有一个词能在我们呼吸的体外空气中震响。

堂罗德里格 既然如此,怎么理解她的话?

堂娜七剑 一个俘虏能要求什么?它撕裂人心!

堂罗德里格 用什么样的手才能将解放之路通到她身边?

堂娜七剑 肉体不能通过之地,比万物更坚硬的爱情却能通过。

堂罗德里格 什么面包,什么水,能够一直走进坟墓,到她嘴边?

堂娜七剑 她没手没嘴,然而在非洲代替她位子的人并不少,他们有着该有的一切,日夜向着已把他们遗忘的西班牙发出绝望的号叫!

这一切不能连在一起吗?这不是同样的丧失,同样的困窘吗?

与此同时,贵妇与骑士正在管笛与竖琴声中翩翩起舞,与此同时,贵族老爷们正在比武场手持长棒互相刺杀……

堂罗德里格 　与此同时，某个老疯子正拖着残缺的肢体画图作乐……

堂娜七剑 　与此同时，我们的商人正走遍天涯，为带回一把珍珠，几桶油，几袋香料，

人们忘了一种更香的油，

一种更醇的酒，这水，真正的水，使我们再生的水，

那俘虏们的眼泪，那被我们解放，被我们带回送给他们妻子、老母的俘虏们洒在我们手上的眼泪。

堂罗德里格 　天主永生，七剑，你说得对，向前！我们在这儿干什么？为什么不上路到野蛮人的国度去？

为什么要找另一个非洲，而不是

多年来我早习惯于向它提出非分要求的那个非洲呢？

堂娜七剑 　真的？你愿我们出发吗？我已有了一个伴随的小兵，一个我从马略卡带来的屠家女。

堂罗德里格 　有三个人了！让我再找四十个勇士。

堂娜七剑 　我们找到的将不是四十个，你要是愿意，我们可以找他一万个！

对基督徒，可以要求一切；假如从他们身上还得不到什么，那是因为你不敢，因为你向他们要求得不够！

你试一下向他们要些东西怎么样？

你以为他们在西班牙就那么津津乐道于鸡毛蒜皮的琐事吗？

告诉他们该完了。

告诉他们你要去非洲，让他们与你同去，让他们都去死，

无一生还！

　　我们找到的将不是一万，而是十万人，我们永远没有足够的船只！不过我们不会接受所有的人！

　　西班牙国王本人，当个西班牙国王想必是件很滑稽的事！

　　当他看到我们出发，好！我肯定他也会愿意来的，他会和我们一起像个正直的小人儿一样为如此崇高的事业冲锋陷阵！

堂罗德里格　堂罗德里格将一瘸一拐地冲在整支军队的头里！

堂娜七剑　你在嘲笑我！

堂罗德里格　我要是嘲笑你，就让我的假腿落地生根，就让一个老无赖脚上的乌木接枝每年冬天都长出红艳艳的嫩芽，为两只小燕雀提供生存的食料！

堂娜七剑　那么，我们什么时候开始？

堂罗德里格　是流在我手上的泪水让我烦恼。我不喜欢别人在我手上流泪。

　　若能行善而又不让人发觉该多有意思啊！

　　像天主那样，悄悄地，不求受人之谢或被人识破，不让人顶礼膜拜，感激不尽！

　　不拿斧子砍破门，

　　而是像条鱼一样偷偷从身后溜来，神不知鬼不觉地与囚犯和狱卒开个玩笑，打开所有的门窗，这不是更可笑吗？

　　我要让不可抗拒的自由诞生于世，让它像东升的旭日缓缓驱散浓雾的阴霾，而毫不让人感激涕零！

堂娜七剑　为什么拒绝一个可怜的人所能给的一切，拒绝一颗天真的心所流的泪水?

  还有,亲爱的父亲,关键并不在于事情有不有趣,可不可笑,而是解救俘虏,赐予他们天主的荣耀。

堂罗德里格 当我解救了俘虏时(来吧,我愿意,他们将在我脚下哭泣!),

  还有另一些人仍然身遭缧绁。

堂娜七剑 可我们,我们仍要解救他们,只有当我们合眼时,死神才把我们从这一职责中解脱出来。

堂罗德里格 七剑,我的儿,倘若我对你说出我心中所想,你会看不起我吗?

堂娜七剑 你说吧,我的父亲。

堂罗德里格 真奇怪,想到戴着镣铐的阿隆索·洛佩斯,想到他的不幸将转到忧伤的洛佩斯太太和所有小洛佩斯头上,

  想到从此阿隆索就将落入他有限生存的非洲插曲中,成为我的北极星,

  我的心中并未掀起多大的波澜。

堂娜七剑 我的父亲,我从未想到你是如此冷酷,如此轻率。

堂罗德里格 我也从未想到魔鬼附住了我身!不过我要尽可能亮出我的想法,我要竭力让人理解我!

  我的孩子,请告诉我,是谁对发烧的病人最有用?

  是寸步不离病榻替病人放血,想冒着危险抢救病人,却不料夺走了他性命的医师?

  还是那个突然心血来潮想到大地的另一端去,结果发现了金鸡纳的

　　　　　　一无是处的饭桶呢？
堂娜七剑　当然是金鸡纳的发现者。
堂罗德里格　是谁解放了更多的奴隶？
　　　　　　是变卖家产一个个赎买他们的善人呢？
　　　　　　还是找到办法利用水力来推磨的资本家？
堂娜七剑　人各有法！耐心地向被荐来的众兄弟姐妹施善
　　　　　　还不是我们能做的一切，我们要热爱被俘和受苦的人，他们是耶稣基督的形象，我们要为他们献出整个生命。
堂罗德里格　好啊，我再次大败而退，但我坚信会有办法向你解释清楚，
　　　　　　为什么我被召唤去北方时会立刻产生一种感情，好像我的使命应在西方或在南方。
堂娜七剑　可这儿既非北方亦非南方，你随风漂流在平静的海面，
　　　　　　任你的想象力自由飘荡。
堂罗德里格　我为什么无权造出片片飞舞的纸张，就像樱桃树结出果实？或许，与甜美的果树相比是抬高了我自身，那我为何不能
　　　　　　像刺柏那样结出自己的果实呢？
堂娜七剑　因为我需要你，我母亲需要你，所有在阿尔及尔的俘虏需要你。
　　　　　　我们大家迫切需要你，不是你的果实，而是你的茎干。
堂罗德里格　要求我做别人能做得更好的事，就是需要我吗？
　　　　　　当你需要桌子时，你当然可以去求一位锁匠，也许他会替你做一个有点像桌子的玩意儿，

但要是换了我，我会去请一位木匠。

堂娜七剑　那么你的专长不是关心那些正在受苦的兄弟们喽？

堂罗德里格　我的专长不是——向他们施善，我不是奇人。

我不擅长从土耳其苦役犯监狱中拯救安东尼奥·洛佩斯，从天花病的血口中拯救玛丽·加西亚。

堂娜七剑　别说了，我亲爱的父亲，别说你一无所用！

别让我难受！别说在这悲惨世界中你不愿有所作为，有所作用！

堂罗德里格　不，七剑！是的，我知道我来这世上并非一无所用，我身上具有人们不可或缺的某种必需物。

堂娜七剑　你来到我们中间做什么呢？

堂罗德里格　我来扩大陆地。

堂娜七剑　什么叫扩大陆地？

堂罗德里格　举例说，法国人住在法兰西，但国家太小，憋得慌！它脚下有西班牙，头顶上有英格兰，两腰还有日耳曼、瑞士和意大利。你试试动弹一下，

这些国家后面还有别的国家，别的后面还有别的，一直到未知之地。五十年前没人知道那儿有什么。一堵高墙。

堂娜七剑　你想让这个未知之地消失吗！

堂罗德里格　你对我说要解救俘虏，但把他们从这一牢房转到另一牢房就是解救吗？换个禁室吗？对我来说，往日的西班牙比起阿尔及尔并不是一间更可忍受的囚牢。

堂娜七剑　总有一堵墙在什么地方阻碍我们通过。

堂罗德里格　上苍，那不是高墙！

对于人，除了上天，并无其他墙壁与栅栏！他在地上行走，从地上来到地下去的一切都属于他，不容将任何碎屑排除在外。

他的脚够得着哪里，他就有权走到哪里。

我要说，一切对他都不可缺少，不可放弃。他生来不是用一条腿走路，用半个肺呼吸。我们需要整体，整个身体。

至于受天主的限制或是受与我们同类但生来不遏制我们的人物的限制，那是另一回事。

我要的是完美无缺的苹果。

堂娜七剑　什么苹果。

堂罗德里格　寰球！一只可拿在手中的苹果。

堂娜七剑　从前在天堂里生长着的那只苹果吗？

堂罗德里格　它一直在那儿！哪里有秩序，哪里就是天堂。瞧这上苍，天文学家将告诉你那里缺不缺少秩序。

现在，全靠哥伦布，全靠我，

我们以自己的重量成了这巨大星球的一部分，

无比幸福地脱离了天主之外的一切。

我们什么都不要，只靠规律与数量和宇宙相连。多么辉煌的繁星！多么富有的天主！把我们的金币也加入到天主永不枯竭的财富中去吧！

堂娜七剑　当你仰首望天，你看不到脚下的洞，你听不到掉在你脚下深池中那些不幸者的叫声！

堂罗德里格　正是为了不让有洞，我才试图扩大陆地。罪孽总是在洞中产生。

人们在黑洞里作恶，而不在教堂里犯罪。

一道道隔墙，像是不断扩张的意识。有更多的眼睛在瞧着我们。我们引起的混乱搅扰了更多的东西。

而我们，当四壁洞开时，我们将发现，比起钵中小虫那样相互撕咬，世间有着更有趣的事。

堂娜七剑 我真不知道，你过去怎么会发现我母亲这样一个女子的。

堂罗德里格 我并没有发现，我是被交到她手中的。

堂娜七剑 而现在，她的死使你重获自由，多么幸福啊！

堂罗德里格 我的儿，不要说只有她和我两人知道的事。

堂娜七剑 与她的关系，一点点死亡就能将它切断。当我求你帮忙来拯救她时，你却不愿意。

堂罗德里格 另一项使命在召唤我。

（七剑不作答，用手指在桌上画线条。）

我的小博士有话要说。

堂娜七剑 父亲，我是那么爱你！可当你对我说要扩大陆地和所有那些大事时，

我就不能再跟着你了，太大了，我不知道你在哪里，我感到孑然一身，我只想哭！

人要是不相信自己的父亲，要是他不像我们那样纯洁，那么和蔼，还不如没有他呢。

堂罗德里格 这么说，我无权为别的而活，只能为了你喽？

堂娜七剑 你刚才说你被交到她手中，那你为什么还想摆脱她？太不地道了。

当初就不该答应让一个女人指望你。你向她许下的愿，现在你再也无权收回，我要代她争取。

堂罗德里格 假如你所要求的，我绝对无法给予，那怎么办呢？

堂娜七剑 怎么处理是你自己的事，活该！这是命令，你知道！只有服从！

我从不喜欢你在自己良心的大门口设起关卡，顺心者进，逆心者挡。

当我命令你做什么事而你却说不能够时，你知道什么了，你什么都不知道。睁开眼瞧着！

服从命令才是那么舒服，那么有力！

很自然，人们自己能想象一大堆东西。想象力能给你提供一大堆好玩意儿，它们都那么诱人，令人垂涎。

然而，你不能选择而只能接受的命令就像揪肚搅肠的饥饿。你丢下一切，凑到饭桌前来。

堂罗德里格 那么，我应该做什么？

堂娜七剑 应该承诺。

堂罗德里格 好吧！我承诺。

堂娜七剑 不能那么说：好吧！我承诺。只说：我承诺。然后往地下啐一口。

堂罗德里格 我承诺。

〔往地下啐一口。

堂娜七剑 我也承诺。

堂罗德里格 我承诺，然而我不会兑现。

堂娜七剑 那么，我也不会兑现的。

第九场
西班牙国王和他的朝臣们、堂罗德里格

西班牙国王的宫廷，如前文所描绘的海上宫殿。它建在许多马马虎虎绑结在一起的趸船上，宫殿噼啪作响，沉浮漂荡，水平高低不断变化，没有一个演员能站稳脚跟，漂亮的建筑也奇怪地扭曲着。

[群臣的哑剧表演，千姿百态，稀奇古怪，点头哈腰，交手叉臂，双目冲天或是盯地，身体扭曲着，表现出（伴随着一段放肆而带沮丧的乐曲）他们深深的懊丧与惊愕。摇晃的地面迫使他们屈膝弯腰以保持平衡，并常常将他们折成上中下三道弯。

甲　我的表兄失踪了。
乙　我的叔叔也失踪了。他给我留下了全部财产。我将变成大富翁。噢哈哈！哎呀呀！哎呀呀！
丙　哎呀呀！哎呀呀！哎呀呀！
丁　你们想想，我刚刚获得了在苏格兰六十年熏黑线鳕的专利权！看我的债主还说什么？
戊　梅迪纳·西多尼亚公爵的脑袋想必让一个巨蚌的两道壳给夹

住了。

    大晴天时，还能看到他在水底暗流中柔柔地晃动呢，
    只有镶着钻石珍珠的玲珑小鞋露在外面。

掌玺大臣（深沉的嗓音） 世态炎凉，人心叵测呵！

   ［没等他说完，船一晃，将他像离弦之箭一样射出来，穿过大厅，投到一个末等贵族的怀中，后者对这飞来殊荣深感诚惶诚恐。

甲 昨天，那位荒诞不经的巴约讷副省长说的没错。

乙 昨天，还有今天！

丙 都死了！这一回没什么可怀疑了。连个屁都没回西班牙。

丁 呜呼！我们的军队！

戊 呜呼！我们的舰队！

己 呜呼！我们的舰队！卡斯蒂利亚雄狮号、太阳王朝号、阿斯图里亚斯巨象号、比利牛斯堡垒号和西班牙大白号。

甲 比达索亚[①]的巡逻舰！

乙 圣费尔南德号，圣费迪南号。

丙 圣蓬斯号、圣阿尔蓬斯号、圣伊尔达封斯号……

丁 圣马克-基拉尔丹号、圣玛丽-佩兰号、圣勒内-泰朗第埃号、巴尔泰雷米-圣伊雷尔号……

戊 全都葬身海底，*De profundis*[②] 也无济于事，别想了！

甲 最神奇的是国王陛下的仪态。他竟面不改色容不换。

---

① 比达索亚，河流名，在比利牛斯山，有两段为法国、西班牙两国的边境线。
② 见第三幕中第四场注释。

乙　他没有取消任何庆祝活动。

丙　任何会见。

丁　怎么！与堂罗德里格的会面还要举行？

掌玺大臣　陛下的旨意。一切都没变。堂罗德里格将被庄严地授予英格兰的统领权。

戊　怎么！他还蒙在鼓里？

掌玺大臣　两天来，他一直待在一条船上。严禁他接触一切。诸位，你们都得听从旨令，恭恭敬敬地待他，就像对待陛下亲自选定的英格兰总督一样。

甲　这肯定很有趣！

乙　如此说，对堂罗德里格的选择就真相大白了！

掌玺大臣　我们有一位伟大的君主，当他闻知无敌舰队的溃败后，甚至当谣传的捷报聒噪我们的耳膜时，

　　　　他就想到了堂罗德里格。

丙　他来了。

　　〔堂罗德里格一身黑服，脖戴金项链，由一位朝臣搀扶，两名武侍护送进入大厅。众人忙不迭地鞠躬，随着海浪涌涨，动作先后不一，可谓千姿百态。舞台深处的一道帷幕打开，闪现出坐在宝座上的国王。群臣顶礼膜拜。由于他身下的趸船与罗德里格及众臣脚下的趸船浮动不一，他一会儿高过他们的头，神奇地高踞其上，一会儿又在他们脚下消失，只让人瞥见他那与地板一般高的戴着多齿金冠的脑袋，乐队对即将发生的一切都不感兴趣，解闷似的模仿着海水涨落之声，给人一种想呕吐的感觉。

国　王　靠近来，堂罗德里格，让我仔细瞧瞧人们频繁描绘的这副面孔，

　　闪射出众多光辉思想的脑门，能向命运发号施令的手臂，

　　有人在地图上指出过你想在美洲两大陆之间开掘的堑壕：

　　好一个精巧玩意儿，堂拉米尔的天才使它获得了圆满成功。

　　先生，你以为是因了它，和平才降临整个辽阔的帝国？我们才不受叛乱之苦，在两大陆地上广施宗教与捐税的恩惠？

　　后来，是你在汪洋大海之中，甚至在中国与日本之侧系住了这些环圈，

　　这缀撒在海中的菲律宾群岛，西班牙这艘古老的船，不无代价地在遥远的天际抛下了锚链，

　　我们的精神比你更迟钝，更凝重，然而总有一天，我敢肯定，它会认识到这些代价的用场。

　　多少努力赢得了酬报。但是，找什么样的位置才能使你不感到狭窄呢？

　　伟人是不需要什么的。他们嘲笑名誉与金钱。还有什么比为你的才智开辟自由发展之道，让你在我们厚道的阳光中纵横驰骋更好的报酬呢？

　　当你从唯利是图的考虑中超脱出来，投身于我们在海外的勤劳人民与其物质发展紧密相连的精神福利事业时，

　　那时，我们是多么敬佩你的基督教精神。

　　除了以适合贫困人们纯朴精神的方法，将理想的光亮，将崇高的美的映象，一句话，

　　将美的情感灌输到他们心中，还有什么更可称道的呢？

Item①,除了那些把毕生精力都用于教导人们蔑视财富、尊敬国家

而现在升天成为永恒的圣人,与日月同辉,与星辰共荣的伟人,还有什么更高尚的启迪人心的榜样吗?

堂罗德里格,假如有时对你艺术探索的尊敬引起我一丝善意的微笑,就请原谅吧。

翻阅着这些富有巧妙立体感的朴实的版画,我看到了一种奇特的想象力,不幸的是,由于手段的不足与对规则的无知,这丰富的想象力受到了限制。

你再一次让我钦佩,自然本身是多么遗憾地不能弥补所缺乏的正规教育,

先生,请相信,我们的学院充满了丰富的想象力,还有微微颤抖的敏感性和火山喷发般的激情,

但所有这美丽的天才都做不到清晰而又和谐的表达,做到真正为社会所用,他们不能经济地开发他们微小的领域,他们不能让我们的眼睛和脑子毫不疲劳地享受这令人羡慕的昙花一现的光彩,

但愿他们为自己的激狂所惊愕,听从祖辈明智的告诫而悬崖勒马,但愿他们以这条禁欲主义原则紧紧束缚自己:

前车之辙,后车之鉴,谁行前人之路必不致错。

请原谅,我这么长时间地沉醉于无聊的话题:

也许你认为我对这些问题并不缺乏学问知识,我以前听

---

① 拉丁文,意为"同样"。

过拉斐尔的课,

我说的是拉斐尔·科兰[1]和科尔蒙[2]。

不过,话就此打住。你把时间消磨在听这番幼稚的道白时,并未打算增加西班牙民族的艺术遗产,

那引导着你的精神,是普及、建设与博爱的精神。

堂罗德里格 陛下明察秋毫。我能蒙恩陛下之青睐既感荣幸又觉不安,

陛下雄鹰般的目光既善于测度一个巨大帝国的疆域,也能追踪在欧石楠丛中躲藏的野兔,

就像以前的拿破仑大帝,一眼射去就生下了卢斯·德·朗西瓦尔[3]!

陛下刚审阅的这些画,让我这小小的工匠付出了多大的艰辛,这是我多少岁月中研究、试验和思考的结果,

然而陛下只需斜眼一瞥,几分钟的注意,就能识出它们的缺陷。

嗨!我对它们了解得太深了!*Defuit mihi symmetria prisca*[4],

陛下的话语为我指引真正的方向,(以手抚胸)将是我最珍贵的宝贝!对,它们将从此成为我艺术与生命的准则,

它不仅将对金枪鱼捕者的道德活力的恢复作出贡献,还

---

① 拉斐尔·科兰(1850—1916),法国画家。这里以及下文中,作者故意借剧中人物的口,提及他们当时还不可能了解的后代历史名人。
② 科尔蒙(1845—1924),法国画家。
③ 卢斯·德·朗西瓦尔(1764—1810),法国诗人、剧作家。
④ 拉丁文,意为"我缺少古老的和谐"。

将有助于它的统治的光荣与伟大。

〔他鞠躬。

国　王　我赞赏你的意愿与谦逊。

（群臣喧哗,众口一声的赞辞在乐队伴奏下显得奇妙无比。大鼓轻击。）

不过,我这么说是为了考验你。你方才答话时的泰然与恭敬

证明了作为艺术家的你没有赢得并败坏一切。

我需要派往英格兰的不是一个艺术家,

不是往画上涂颜料的这双手,而是以前造就了美洲的那双手。

掌玺大臣先生,你来说几句。

掌玺大臣（像老练的水手叉开腿,随着船的颠簸和摇晃,前后左右地倒脚）　堂罗德里格,太久以来,你躲避了君主的评判和同僚的观望,

倘若事情果真如人的本性那么自然,那些弱者与愚者果真冲着你自由发泄他们的欲望和愤怒,

那么从你这方面说,沉默寡言、漠不关心却不能算仁慈、正义和虔诚的行为。

今天,世界和西班牙都认为再也不能缺少你的帮助。

我们并不是在逆境中才最需要建议,而是因为,那时候我们不得不如此。

当今天的繁荣压弯了我们,

当今天的事业获得了超乎我们期望的成功,当过分的责

任落到我们的肩头，当我们的四周打开了充满危险与利益的大道，

正是在这时，人们能了解一颗真正高尚的心，正是在这时，如果他是这个庞大帝国的支柱，

他就要走上前，说道：我能够！他就来支持它那苦苦呻吟的君主！

就像从前三个来寻科里奥拉努斯[①]的女子。

今天不仅仅是英格兰前来跪拜在我们的脚下，不仅仅是被娼妓的女儿剥夺了继承权的玛丽，

而且还是西班牙，是天主教国家，是教会，在恳求罗德里格不要再躲避他们了！

[沉默——轰动。

堂罗德里格 我不要军队也不要金钱。我要国王立即

撤回他的将士与舰船。我自己就已够了。

掌玺大臣 此语正合陛下心意，他需要把全部军队投到日耳曼去。

财政大臣 你一不要兵二不要船，单枪匹马又怎能从不列颠获得金钱呢？

谁来为我们支付远征的费用？

堂罗德里格 西班牙与葡萄牙的天主教美酒，大臣先生，

我们将在迷雾中为你的健康干杯，

它们将负责替你支付。

---

① 科里奥拉努斯，古罗马时期的英雄，生活于公元前5世纪，赢得过许多重要战役，屡次拯救罗马城。莎士比亚写作过同名悲剧。

和平是永久的，西印度之路畅通无阻。

掌玺大臣　没有一兵一卒，没有一分一厘，说定了。不过请放心，我们会给你派去众多谋士相助。

堂罗德里格（戴上眼镜，从衣兜里掏出一张纸）　这是我昨晚玩着瞎涂一气的，那上面写道：

罗德里格整个儿值一个铜钱，若是切成两半就半文不值了。

司法大臣　怎么？不要法官伴你去？

堂罗德里格　这写在我的纸上。

掌玺大臣　你想让我们大家绝对信任你吗？

堂罗德里格　我的纸上写道：此举绝对必要。

相信一人要比相信两人容易得多。

防务大臣　作为交换，你拿什么做抵押呢？

关于武装部队和贡品，你有些什么呢？

堂罗德里格　武装部队将是迄今为止你一直用来作难我们的那些军队，

至于贡品，我无能为力，在我的角色中我始终就找不到这个词。

国防大臣　国王派你去那儿统治和管理，是为英格兰的利益还是为西班牙的利益？

堂罗德里格　假如我不承担受监护者的利益，我就是一个糟糕的监护人。

国防大臣　难道该为他们而牺牲你的委托人的利益吗？

堂罗德里格　但愿不是，我想为财政大臣先生积攒建一支新无敌

　　　　舰队的费用。

　　　　　　对，就让我们充分利用我们的胜利吧！

　　　　　　我愿英格兰与西班牙永庆他们开始互相拥抱之日！

　　　　　　啊！我们互相打得真够多的，然而比起该打的还不够！

　　　　　　我们互相抽走一切可抽之物。

　　　　　　如果我们抱在怀中的这个衰弱的人不是个战败的敌手，亲吻就不会有这般滋味。

公众教育大臣　微臣恳请陛下注意堂罗德里格令人担忧的言论。

国　　王（此时处于险位，整个身子倾斜着，而另一船上的众臣则向另一角度倾斜）　他说的不无道理。我只以和平的意识与姻亲的眼光看待英格兰。

　　　　　　我相信爱情！政治所不能做到的，该由爱情来完成。

　　　　　　透过阵阵硝烟战火，天意的哪种神机妙算能比得上

　　　　　　一种既能保障世界和平又能为吾儿加冕的安排？

　　　　　　这位遭弃的女王到哪儿能找到比在堂乌多尔菲和堂瓦伦廷的怀抱更好的地方？

堂罗德里格　各民族之间的宽容已经够难的了，

　　　　　　更何况还要加上夫妇之间的和谐问题。

国　　王　然而我注意到玛丽女王对我们的堂埃内斯托则是另眼看待。

堂罗德里格　不。如果说还有人了解玛丽女王，我敢说那就是我。这是一颗保守而胆怯的心灵。她好不容易脱身牢狱。看得出她避人耳目而隐居度日。

　　　　　　我需以纯朴的敬意启迪她，让她向我打开心灵之扉；我

一直钻进这颗处女的心，这大胆与羞怯的混合体中。

我相信，要是说有人能在她精神上留下什么，那就是我。

国　王　我把儿子的事业托予你了。

堂罗德里格　请陛下三思。

权衡利弊再作明断，看看将西班牙的继位交于一个外姓人

是否合适。

国　王　我将考虑。

国防大臣　直至现在，堂罗德里格还未对我们透漏半句他单枪匹马就能取胜的秘诀，

不要军队，不要金钱，不要联姻，

他又如何能控制英格兰，使它永远成为西班牙的朋友与合伙人？

堂罗德里格　给你的敌人吃饱，他们就不会来搅乱你的用餐，从你嘴边夺走面包。

掌玺大臣　我不明白这寓言。

堂罗德里格　处于日落之邦的西印度远远超出了一个人的胃口。

掌玺大臣　我有些明白了。

堂罗德里格　那儿足够为全世界提供几个世纪丰盛的佳肴了！

为何在这个世界里闹个没完没了，而放着另一世界于不顾？我们只需把它拿来派用场，靠着我的力量，天主教的国王陛下将永远掌握它的命脉。

国　王　你想让我们把两大美洲的独立自由拱手交给英格兰人？

堂罗德里格　不仅给英格兰！圣明的天主召唤我们沿克里斯托弗①的踪迹跨越大海，那不是没有目的的！我愿全世界都在这两大洋之间天主为我们准备的巨大餐桌上庆祝复活节！

　　当天主把美洲交给这位费迪南②，这位天主教徒时，它太大了，不是给他一个人的，而是让所有的人共同领受。

　　愿英格兰永远庆贺它的归并之日，那时，你把一个新世界交给它，作为交换，它交出它那像一艘被盗船上的叛乱者们一样的自由！

　　给所有这些收缩得太狭窄的欧洲小国以活动的场地！

　　聚合整个欧洲到这唯一一条水流中！联合受异端折磨的所有人民，既然他们不能在源泉细涓处相会，那就让他们在江流入海口相聚！

国　　王　我是否该这样理解：你在接受我已准备授予你的英格兰特使的同时，

　　要求我把美洲向你的新臣民，也即我们最近的敌人开放吗？这就是你的条件？

堂罗德里格　我看不出，我能在那边做的有什么别的用处。

　　〔众臣一片谴责，乐队在沉思片刻之后也加入了这一阵喧哗。

国防大臣　何等的蛮横无理！

卫生大臣　何等的厚颜无耻！

---

① "克里斯托弗"是哥伦布的名字。
② 西班牙有许多国王都叫费迪南。

司法大臣　何等的强意苟求！

公众教育大臣　何等的荒诞不经！吾等皆请陛下不要听……（船猛一晃）……从！

　　　吾等皆请陛下不要听从这个怪人蛮横无理厚颜无耻的苟求和胡言乱语。

　　　［乐队猛吼一声："没错！"稍稍静默之后，又开始模仿费力呕吐的声音。

海外大臣　我们不能把你永垂不朽的祖父用才智与道义从西印度腹地开发出来的美洲

　　　变成整个欧洲的公共牧场！

公众教育大臣　绝不要听从！绝不要听从！

国　王　掌玺大臣，你意下如何？

掌玺大臣　乞请恕罪，我不知如何是好，你瞧我，我都气得浑身颤抖了。

国　王　爱卿有无办法，可不派堂罗德里格去英格兰。

掌玺大臣（低头皱眉，好似绞尽脑汁思索，然后作出无可奈何的手势）嗨！臣实在无能为力！吾等别无其他选择！

国　王（对众臣）众卿中有谁愿代替堂罗德里格从我手中接受英格兰？

卫生大臣　请陛下恕臣无能。

国　王　汝等还有另人可保举吗？

体育大臣（嗓音洪亮却无精打采）别无他人！别无他人！

　　　［船一晃，使他不得不以一连串复杂的动作来保持平衡。

掌玺大臣（悲怆而带颤声）堂罗德里格，请允许我求你说话随和一些!请听听一个老人的忠告。

你看到你的君主陷入了困境!宽宏大量些吧!不要火上加油!你看得很明白,我们不能缺少你!

我恳求你不要强求过于无望之事。

堂罗德里格 假如陛下不给我整个世界,我就不能保证和平。

国　王 世界于我乃是小事一桩,堂罗德里格,只要你能保证你的忠诚与爱。

回你的船上去吧。过一会儿你就会知道我的决定。你让所有人都看了一场好戏。每人都能自由自在地看着你。

卫士们,寸步不离地护送殿下回去,看好了他的每一步。

我再不能长时间地剥夺你为自己确定的地位。

〔随着海浪的波动,他威武堂皇地走下。堂罗德里格从他旁边下。众臣面对观众排成三行,随着一声击掌,他们开始做某种节奏体操,分两列从左右鱼贯而下。

第十场
堂娜七剑、屠家女

茫茫大海上，皎皎明月下。

〔堂娜七剑和屠家女在游泳。没有其他音乐，只有偶尔敲响的鼓声。甚至可以使用电影艺术。

堂娜七剑 向前！勇敢些，屠家女！

屠家女 喔！我不缺少勇气！小姐，无论你到哪里，我都只有跟你一起走。

堂娜七剑 假如你累了，你只需仰躺一会儿，这样，两臂分开成十字。

只让鼻子嘴巴露出，要沉下去时，你深吸一口气又会立即浮出水面。

身体稍稍动弹一下，这样，用两脚和半个手掌。

没有危险，不会累的。

屠家女 我倒不怎么累，只是有人说，海里头有鲨鱼。喔！我真怕下面会蹿出一条鲨鱼来咬我！

堂娜七剑 那不是鲨鱼，我见过的！是布波瓦兹鱼在玩耍，它们没有权力玩耍吗？当一条美丽的布波瓦兹鱼不是很有趣吗？

〔她用脚哗啦一声击起一阵水花。

屠家女　噢！我怕它们跳上来！

堂娜七剑　别怕，让它们来好了，要是有哪个想伤害你，我就来保护你，这帮子丫头养的！

〔她放声大笑。

屠家女　小姐，我四处打量，可总看不到红色标志灯。

堂娜七剑　你的马略卡女友们可能把我们忘了，嗨！

屠家女　噢！别，别说这个，我求你，小姐，你让我害怕！
　　　　噢！别，我相信萝萨莉、卡门和杜露丝，她们没有忘记我，她们正在什么地方等着我们，带着准备好的衣服，像我告诉过她们的那样。
　　　　也许她们碰上什么可怕的事了。

堂娜七剑　你怕了，她们怕了，有人使你害怕了！怕，怕，怕，你就会说这话！
　　　　我不明白你为什么那么急于到达，在这美丽的大海，一切是那么可爱！
　　　　瞧，我们前方，水中的月亮又扁又平就像金色的圆盘！仿佛我用牙就能一口咬住。

屠家女　你说，小姐，假如我们再回到你父亲的船上，我们仍还不算远。

堂娜七剑　既然已经出来，就什么都晚了，我不愿回去。

屠家女　看到你这样出走，他会多么难受啊！

堂娜七剑　他一点都不会难受。国王把英格兰给了他，他成了英格兰国王。他对英格兰已有了三十六条计策，他不再想我了。

　　　　　　他将把整个英格兰画成一片天蓝。
屠家女　假如你把一切都向他解释清楚，也许他就会和我们一起来了。
堂娜七剑　不，他不会来的。他有别的事要做。有人要他去扩张土地。
屠家女　可你自己，离开他，你就不感到难受吗？
堂娜七剑　怎么不，我很难受！可怜的父亲，他多傻！一想到他我就要落泪。他在心中深深地爱着我。
屠家女　如果你母亲看到你离开他，她会说什么？
堂娜七剑　是她在召唤我。
屠家女　她召唤你做什么？
堂娜七剑　我父亲不愿做的事，我将代他去做。
屠家女　不要说你父亲什么都不愿做，瞧一瞧他做出来的围绕着他的这一切。
堂娜七剑　只有一件是必需的。
屠家女　就是去找奥地利的胡安吗？
堂娜七剑　对，就是去找奥地利的胡安，你知道，他明天就要出发，没有时间可以浪费了！向前游！

　　　　　我父亲不需要我，他给我留下一封信就走了，他就像一条老白斑狗鱼钻到水底，在身后留下一串串气泡，人们再也见不到它了。

　　　　　我也是，我也给他留了一封信。
屠家女　噢！我真想变成一条鱼！
堂娜七剑　加把劲！它有了！它有了！我又见到它了！又有红色

标志灯了！我相信，她们看到我们了，天色多么亮，就像白天一样，她们肯定能清清楚楚地看到我们俩的头和游泳时激起的白色水花！

——唯一必需的事就是找到这些人，视我们必不可少的那些人。游啊！

——噢！要是我能捡起那顶在我嘴前三尺远的地方漂荡的扁帽子多好！我要把它举过头顶摇晃，向她们打招呼！

屠家女　七剑，你真漂亮，听你说话真让人感到有趣，我跟你走。

有你在，有你在说话，何等幸福呵！我不再存在了，我没有必要存在。

堂娜七剑　我要在奥地利的胡安的船上给你找个金盔铁甲、一身戎装的漂亮丈夫，看你还有没有必要存在！

屠家女　当你向他解释时，他将永远得不到安慰，因为他永远也见不到我了。

堂娜七剑　别说傻话了！大海托着你，多么甜美！几乎不需费力，水是那么温和。有谁会累呢？不可能累的。不要对我说你累了。

屠家女　不累，我不累。

堂娜七剑　只有一件必需的事，其他什么都别管。

像业余画家那样手托色盘，走个没完，看个没够，这儿改那儿修，这又有什么用？

锡匠干完了活，不是要打点家什再上别处去修补吗？

只有一件事是必需的，有人向你要求一切，而你也能把一切给他。向前游！

今晚上，要是我那亲爱的奥地利的胡安在旗舰上见不到我，他会说什么呢！人们需要我！

既然我父亲不愿意斗下去，就由我来代替他斗吧。

你肯定听说了，整个亚洲正在再次起来反对耶稣基督，在整个欧洲土地上散发出一股骆驼的臊味！

有一支土耳其军队包围了维也纳城，在勒邦陀①有一支庞大的舰队。

该是时候了，天主教应再次猛扑到穆罕默德身上，他将看到我们让他获得什么，他，还有法兰西国王，以及他的同盟！

我想，你还不太累吧！

屠家女（几乎精疲力竭）　不，不，我不累。

堂娜七剑　你要是累了，那就完了，我再也不能带你和我在一起了。

屠家女　请你原谅，我是这样的不会游泳。

堂娜七剑　慢慢来，轻轻划。浸在这种流质的光明之中是何等的甜美，它使我们飘飘欲仙，（沉思：）脱胎换骨。

再不需要用手来抓，用足来蹬。

我们就像海葵一样前进，呼吸着空气，靠它身体的快乐与它意志的震动。

整个躯体只有一种感觉，一颗注意着其他悬空的行星的

---

① 勒邦陀，即希腊城镇拿弗帕克托司。1571 年，胡安的军队在此地附近的海上击败了土耳其人的舰队。

行星。

（高声：）我以我心感觉到你的每一下心跳。

（屠家女沉溺下去。）

水承荷着一切。多么甜美啊，耳朵贴在水面上，倾听着这一切杂乱的音乐，（沉思：）人们围着吉他翩翩起舞，

生命、歌唱、爱的言谈，这一切喊喊喳喳的话语构成的无数声响！

这一切再也不在外面，人就在其中，你仿佛无限幸福地置身于一切之中，一滴水汇入了大海！全体圣徒在一起！

（高声：）多么不幸啊！我看到那船儿发现了我们，它向我们驶来！

加把劲，屠家女，再使点劲，懒姑娘！向前游！你只要跟着我就……

[她起劲地游着。

第十一即最后一场
堂罗德里格、雷翁修士、两士兵

同一夜。

〔两士兵,雷翁修士和戴上镣铐的堂罗德里格,他们乘坐在一艘船上向陆地驶去。桅杆上绑着一盏大灯照亮了舞台。

〔音乐包括:1.管乐器(各种笛子)激烈而刺耳地吹着一个调子,直至这一场结束;当一件乐器停下来时,其他原来被掩盖着的旋律继续延续;2.弦乐器紧绷绷的上升三和音;3.琴弓的拨音;4.小扁鼓的滚击声;5.小金属钹的打击声;6.在一面大鼓的中央与边沿发出的轰鸣。一切音乐声都极轻。

堂罗德里格(对手持一封信的士兵) 请把这封属于我的信给我。

雷翁修士 马努埃利托①,把信给他。

士　兵 要是我愿意,我就给他。我不喜欢别人把我和英格兰国王搁在一起。

堂罗德里格 这信是属于我的。

---

① "马努埃利托"是"马努埃尔"的昵称。

士　　兵　　而你，我的老罗德里格，你是属于我的。国王仁慈无比，饶恕了一个叛徒，

　　　　他把你赐给了内侍，内侍又把你转给了仆人，就算还清了那狗娘养的借他的十个金币。

　　　　那仆人真不知拿你这独腿老头怎么办，

　　　　就把你给了我，以感谢我的效劳，真是一次漂亮的收获。明天，我要让你在马略卡打鼓，我可以从你身上拿到十个铜子，这就是一张叛徒的皮的价。

堂罗德里格　　先生，请你注意，这信是我女儿给我的。

士　　兵　　那好，要是你愿意，我们来赌骰子。要是你赢了，这信就归你。

　　　　〔他在一个皮杯中摇骰子，然后把杯交给罗德里格。

堂罗德里格　　雷翁修士，我拿不了这个皮杯，我还带着镣铐呢，请你代我赌吧。

　　　　〔修士摇皮杯，将三个骰子掷在地上。

士　　兵（瞧骰子）　三个幺！不错。

　　　　〔他也掷骰子。

　　　　四个幺！我赢了。

雷翁修士　　我的孩子，还是把信给他吧！

士　　兵　　我不给，但我愿替他念一念。谁知里面是不是有反对国王陛下的阴谋呢？

　　　　（他打开信封，凑近桅灯，开始念信。）

　　　　哈！哈！

　　　　〔他开怀大笑。

士兵乙　什么事这么好笑?

士兵甲　她写道：我亲爱的爸爸。

士兵乙　这有什么滑稽的?

士兵甲　他还使她相信他是她爸爸！她爸爸是堂卡米耶，那个叫作躲藏的魔鬼的，像他一样，也是个背教者，在摩洛哥海岸当过海盗，

　　　　他的情妇就是前驻防地统领的寡妇，等一等，她叫什么来的，一个奇怪的名字，像是乌莱格丝还是布格莱丝什么的，对了，普萝艾斯。

雷翁修士　那不是他情妇，是他妻子。我知道这事，当年我正在摩加多尔，是我为他俩主持的婚礼。

堂罗德里格　怎么，我的神甫，你认识普萝艾斯?

士兵甲　好像罗德里格是父亲喽。我亲爱的爸爸，就是这么写的。嘀！嘀！

士兵乙　等等，他有话说。先生有什么话要说吗?

堂罗德里格　没有。我分享你们纯洁的快活。不让人笑吗？你同伴感染人的笑声显示了一种罕见的本性。

士兵乙　别人叫你叛徒，你也不在乎吗?

堂罗德里格　假如我是叛徒，我自然会在乎。

士兵乙　但是，你确实是个叛徒！

堂罗德里格　那么说，人们有办法不让我危害任何人喽！

士兵乙（对士兵甲）　往下念吧。

士兵甲（念）"国王给了你英格兰，你不再需要我了。"哈！哈！哈！

　　　　　[开怀大笑。

士兵乙　国王给了他英格兰，真逗，你只要接过来就行！

士兵甲　我的老弟，那是一个叫……叫什么来的女演员，让他相信了她就是玛丽，就是英格兰女王。

　　　　她跪倒在他膝下，求他帮个忙，从她手中接受一个王国。

士兵乙　真逗！

士兵甲　于是，他们合伙对西班牙国王玩了这套小把戏。她什么都说了。

士兵乙　我真想当时也能在场，听听他怎么为了接受英格兰而向国王讲条件！大伙儿都在笑话他！

堂罗德里格　我的神甫，你看到了一个例证：一个有想象力的人可以投身于何等可笑的环境中去。没有任何东西能使他惊奇。

　　　　我怎能不信一个美女？她听取了我用眼与嘴说出的一切，我怎能不信具有如此魅力的人？她画得那么好，她的笔端将我最细微的意愿都表达无遗。

士兵甲（把信凑近桅灯）　我读到哪儿了？"……英格兰，你不再需要我了。"

雷翁修士　马努埃尔，我袖子里有四枚银币，是那些仁慈者捐给我的修道院的，

　　　　要是你把信给我，我就把银币给你。

士兵甲　等我念完就给你。

堂罗德里格　雷翁修士，让他念。

士兵甲　"我走了，去会奥地利的胡安。"嘿，这倒是个新闻。你

400

听见了吗，老弟？她跑去和奥地利的胡安相会。

士兵乙　奥地利的胡安肯定会娶她的。她不用再为自己的立足地位操心了。

士兵甲　她知道别人把她父亲逮了起来。她只有一条生计，逃之夭夭。这个关在狱中的老跷腿，放了就行了。当两个叛徒的女儿可不是白当的。

士兵乙　现在正该去会奥地利的胡安。

士兵甲　她只是去会他吗？刚才我听说，渔人从水里捞起一个姑娘，没等救过来就死了。

雷翁修士　你们俩怎能如此凶狠，如此残酷？

士兵甲　是他满脸傲气而又平心静气地蔑视我们，嘲笑我们，甚至可以说是先生在邀请我们，是他允诺我们加入他仆人的行列，并对他给我们带来的这一快乐感到由衷的满足。

雷翁修士　（握着罗德里格的手对他说）堂罗德里格，这不是真的，也许是另一个姑娘。

堂罗德里格　我也确信，在这美丽的夜晚竟会传来不祥的消息吗？

士兵乙　对你来说，这真是个美丽的夜晚，今晚，他们是要把你投入牢狱，还是要把你卖作奴隶？

堂罗德里格　我从未见过如此壮观的景象！仿佛天空第一次呈现在我眼前。对，对我来说，这是个美丽的夜，我将庆祝自己与自由紧密结合在一起！

士兵乙　你听到他说的了吗？他疯了。

士兵甲　读完我们的信："我要去会奥地利的胡安了。再见。吻你，我们将相会……"我念不下去了。

雷翁修士　把信给我!

士兵甲　"……在天上。我们将相会在天上。"

士兵乙　在天上或是什么其他地方。但愿如此。

雷翁修士　没有别的了?

士兵甲　"爱你的女儿。玛丽·德·七剑。①"

士兵乙　信念完了。

士兵甲　还有一行。"当我见到奥地利的胡安时,将会让人打一发炮弹。请你留意。"

女人的呼叫　(从海空中传来)　喂!船!

士兵甲　有人叫,一条船,有信号灯向我们招呼。

　　　　〔两人都走到船的另一边来。

堂罗德里格　(低声)　雷翁神甫,这是真的?你以为渔人从海上捞起的真是我的孩子吗?

雷翁修士　不,我的孩子,我敢肯定那不是真的。

堂罗德里格　勇敢的七剑!不,不,你父亲也好,你也好,咱们都不会沉溺海上!一个有充满活力的臂膀,以强壮的肺呼吸着天主的灵气的人,绝不会有沉船的危险!他会快乐地越过浪尖,壮观的巨浪不会损害我们的一根毫毛!

雷翁修士　你要原谅她。

堂罗德里格　你说原谅她?没什么可原谅的。啊!她怎么不在这里,亲爱的孩子,好让我用这紧戴镣铐的双臂把她紧紧抱在怀里!

---

① 可以理解为"带七剑的马利亚",见第四幕第三场中注释。

我的孩子，走向你的命运吧！站到奥地利的胡安身边，为耶稣基督而战斗吧，我的羔羊！

我那绘画中肩上插着小小旗帜的羔羊！

雷翁修士 罗德里格兄弟，难道现在还不能向我敞开你那沉重的心扉？

堂罗德里格 它负载着罪孽与天主的荣耀，每当我想开口，一切到了唇边就变得混沌一团。

雷翁修士 那么把这一切都告诉我。

堂罗德里格 首先涌来的，是我心底的黑夜，它就像一股痛苦与快乐的激流，迎着这崇高的夜涌来！

瞧！

简直是围绕着我们的整个仅以眼睛而活着的民族！

雷翁修士（指着天堂） 罗德里格，在那儿，你将在那儿庆祝你与自由的结合！

堂罗德里格（低声） 雷翁修士，把你的手给我。好好想一想。你真的见到她了？

雷翁修士 你说的是谁？

堂罗德里格 你以前在摩加多尔为她主婚的女子。这么说你见到她了？你真的见到她了？她跟你说什么了？那天她怎么样？告诉我，世上是否不存在比她更美的女子？

雷翁修士 是的，她长得很美。

堂罗德里格 啊！冷酷的人！啊！多么残暴的勇气啊！她怎么能背叛我而嫁给另一个人呢！而我，我把她姣美的纤手放在我的脸上仅只一会儿工夫！啊！多少年以后，这伤口始终未合，什么都不能治愈它!

雷翁修士　这一切总有一天会向你解释清楚的。

堂罗德里格　你想必回忆起来了。你为她主婚的那天,她站在那黑鬼身边时是不是一脸喜色?她是不是甘心情愿地向他伸出美丽的手,伸出手指头让他戴戒指?

雷翁修士　如此久远的事。我想不起来了。

堂罗德里格　你想不起来了?怎么,甚至连这双娇美的眼睛?

雷翁修士　我的孩子,不应该瞧眼睛,只应该看星星。

堂罗德里格　你想不起来了?

啊!这容光焕发的笑脸,这含情脉脉的目光!这一双眼睛天主创造出来可不是为了看到我的卑劣与死亡!

雷翁修士　丢弃这些撕裂你心肺的想法吧。

堂罗德里格　她死了,死了,死了!我的神甫,她死了,我再也见不到她了!她死了,永远也不能属于我了!她死了,是我杀死了她!

雷翁修士　这围绕着我们的天堂,这在我们脚下的海洋也并不比她更显永久!

堂罗德里格　我知道!她为我带来的正是这个,和她的脸庞在一起!

大海和繁星!我感到海就在我脚下,我眼望着星星,我将永远没个够!

对,我感到,我们永远不能脱离它们,死亡是不可能的!

雷翁修士　只要你愿意,你就尽量深掘吧!你不会探到这永不枯竭的宝藏的尽头!没有办法摆脱它们,置身别处!人们已获得别的东西,而不是天主!人们已锁住了敲诈者!你身上的一切可悲地依次依附于外物!奴性的劳作结束了!人们将你的四肢戴上镣铐,这些暴君,你只有呼吸着,让天主来充实你自己!

堂罗德里格 你明白刚才当我依稀觉得自己自由了时我听说的话吗?

〔一记撞击,船碰到了另一条船。

女人的声音 帮帮我!

〔一个年老的修女带着一个较年轻的修女爬上了船。

士兵甲 你好,捡破烂嬷嬷!

修　女 你好,我亲爱的士兵!你船上有什么可以给我的吗?

士兵甲 有的,这儿有一大堆各式各样的小玩意、旧兵器、旧帽子、旧旗帜、碎铁皮、破水罐、裂缝锅,都是人们给我到马略卡去卖的。

修　女 拿出来瞧瞧,我的小兵。

士兵甲 对你来说都太脏太丑了。

修　女 对一个捡破烂的老修女,没有什么过于脏过于丑的东西。在她看来,一切都是好的。残渣、废料、垃圾、被扔掉的、没人愿要的,这就是她整天寻找、拣取的东西。

士兵甲 你用它铸钱?

修　女 足够的钱,用来供养众多的穷人、老人,并建造泰蕾兹嬷嬷的修道院。

堂罗德里格 是耶稣的泰蕾兹嬷嬷打发你到海上来捡旧货吗?

修　女 是的,我的孩子,我为她也为全西班牙的修道院而捡破烂。

　　[士兵去找来一大抱旧衣服，杂七杂八的小玩意儿，扔在甲板上。修女在桅灯的微光下仔细检查，用棍子头拨弄着。

修　女　这些你要多少钱？

士兵甲　三个金币！

修　女　三个金币？我可以给你两个。

堂罗德里格　捡破烂嬷嬷！捡破烂嬷嬷！既然你是个收藏家，为什么不把我也捎上，跟这旧旗帜、破水罐一起带走？

修　女（对士兵）　这一个是什么？

士兵甲　这是国王交给我到市场去卖的叛徒。

修　女（对堂罗德里格）　嗳，我的孩子，你听见吗？你是个叛徒，你想，我拿一个叛徒做什么？若是你的腿脚利索些倒还可商量。

堂罗德里格　你可以少出一些钱！

修　女（对士兵）　你真的卖？

士兵甲　他当然卖，为什么不？

修　女　你会什么？

堂罗德里格　我会读会写。

修　女　你会做饭吗？会剪布裁布做衣服吗？

堂罗德里格　我都会。

修　女　会修鞋吗？

堂罗德里格　也会。

士兵甲　别听他的，他撒谎。

修　女　我的孩子，撒谎可不美。

堂罗德里格　至少我会洗盘刷碟。

士兵甲　你若把碗碟交给他，他会全给你打碎的。

堂罗德里格　我愿生活在泰蕾兹嬷嬷的身影下！天主让我生来就当她可怜的奴仆。

　　　　　我愿在修道院门口剥蚕豆。我愿为她拭擦蒙满了天国灰尘的凉鞋！

雷翁修士　收了他吧，捡破烂嬷嬷。

修　女　我的神甫，看在你的份儿上，我就收了他，不过我一个钱也不能付。

士兵甲　不是我不肯，你总该给我一个甜头尝尝吧。一枚小小的银钱，以后我也好说得了些东西。

修　女　那么你留着他吧。

雷翁修士　给了她吧，老总。他肯定平安无事。没人知道从这个老罗德里格身上还会出来什么。

士兵甲　好吧，你可以带他走。

修　女　我还可以要这个小铁锅吗？反正你也没有用。要不然，我就不要算了。

士兵甲　拿着吧！全都拿着吧！把我的衬衣也拿走吧！

修　女　我的嬷嬷，把它们都包起来吧。你，我的孩子，跟我来。小心这梯子，你的腿不好使。

堂罗德里格　听！

　　　　　[远处传来响亮的号角声。

修　女　这是从奥地利的胡安的船上传来的。

堂罗德里格　她得救了！我的孩子得救了！

〔远处的炮声。

雷翁修士　拯救被奴役的灵魂!

〔乐队的乐器一件接一件地停奏。

EXPLICIT OPVS MIRANDVM[①]

　　　　　　　　　　1919 年 5 月　　巴黎
　　　　　　　　　　1924 年 12 月　　东京

---

① 拉丁文,意为"奇妙的作品至此全部结束"。

汉译文学名著

第二辑书目（30种）

枕草子	〔日〕清少纳言著	周作人译
尼伯龙人之歌	佚名著	安书祉译
萨迦选集		石琴娥等译
亚瑟王之死	〔英〕托马斯·马洛礼著	黄素封译
呆厮国志	〔英〕亚历山大·蒲柏著	李家真译注
波斯人信札	〔法〕孟德斯鸠著	梁守锵译
东方来信——蒙太古夫人书信集	〔英〕蒙太古夫人著	冯环译
忏悔录	〔法〕卢梭著	李平沤译
阴谋与爱情	〔德〕席勒著	杨武能译
雪莱抒情诗选	〔英〕雪莱著	杨熙龄译
幻灭	〔法〕巴尔扎克著	傅雷译
雨果诗选	〔法〕雨果著	程曾厚译
爱伦·坡短篇小说全集	〔美〕爱伦·坡著	曹明伦译
名利场	〔英〕萨克雷著	杨必译
游美札记	〔英〕查尔斯·狄更斯著	张谷若译
巴黎的忧郁	〔法〕夏尔·波德莱尔著	郭宏安译
卡拉马佐夫兄弟	〔俄〕陀思妥耶夫斯基著	徐振亚、冯增义译
安娜·卡列尼娜	〔俄〕列夫·托尔斯泰著	力冈译
还乡	〔英〕托马斯·哈代著	张谷若译
无名的裘德	〔英〕托马斯·哈代著	张谷若译
快乐王子——王尔德童话全集	〔英〕奥斯卡·王尔德著	李家真译
理想丈夫	〔英〕奥斯卡·王尔德著	许渊冲译
莎乐美 文德美夫人的扇子	〔英〕奥斯卡·王尔德著	许渊冲译
原来如此的故事	〔英〕吉卜林著	曹明伦译
缎子鞋	〔法〕保尔·克洛岱尔著	余中先译
昨日世界：一个欧洲人的回忆	〔奥〕斯蒂芬·茨威格著	史行果译
先知 沙与沫	〔黎巴嫩〕纪伯伦著	李唯中译
诉讼	〔奥〕弗兰茨·卡夫卡著	章国锋译
老人与海	〔美〕欧内斯特·海明威著	吴钧燮译
烦恼的冬天	〔美〕约翰·斯坦贝克著	吴钧燮译

图书在版编目（CIP）数据

缎子鞋 / （法）保尔·克洛岱尔著；余中先译 . —北京：商务印书馆，2022
（汉译世界文学名著丛书）
ISBN 978－7－100－20699－0

Ⅰ. ①缎… Ⅱ. ①保…②余… Ⅲ. ①剧本—法国—现代 Ⅳ. ①I565.35

中国版本图书馆CIP数据核字（2022）第026174号

权利保留，侵权必究。

汉译世界文学名著丛书
缎子鞋
〔法〕保尔·克洛岱尔　著
余中先　译

商　务　印　书　馆　出　版
（北京王府井大街36号　邮政编码100710）
商　务　印　书　馆　发　行
北京市十月印刷有限公司印刷
ISBN 978－7－100－20699－0

2022年3月第1版　　开本 850×1168　1/32
2022年3月北京第1次印刷　印张 13½
定价：62.00元